我们小时候

༄། །ང་ཚོ་ཆུང་དུས།(བོད་རྒྱ་ཤན་སྦྱར།)

ལྕགས་རྟའི་སྒྲ་དབྱངས།

སུའུ་ཐུང་གིས་བརྩམས།

青海人民出版社

དཀར་ཆག

ཐོག་མར་སློབ་གྲྭར་འགྲོ་བ།

ང་ཐོག་དང་པོར་སློབ་གྲྭར་སོང་བ་ནི་སློབ་གྲྭར་འགྲིམས་པ་མིན་པར། རྩེ་ཏུ་སོང་བའམ་ཡང་ན་ཁྱིམ་དུ་ལྟ་སྐྱོང་བྱེད་མཁན་མེད་པ་ལས་གང་ཡིན་པ་བརྗེད་འདུག ལོ་དེར་ང་རང་ཐལ་ཆེར་ལོ་ལྔ་ཡིན་ལ། ཨ་ཅེ་ཆེ་བའི་རྗེས་འབྲངས་ནས་སློབ་གྲྭར་ཡོང་བ་ཡིན། ངའི་དྲན་ཤེས་མོག་མོག་གི་ཁྲོད་དུ་དབེན་སའི་སྲང་བར་དུ་ཨར་འདམ་གྱི་ཁང་པ་སྟར་པ་གཅིག་ཡོད་པ་དེ་ནི་སློབ་གྲྭའི་མལ་ཁང་ཡིན་ལ། སློབ་གྲྭའི་བཟོ་པ་ཀྲན་པ་ཞིག་གིས་རྩལ་སྦྱོང་ར་བའི་ནང་ནས་ལག་གི་དྲིལ་བུ་དཀྲོལ་བཞིན་ཡོད་པ་དང་། ཨ་ཅེ་ཡིས་ངའི་ལག་པ་ནས་འཇུས་ཏེ་སློབ་ཁང་དུ་སོང་བ་ཡིན། ཚང་མས་ཆ་འཛོམ་ཅིག་བྱས་དང་། སློབ་ལོ་སྔོན་གྱི་བྱིས་པ་ཞིག་ལོ་རིམ་ལྔ་པའི་ཞི་མོ་སྐར་ཞིག་གི་དཀྱིལ་དུ་བསྡད་དེ། འདར་སིག་སིག་གིས་སྨོ་སམ་དང་སྨོ་སམ་མདུན་གྱི་དགེ་རྒན་ལ་བལྟ་བའི་ཡུལ་སྣང་ནི་ག་འདྲ་ཞིག་ཡིན་ནམ། དགེ་རྒན་སྐྱེས་མ་དེའི་སྐྲ་དང་ལྭ་བའི་རྒྱུན་ཆ་ནི་ངའི་ཨ་མ་དང་གཉིས་སུ་མེད་མོད། འོན་ཀྱང་དྭངས་ཤིང་གསལ་བའི་སྐྱི་སྐད་ཀྱི་གདངས་དེས་མོའི་གཟུགས་བརྙན་གཟི་བརྗིད་ལྡན་པ་དང་ཟླ་ན་མེད་པ་ཞིག་ཏུ་བསྒྱུར་ཡོད་ཅིང་། སྐད་ཅིག་མའི་ནང་དུ་ངས་མོ་ལ་གུས་བཀུར་བྱེད་པ་དེ་རང་གི་ཨ་མ་ལས་བརྒལ་སོང་བ་རེད།

ཉི་འོད་དྭངས་གསལ་གྱི་ཉོགས་པ་ཞིག་ལ། ང་རང་གྲངས་ཀ་ལོངས་ཐབས་བྱས་ནས་ཨ་ཅེའི་སློབ་ཁང་དུ་བསྐྱོད་པ་དང་། སུས་ཀྱང་ང་ལ་དོ་སྣང་མི་བྱེད། ངའི་ལག་ཏུ་འབོད་ཚིག་ཤོག་བུས་སྤྲེལ་པའི་ཤོག་མདོང་ཞིག་བཟུང་ཡོད་ཀྱང་སྲིད་དེ། 1967ལོའི་ཉི་འོད་ཤེལ་སྒོ་བརྒྱུད་དེ་ངའི་ལུས་སུ་འཕྲོས་ཤིང་། དབྱངས་ལ་གྱེར་ནས་དཔེ་ཆ་ཀློག་པའི་སྐད་གདངས་ཕྱོགས་བཞི་ནས་ཡང་དང་ཡང་དུ་མཆེད་པ་རེད། གང་ལྟར་བྱས་རུང་ངས་སློབ་གསོའི་སྒྲིག་ལམ་ལེགས་པོ་དང་སྟེབ་སྦྱོར་ལ་རོལ་སྦྱོང་ཐོག་མ་བྱས་པ་ཡིན།

བྱིས་བློའི་དྲན་ཤེས་ལ་རྟག་ཏུ་མཛེས་སྡུག་ལྡན་པའི་འོད་གུར་བཅོས་མ་ཞིག་ལྡན་མིན་མི་ཤེས་སོད། མཛུབ་མོ་གུག་ནས་བརྩིས་པ་ན་དེ་ནི“རིག་གནས་གསར་བརྗེ་ཆེན་མོའི”ལོ་ཟླ་ཡིན་ལ། ཨ་ཅེའི་སློབ་གྲྭའང་དེ་འདྲའི་ཐོད་འཛམ་མཛེས་སྡུག་ལྡན་པ་ཞིག་ག་ལ་ཡིན་སྲིད།

ང་རང་ལོ་བདུན་གྱི་སློབ་གྲྭར་འགྲིམས་པ་དང་། སློབ་གྲྭར་མ་སོང་གོང་ལ་ཕ་མས་ང་རང་ཁྲིད་ནས་འདྲ་པར་ཁང་དུ་སོང་སྟེ་ལུས་རྐྱལ་པོའི་འདྲ་པར་ཞིག་བླངས་ཤིང་། འདྲ་པར་གྱི་ཐོག་ཏུ་ངས་རས་སེར་པོའི་དམག་ལྭ་རྫུས་མ་ཞིག་གོན་ཡོད། ལག་ཏུ་དཔེ་ཆ་རིན་པོ་ཆེ་ཞིག་བཟུང་ནས་བྲང་ཁར་སྦྲན་ཞིང་། ཁ་མེར་ནས་དགའ་བའི་འཛུམ་མདངས་ངོམས་ཡོད། ཕྱིས་སུ་འདྲ་པར་འདི་ངའི་མི་ཚེའི་ཆེས་ཐོག་མའི་དུས་རིམ་གྱི་རྗེས་དྲན་དུ་གྱུར་བ་རེད།

ང་ཡི་སློབ་ཆུང་ནི་དང་ཐོག་ཡེ་ཤུ་ཆོས་ཁང་ཞིག་ཡིན་ལ། སྒོ་ཆེན་སྲང་ལམ་དུ་འཁོར་ཡོད། མི་མཐོ་བའི་ར་གྱང་གི་ཁ་ནས་གྱེན་དུ་བལྟས་ན། ཕྱག་འཚལ་ཁང་གི་སྒོ་མོག་ལྟེང་ཁུའི་བཟོ་བཀོད་མཐོང་ཐུབ། ཕྱག་འཚལ་

ང་རང་ལོ་བདུན་གྱི་སློབ་གྲྭར་འགྲིམས་པ་དང་། སློབ་གྲྭར་མ་སོང་གོང་ལ་ཕ་མས་ང་རང་ཁྲིད་ནས་འདྲ་པར་ཁང་དུ་སོང་སྟེ་ལུས་རྩིལ་པོའི་འདྲ་པར་ཞིག་བླངས་ཤིང་། འདྲ་པར་གྱི་ཐོག་ཏུ་ངས་རས་སེར་པོའི་དམག་ལྭ་རྫུས་མ་ཞིག་གོན་ཡོད། ལག་ཏུ་དཔེ་ཆ་རིན་པོ་ཆེ་ཞིག་བཟུང་ནས་བྲང་ཁར་སྦྱར་ཞིང་། ཁ་མེར་ནས་དགའ་བའི་འཛུམ་མདངས་ངོམས་ཡོད། ཕྱིས་སུ་འདྲ་པར་འདི་ངའི་མི་ཚེའི་ཆེས་ཐོག་མའི་དུས་རིམ་གྱི་རྗེས་དྲན་དུ་གྱུར་བ་རེད།

ཁང་ནི་ཟླ་མོ་ནས་སློབ་གྲྭའི་ཚོགས་ཁང་ཆུང་བར་བཅོས་ཡོད། སློབ་གྲྭའི་སྒོ་ཆེན་གྱི་ནང་གཞོགས་སུ་རང་སའི་མཐོང་དཀོན་པའི་ཏ་ལ་སྡོང་རྐན་ཞིག་སྐྱེས་ཡོད། 1969ལོ་ནས་བཟུང་། ཏ་ལ་སྡོང་རྩའི་སློབ་ཆུང་དེ་ངའི་སློབ་ཆུང་དང་པོར་གྱུར།

ཐོག་དང་པོར་སློབ་གྲྭར་སོང་ནས་ས་སྟོང་དུ་གྲལ་སྒྲིགས་པའི་ཡུལ་རྣམ་ད་དུང་བརྗེད་མེད། ལོ་རིམ་དང་པོའི་སློབ་ཁང་ནི་ཡར་སྔོན་དུ་ཚོས་སྤེལ་མཁན་སྡོད་སའི་ཐོག་ཁང་ཆུང་བ་ཞིག་ཏུ་ཡོད་ལ། ཐོག་ཁང་གི་མདུན་དུ་རྩེ་ནག་པོ་བྱུགས་པའི་རིབ་མས་བསྐོར་ཡོད། རིབ་མའི་མདུན་དུ་ལྕགས་ཀྱི་སྒྲུར་ཡིག་བྱང་བུ་ཞིག་བརྩེངས་ཡོད་ཅིང་། དེའི་ཐོག་ཏུ"སློབ་སྦྱོང་ལེགས་པོ་བྱས་ནས། ཉིན་རེར་ཡར་ཐོན་ཡོང་དགོས"ཞེས་བྲིས་འདུག སྒྲུར་བྱང་གི་ནང་དོན་རྣ་ལ་བྱང་ཞིང་དོན་གསལ་བ་ཞིག་ཡིན། སློབ་གྲྭའི་ནང་དུ་རྒྱུན་པར་ཁྱོད་ལ་དགའ་སྤྲོ་སྐྱེར་ཐུབ་པའི་དོན་ཞིག་ཡོད་དེ། དཔེར་ན་ཐོག་ཁང་གི་མདུན་གྱི་མེ་ཏོག་མཆེན་ཁ་ལ་སྐར་ཚོམ་ལྟ་བུའི་མེ་ཏོག་བཞད་པ་དང་། དེའི་འདབ་མ་ཟླུམ་པོ་ལག་མཐིལ་དུ་བཏིང་ནས་རྗེབ་ན་ཁྲིད་མཚར་བའི་སྒྲ་དྭངས་མོ་ཞིག་གྲག་ཐུབ་ལྟ་བུ་དང་། ཡང་དཔེར་ན་རིབ་མའི་སྟེང་གི་ཤུད་སྐམས་དང་ཤིང་རྟ་ཕོག་ཉལ་དུ་སོང་ཡོད་མོད། འོན་ཀྱང་དེ་དག་ནི་སྔར་བཞིན་བྲིས་པ་ཚོའི་རྩེད་འཛོ་བྱེད་སྒྲུད་ཅིག་ཡིན་པ་ལྟ་བུ། ལྷོད་མེད་ཕྲ་ཆལ་གྱི་བྲིས་པ་རྣམས་འཚང་ཁ་བརྒྱབ་ནས་རྩེ་བ་དང་། བྲིས་པ་ཡ་རབས་ཚོས་རྩེབ་ནས་ལྷོད་མོར་བལྟ་བ་རེད།

སློབ་གྲྭར་འགྲིམས་པའི་ཉིན་དང་པོར་བྲེལ་འཚུབ་ཆེ་བ་དང་སྤྲོ་བ་ལྡན་པའི་ཉིན་ཞིག་ཡིན་མོད། འོན་ཀྱང་རང་ལའང་རང་གི་མི་སྐྱིད་པ་རེ་

ཡོད། རྒྱ་མཚན་ནི་འདུག་གནས་བཀོད་སྒྲིག་བྱེད་དུས། དགེ་རྒན་གྱིས་ང་དང་ཏུས་ཕྱང་ཡིན་པའི་ཞི་མོ་གཉིས་སློབ་ཙོག་གཅིག་ཏུ་བཀོད་སྒྲིག་བྱས་པ་མ་ཟད། གྲལ་ཤར་དང་པོ་ཡིན་པས་སོ།། ང་གྲལ་ཤར་དང་པོར་འདུག་རྒྱུར་མི་དགའ་ཞིང་། གྲལ་ཤར་དང་པོས་མི་ལ་གནོམ་ཆུང་སྙིང་རྗེའི་ཚོར་བ་ཞིག་སྟེར་བ་དང་། དེ་བས་ཞི་མོ་དང་མཉམ་དུ་འདུག་རྒྱུར་སུན་སྣང་སྐྱེས། རྒྱ་མཚན་ནི་ཁོ་མོ་ཛ་རེ་ཛོ་རེ་ཡིན་ལ་བླ་གྱུར་ཡིན་ཞིང་། ཞི་མོ་གཞན་རྣམས་ཀྱིས་སྨད་གཡོགས་ཁྲ་ཁྲ་གོན་ནས་མཛེས་འཚོས་སྤྲོས་ཡོད་ནའང་། མོ་གཅིག་པུས་ལྷན་པ་སླན་པའི་རྐང་སྣམ་སྔོན་པོ་ཞིག་གོན་ཡོད་པ་མ་ཟད། མོའི་ངོ་ཏུ་སྣབས་ཤུལ་ཆགས་འདུག ངའི་གྲལ་མཆེས་གྱིས་ཐིག་མཐའ་བར་གསུམ་དུ་དངངས་སྐྲག་སྐྱེས་པའི་མིག་མདངས་ཀྱིས་ང་ལ་མངོན་ཆུང་དུ་ལྟ་བ་ཡིན། ངས་ཁོ་མོས་མའོ་ཀྲུའུ་ཞི་ཡི་གསུང་རྩོམ་དམར་པོ་དེ་ཧ་ཡང་གི་དཀར་ཡོལ་ཞིག་ཏུ་བཞག་ནས། དཀར་ཡོལ་དེར་ཡུ་བ་ཡོད་ཅིང་མོས་ནམ་ཡིན་ཡང་ཧ་ཡང་གི་དཀར་ཡོལ་དེ་བཟུང་ནས་ཕར་འགྲོ་ཚུར་འོང་བྱེད་པ་མཐོང་བས། དགོད་བྲོ་བ་ཞིག་འདུག་མོད། འོན་ཀྱང་གསུང་རྩོམ་དམར་པོ་དེ་ལྟར་འཁྱེར་བ་ནི་ཁྲིམ་བདག་གི་བཀའ་གསུང་ཡིན་ངེས་པ་ཤེས་ཐུབ།

དེའི་ཕྱིར། སློབ་གྲྭར་ཞུགས་པའི་ཉིན་དང་པོར་ངས་ངོ་དང་ལུས་པོ་གསེག་ནས་སློབ་ཁང་དུ་བསྡད་པ་ཡིན་ལ། ཐིག་མཐའ་བར་གསུམ་དུ་བློར་མི་འབབ་པའི་འདུག་གནས་ཀྱི་རྐྱེན་ལས་སྙིང་རླུང་སྟོད་ལ་འཚང་།

བློ་འབྱེད་དགེ་རྒན་གྱི་ཏུས་ཁྲིན་ཡིན་པ་དང་། སྐབས་དེར་ཧ་ལམ་ལོ་ལྔ་བཅུ་ཙམ་ཡིན། མོའི་སྐོར་གྱི་ལོ་རྒྱུས་ད་ལྟ་འཚོལ་སའི་ཁུངས་མེད། མོ་ནི་ཧྭོ་ནན་པ་ཞིག་དང་། སྐྱེས་པ་ཤི་སོང་བ་དྲན་པ་ལས་གཞན་ཅི་ཡང་མི་

ཤེས། ལོ་དུ་མའི་རིང་ལ་མོ་དང་མོའི་བུ་མོ་གཉིས་ཀྱིས་ཕན་ཚུན་ཆགས་ས་རྟེན་ས་བྱས་ཏེ་སློབ་གྲྭའི་མལ་ཁང་གཅིག་ཉིད་དེའི་ནང་དུ་བསྡད་ཡོད་ལ། དོན་དམ་པར་ཡང་ལོ་རིམ་དང་པོའི་སློབ་ཁང་གི་གླུད་ཡིན། ད་ལྟ་ཡིན་ཙང་དགེ་རྒན་ཁྲིན་ལགས་ཀྱི་རྣ་མཉམ་སྐྲ་ལོ་དཀར་པོར་གྱུར་ཡོད་པ་དང་། མཁུར་ཙུས་འབུར་ཡོད་ལ། མིག་གི་དཀྱུས་རིང་ཞིང་གསལ་པོ་ཡིན་པ་ཡིད་ན་གསལ་ལེར་ཡོད། མོས་རྒྱུན་དུ་སྟོད་གོས་སྐྱ་པོ་དང་རས་ལྷམ་ནག་པོ་ཞིག་གོན་པ་དང་། གཤིས་རྒྱུད་དྲང་ཞིང་ཞི་དུལ་ཡིན་ལ། སློབ་གྲྭར་ཐོག་མར་ཞུགས་པའི་བྱིས་པ་ཚོའི་སྟུན་ནས་ལངས་འདུག་སྐབས། ཚང་མས་མོ་མིག་དཔེ་ཙ་བྱེད་ཀྱང་སྲིད་དེ། དེའི་འཁོར་མི་ཚེ་གང་པོའི་ཚད་གཞི་ཞིག་ཏུ་འགྱུར་ངེས་ཏེ། དགེ་རྒན་སྐྱེས་མ་ཞིག་ཡིན་ཕྱིན་མིག་དབང་དྭངས་ཤིང་བྱམས་བརྩེའི་འཛུམ་མདངས་ཤིག་ཡོད་དགོས་ལ། སྙན་ཞིང་ཤུགས་ལྡན་པའི་སྐྱེས་མའི་གདངས་འབྲིང་ཞིག་ཀྱང་ཡོད་འོས། མོའི་སློབ་ཁྲུར་ནི་སློབ་དེབ་ཀྱི་ཐོག་ཏུ་དྲང་མོར་བཞག་ཡོད་པ་ལས། རྒྱུན་པར་ལག་ཏུ་བཟུང་ནས་བྱིས་པ་ཚོའི་མགོར་ཕྱུར་བ་མིན།

1+1=2

b p m f

a o e i

འདི་ནི་ད་གཟོད་ངའི་མི་ཚེ་གང་པོའི་ཆེས་མཛེས་སྡུག་ལྡན་པའི་རང་བྱུང་སྐད་སྒྲ་ཡིན། དགེ་རྒན་ཁྲིན་ལགས་ཀྱིས་ང་ལ་སྟོན་འཕྲིའི་ལུགས་རྩིས་དང་རྒྱའི་གསལ་བྱེད་ཡི་གེ་ཁྲིད་པ་ངའི་ཡིད་ན་ཡོད། ལོ་རིམ་དང་པོའི་དུས་སུ་ངས་རྒྱ་ཡིག་ག་ཚོད་ཅིག་ཤེས་པ་ཡིད་ན་མེད་མོད། འོན་ཀྱང་ངས་

ཡི་གེ་དེ་དག་བཀོལ་ནས་དགེ་རྒན་ཁྲིན་ལགས་ལ་ཡིག་ཆུང་ཚགས་པར་ཞིག་བྲིས་པ་ཡིན། དེ་ནི་ཟིང་འཁྲུག་དུས་རབས་སུ་སློབ་གྲྭ་འཁྲུག་པོར་བཟོ་བའི་ཐབས་རྒྱུན་ཞིག་ཡིན་ལ། རྒྱང་བསྒྲགས་ཀྱི་ནང་དུ་ཉིན་རེར་མི་རྣམས་ལ་སྐུལ་སློང་བྱས་ནས། xxxལ་ངོ་རྒོལ་བྱོས་ཞེས་བསྒྲགས་པ་ཡིན་པས། ང་དང་སློབ་གྲོགས་ཤིག་གིས་དགེ་རྒན་ཁྲིན་ལགས་ལ་ངོ་རྒོལ་བྱས་པ་ཡིན་ཏེ། ང་ཚོས་ཡིག་འཁྱོག་འགའ་བྲིས་ནས་དགེ་རྒན་ཁྲིན་ལགས་ཀྱིས་སློབ་ཁྲིད་ཀྱི་སྐབས་སུ་སློབ་ཚིག་རྫུང་སྦྱོང་ཞེས་བྲིས་པ་དང་། ང་ཚོས་དེ་ནི་རྒྱང་བསྒྲགས་སུ་ཉིན་རེར་སྐྱོན་བརྗོད་བྱེད་པའི“དགེ་སྤྱོད་གུས་གཟབ”ཡིན་པར་འདོད།

ངས་སེམས་སུ་དགེ་རྒན་ཁྲིན་ལགས་ཀྱིས་ལོ་རིམ་དང་པོའི་སློ་སེམ་གྱི་ཐོག་ཏུ་སྦྱར་བའི་ཡིག་ཆུང་ཚགས་པར་མཐོང་ཁོ་ཐག་ཡིན་ལ། མོས་ལྟ་སྟངས་ག་འདྲ་ཞིག་འཛིན་ངེས་སམ་སྙམ། མོས་སློབ་ཐུན་ཁྲིད་དུ་སྔར་བཞིན་གདོང་ལ་འཛུམ་གྱིས་ཁེངས་ཤིང་། སློབ་ཐུན་གྲོལ་རྗེས་ངའི་གམ་དུ་ཡོང་ནས་མགོ་ལ་བྱིལ་བྱིལ་བྱེད་པ་ད་དུང་དྲན་ཐུབ། མགོ་ལ་བྱུགས་ཐེངས་གཅིག་པུ་དེ་ཡང1969ལོའི་སྐྱོ་སྟུག་ཆེ་བའི་སློབ་གསོའི་སྐན་ངག་ཅིག་ཏུ་གྱུར། ང་ཡིས་བག་མེད་རྩོལ་འཆལ་གྱི་བྱེད་ཐབས་སྤྱད་ནས་དྲིན་ལན་ངན་འཇལ་བྱས་པ་དེ། བྱིས་བློའི་འཕེལ་ཕྱོགས་ཀྱི་ནོར་འཁྲུལ་ཞིག་ཡིན་རུང་། ལོ་ངོ་ཉི་ཤུ་འགོར་རྗེས་སུ་ད་དུང་སེམས་སུ་ཡིད་སྐྱོ་བའི་ཚོར་བ་སྐྱེས་འདུག

ང་རང་སློབ་རིམ་གཉིས་པར་འཕར་དུས། དགེ་རྒན་ཁྲིན་ལགས་དང་ཁོའི་བུ་མོ་གཉིས་སློབ་གྲྭ་དང་ཁ་བྲལ་སོང་། འགྲོ་ཁར་མོར་སྟོ་གྲིབ་ནད་ཐོག་ཡོད་དེ། ཕལ་ཆེར་མིག་ཤེད་ཉམས་འདུག་ལ། ཚང་མས་དེ་ནི་དུས་

ང་གྲལ་ཤར་དང་པོར་འདུག་རྒྱུར་མི་དགའ་ཞིང་། གྲལ་ཤར་དང་པོས་མི་ལ་གནོམ་ཆུང་སྙིང་རྗེའི་ཚོར་བ་ཞིག་སྤྲེར་བ་དང་། དེ་བས་ཞི་མོ་དང་མཉམ་དུ་འདུག་རྒྱུར་སུན་སྣང་སྐྱེས། རྒྱུ་མཚན་ནི་ཁོ་མོ་ཛ་རེ་ཛོ་རེ་ཡིན་ལ་བླ་གྲུར་ཡིན་ཞིང་། ཞི་མོ་གཞན་རྣམས་ཀྱིས་སླད་གཡོགས་ཁྲ་ཁྲ་གོན་ནས་མཛེས་འཚོས་བྱས་ཡོད་ནའང་། མོ་གཅིག་པུས་ལྷན་པ་གླན་པའི་ཀང་སྣམ་སྔོན་པོ་ཞིག་གོན་ཡོད་པ་མ་ཟད། མོའི་ངོ་ཏུ་སྣབས་ཤུལ་ཆགས་འདུག

ཡུན་རིང་པོར་གློག་བརྙན་གྱི་འོག་ནས་མཚན་བརྒྱབ་པའི་མཇུག་འབྲས་ཡིན་ཟེར། སྔོན་ཁའི་ཉིན་ཞིག་གི་ས་སྲོས་སུ། ང་རང་སྲང་ལམ་དུ་འགྲོ་སྐབས། ཀང་གསུམ་འཁོར་ལོ་ཞིག་དལ་གྱིས་བསྐོར་ཡོང་ལ། དེའི་ཐོག་ཏུ་དགེ་རྒན་ཁྲིན་ལགས་མ་བུ་གཉིས་བསྡད་ཡོད། ཕོ་མ་བུ་གཉིས་ནི་དོན་དམ་པས་བཤད་ན་ཀོ་སྨམ་གཉིས་དང་དཔེ་ཆ་ཐོན་པོ་ཞིག་གི་བར་དུ་འཚང་ནས་བསྡད་ཡོད་པ་ཡིན། བལྟས་ཡོང་ན་ཕོ་ཚོ་དངོས་གནས་ཕ་ཡུལ་རྦའུ་ནན་དུ་འགྲོ་རྒྱུ་རེད། ངས་དབང་མེད་དུ་དགེ་རྒན་ཁྲིན་ལགས་ཞེས་པོས་རྗེས། གཞན་ཚང་གི་སྒོ་ཁར་གཞའ་ནས་བསྡད། དགེ་རྒན་ཁྲིན་ལགས་ཀྱིས་ངའི་མིང་ནས་པོས་ཤིང་ང་ལ་ལག་བརྡ་གཏོང་བཞིན་པ་དང་། ཕོས་ང་ལ“ས་ཏབ་ལ་ཉེ། རེམ་མར་ཡུལ་ལ་སོང”ཞེས་ཟེར་བ་རེད། ངས་གློ་བུར་དུ་མོར་མིག་ནད་ཐོག་ནས་གསལ་པོར་མི་མཐོང་བས། སྲང་ལམ་དུ་ཕོ་མོ་འབོད་པ་ནི་ང་ཡིན་པ་ཇི་ལྟར་ཤེས་པ་ཡིན་ནམ་འདོད་ཅིང་། དེར་མཐུད་ནས་དགེ་རྒན་ཁྲིན་ལགས་ཀྱིས་སྐད་སྒྲ་གཞིར་བཟུང་ནས་སློབ་མ་བཞི་བཙུ་ལྷག་ངོས་བཟུང་བ་དང་། ས་ཆ་གང་དང་དུས་ཚོད་ནམ་ཡིན་རུང་། དགེ་རྒན་ཚོས་རྟག་ཏུ་ཡང་དག་པའི་ངང་ནས་ང་ཚོ་སློབ་མ་རེ་རེའི་མིང་ནས་འབོད་ཐུབ་པར་བསམ་བྱུང་།

དེའི་རྗེས་སུ་ངས་དགེ་རྒན་ཁྲིན་ལགས་གཏན་ནས་མཐོང་མ་མྱོང་ལ། གལ་ཏེ་ཕོ་མོ་ད་དུང་གསོན་པ་ཡིན་ན། དགུང་ལོ་བདུན་ཅུའི་བགྲེས་མོ་ཞིག་ཡིན་སྲིད། མི་རེ་རེས་རང་གི་བློ་འཆེལ་དགེ་རྒན་བརྗེད་མི་སྲིད་མོད། འོན་ཀྱང་ངས་བལྟས་ན། དགེ་རྒན་ཁྲིན་ལགས་ནི་ཟིང་འཁྲུག་དུས་རབས་ཀྱི་ལྟ་ན་སྡུག་པའི་གློག་བརྙན་ཞིག་ཏུ་གྱུར་ཡོད་ཅིང་། མོས་རྫོངས་རྒྱལ་གྱི་

བྱིས་པའི་སེམས་ཁམས་སུ་མཛེས་སྡུག་ལྡན་པའི་འོད་སྣང་མང་པོ་སྤྲིན་ཡོད་ལ། མུ་མཐའ་མེད་ཅིང་འགྱུར་ལྡོག་ཆེ་བའི་མི་ཚེའི་བཤུལ་ལམ་གྱི་སྐྱོད་རོགས་སུ་གྱུར་ཡོད། དུས་ཚོད་ཀྱི་མདའ་མོས་ལོ་ཟླའི་ཡལ་སྐམ་ལོ་རྙིད་སར་འཕངས་པ་དང་། དོན་དག་ལ་ལ་ཞིག་ལ་ལོ་རེ་རེར་བཞིན་ལོ་འདབ་གསར་པ་རྒྱས་ཏེ། ང་ཡིས་རང་གི་བློ་འབྱེད་དགེ་རྒན་ཁྲིན་ལགས་ཕྱིར་དྲན་བྱེད་པ་ནང་བཞིན་ནོ།། ངའི་བུ་མོ་ཡང་བལྟས་བལྟས་རིག་རིག་ལ་དཔེ་ཁུག་ཁུར་ནས་སློབ་གྲྭར་འགྲོ་བའི་དུས་ལ་ཐོན་པ་དང་། ཁོ་མོ་ཁྲིད་ནས་སློབ་གྲྭ་ཉུ་བསྐྱར་བཟོ་བྱས་པའི་ཡི་ཤུ་ཚོས་ཁང་དེ་བརྒྱུད་དུས། ངས་བུ་མོ་ལ་འདི་ནི་ཨ་ཕ་ཆུང་དུས་སུ་འགྲིམས་པའི་སློབ་གྲྭའི་ས་གནས་ཡིན་ཞེས་བཤད་པ་དང་། ངའི་ཉ་ཙར་སྔར་བཞིན་ལོ་ཉིའི་ཤུ་ལྷག་གི་ཡར་སྔོན་དུ་དགེ་རྒན་ཁྲིན་ལགས་ཀྱིས"ས་ཉུབ་ལ་ཉེ། རེམ་མར་ཡུལ་ལ་སོང"ཞེས་བཤད་པའི་སྐད་སྒྲ་མཆེད་འོང་བ་རེད།

ས་ཉུབ་ལ་ཉེ། རེམ་མར་ཡུལ་ལ་སོང་།

ལོ་དགུའི་ནད་ཁྲི།

ང་ཡི་དང་ཐོག་གི་ནད་ཐོག་པའི་ཉམས་མྱོང་ནི་ལོ་དྲུ་མའི་རིང་ལ་ཞིག་གསོ་མ་བྱས་པའི་ལུགས་མའི་རྐུབ་བཀྱག་ཅིག་ཡིན་ལ། དེ་ནི་བྱིས་པ་ལོ་དགུ་ཅན་ཞིག་གི་ནད་ཁྲི་ཡིན།

ལོ་དེར་ང་ལོ་དགུ་ཡིན། ངས་གང་ཡིན་འདི་ཡིན་མེད་པར་གཅིན་པ་མང་བའི་ཡ་མཚར་གྱི་ནད་འདི་འདྲ་ཞིག་ཐོག་དོན་མི་ཤེས་ལ། ཉ་གདོང་དྲུ་སིབ་བི་མང་པོ་འབྱུང་བའི་རྒྱུ་མཚན་ཡང་མི་ཤེས་ཤིང་། ཁྲག་རིལ་དཀར་པོ་དང་ཁྲག་རྫུལ་ཛེ་ཞུང་དྲུ་སོང་བའི་མཇུག་འབྲས་ཚབས་ཆེན་ཅི་འདྲ་ཡིན་པའང་མི་ཤེས། ཉིན་དེར་ཨ་ཕས་ང་རང་ལུགས་རྟའི་འཕང་དྲུ་བཟུང་བ་དང་། ཨ་མས་ཟྫེས་དེད་དེ་ང་ལ་བལྟས་འདུག ངེད་བཟའ་མི་གསུམ་པོ་སྨན་ཁང་ལས་ཁ་བྲལ་དྲུས་ས་སྲོས་ལ་སླེབ་འདུག་ཅིང་། ངའི་ཚོར་སྣང་ལ་ཕ་མའི་སེམས་ཁམས་ཀྱང་ས་སྲོས་བཞིན་སླག་རུམ་འཐིབས་ཡོད་པ་འདྲ། ངས་ང་རང་ལ་ནད་ཐོག་པ་ཤེས་ནས་ཕ་མ་ལ་རེ་འདུན་བཏོན་ཚོག་པའི་གནས་ལུགས་ཡོད་སྙམ། དེར་བརྟེན་སྔོ་རྒྱག་བཞིན་པའི་ག་ར་སིལ་ཏོག་གི་ཚོང་ཁང་ཞིག་ཏུ། ཨ་ཕས་ང་ལ་ཚ་ལི་མའི་ཚུགས་ཀར་བཙོས་པའི་ག་ར་སླེ་མོ་ཞིག་ཉོས་པ་དང་། ཚ་ལི་མ་བཟོས་པ་ཤིན་ཏུ་བདེན་པར་སྣང་ལ་དེའི་ཐོག་ཏུ་བརྒྱུན་པའི་ལོ་འདབ་གཉིས་ལྷག་ཏུ་བདེན་པར་

སྣང་། དེ་ནི་ང་ལ་ནད་ཕོག་རྗེས་ཐོབ་པའི་ལག་རྙེས་དང་པོ་ཡིན།

ནད་ཕོག་པ་ནི་སྐྱིད་པོ་ཞིག་ཡིན་ཏེ། ནད་ཕོག་རྗེས་སྔར་ཟས་མ་མྱོང་བའི་ཟས་རིགས་བཟའ་ཐུབ་པ་དང་། ཁྱིམ་མིའི་དེ་ལས་མང་བའི་གཅེས་སྐྱོང་དང་དོ་སྣང་ཐོབ་ཐུབ་ལ། རང་སྙོམ་གྱིས་ཁྱིམ་མཚེས་ཀྱི་གྲོགས་པོ་ཆུང་ཆུང་ཚོར"ང་ལ་ནད་ཕོག་པས་སང་ཉིན་སློབ་གྲྭར་མ་སོང་ན་ཆོག"ཅེས་ཁྲབ་བསྒྲགས་བྱས་ཆོག་མོད། འོན་ཀྱང་དེ་ནི་ཆེས་དང་ཐོག་གི་ཚོར་བ་ཡིན་ཏེ། མ་འགྱངས་པར་ནད་ཕོག་པ་ལས་བསྐྱེད་པའི་ན་ཚ་ཡིས་བྱིས་བློའི་བདེ་སྐྱིད་ཚོར་སྣང་ཡོད་ཚད་བཅོམ་པ་རེད།

ནད་ཕོག་རྗེས་སྔས་མགོར་ཁྱེར་ཡོང་བ་ནི་ཟས་མཆོག་ཡིན་པའི་ངེས་པ་མེད། སྨན་པས་ང་ལ་བཤད་རྒྱུར། "ཁྱོད་ཀྱི་ནད་འདིར་ཚྭ་ལ་འཛེམ་དགོས། ཚྭ་བཟའ་མི་རུང་། གཏན་ནས་བཟའ་མི་རུང་། མི་ལ་ལས་ནད་འདི་ཕོག་ནས་ཚྭ་སྐྱོག་ཟ་བྱས་པས་ཤི་སོང་བ་རེད། ཁྱོད་ཀྱིས་སྐྱོག་ཟ་བྱེད་རྒྱུ་ཨེ་ཡིན"ཞེས་ཟེར། ངས་སྐྱོག་ཟ་མི་བྱེད་ཅེས་བཤད་པ་དང་། ཚྭ་མ་བཟས་ན་ཅི་སྐྱོན་འདོད། དང་ཐོག་ངས་ཚྭ་ཡི་དགོས་མཁོར་མཐོང་ཆུང་བྱས། ཨ་མས་སྨན་ཁང་ནས་ཚྭ་འདྲ་བའི་དངོས་པོ་ཞིག་ཉོས་ཡོང་ནས་ངའི་ཚལ་གྱི་ནང་དུ་འཕངས་པ་དང་། རུང་ཁ་བར་སྣང་མོད། འོན་ཀྱང་ཁ་བ་དེ་རུང་ཡ་མཚན་ཞིག་རེད། ད་དུང་སྲན་སྒྲུམ་རིགས་ཤིག་ཀྱང་ཡོད་དེ་དམར་པོ་ཡིན་མོད། འོན་ཀྱང་དམར་པོ་དེའང་ཡ་མཚན་ཞིག་ཡིན། ངས་དམིགས་བསལ་གྱི་ཟས་རིགས་འདི་དག་ལ་འབྲེལ་འདྲིས་བྱེད་མགོ་བརྩམས་པ་ཡིན་ལ། ཉིན་འགའ་མ་འགོར་བར་དེ་དག་ལ་སྐྲག་སྣང་གི་ཀུན་སློང་སྐྱེས་ནས། སེམས་སུ་རང་ལ་ཚྭ་བཟའ་མི་ཉན་པའི་ནད་འདི་འདྲ་ཞིག་མ་

ཁོ་ཚོ་མཐོང་བ་ཡིས་ང་ལ་ངག་ནས་བརྗོད་ཐབས་བྲལ་བའི་སྡུག་བསྔལ་ཞིག་མྱངས་སུ་བཅུག་པ་དང་། སྔོའི་རྒྱབ་ནས་སློབ་གྲོགས་ཚོའི་ཁ་བརྡ་ལ་སྙིག་ཉན་རྒྱག་དུས། ད་གཟོད་གཞི་ནས་རང་གིས་སྙིང་ནས་སློབ་གྲྭ་དྲན་བཞིན་པ་རྟོགས་ཤིང་། དངོས་གནས་སུ་ནད་ཐོག་པ་ནི་སྐྱིད་པོ་ཞིག་གཏན་ནས་མིན་པ་རྟོགས།

ཐོག་རྒྱུ་ན་ཅི་མ་ཐུབ་སྙམ་པ་དང་། འཛམ་གླིང་དུ་ཚ་ལ་འཛེམ་དགོས་པའི་ནད་རིགས་ཤིག་ཡོད་པའི་རྒྱུ་མཚན་ཅི་ཡིན་ནམ་འདོད། ཐེངས་དུ་མ་ཞིག་ལ་ངས་ཐུར་མ་བཟུང་ནས་ཚ་ཐོར་གྱི་གམ་དུ་སོམ་ཉིའི་དྲ་བར་ཚུད་ཐུབ་མཇུག་མཐར་སྔར་བཞིན་འཛེམ་བྱ་ལས་མ་བཀལ། རྒྱུ་མཚན་ནི་ངས་སྨན་པའི་ཐ་ཚིག་བརྗེད་མེད་ལ། རང་གིས་རང་ལ་སེམས་གསོ་བྱས་ནས། འཆི་ན་མི་འདོད་ཚེ་ཚ་སྐྱག་ཟ་བྱེད་མི་ཐུབ་བ་ཤེས་པས་སོ། །

ནད་ཐོག་པ་ན་གཉིད་ཆོག་པ་དང་རང་དབང་ཡོད་པ་ཞིག་མ་ཡིན་ཏེ། ལོ་ཕྱེད་ཀྱི་རིང་ལ་སློབ་སྦྱོང་དགོངས་ཞུ་བྱེད་པའི་གྲོས་གཞིའང་སྨན་པས་བཏོན་པ་ཡིན་ཞིང་། སྐབས་དེའི་དགའ་བའི་འཛུམ་མདངས་མངོན་པར་བཞད་པའི་སེམས་ཁམས་ད་དུང་དྲན་ཐུབ་སོད། ཕ་མས་དེར་དོགས་གཞི་བཏོན་པ་རེད། ངའི་ཕ་མ་ནི་ཀྲུང་དབྱི་སྨན་པར་ཡིད་ཆེས་ཡོད་པ་ཞིག་ཡིན་པས། སྨན་པས་རྩ་སྨན་གྱིས་ངའི་ནད་གཞི་གསོ་བའི་རེ་བ་བཏོན་པ་མ་གཏོགས། ཕོ་ཚོ་ཡང་ངས་སློབ་སྦྱོང་དགོངས་ཞུ་བྱེད་རྒྱུར་འཐད་པ་ཡིན། ཕོ་ཚོས་སྐབས་དེར་ནུབ་སྨན་གྱིས་ནད་མགོ་གནོན་པ་ཡིན་ལ། ཀྲུང་དབྱི་ཡིས་ད་གཟོད་ནད་གསོ་བ་ཡིན་པར་འདོད། དེར་བརྟེན། ཕྱིས་སུ་ང་ལ་རང་གིས་རོ་ཁ་བའི་རྩ་སྨན་གདུས་ཁུ་འཐུང་བ་དང་སྨན་ཁུ་གདུ་ཐོར་གསུམ་བསྲེག་པའི་ཡིད་སྐྱོ་བའི་དྲན་ཤེས་ཡོད་པ་ཡིན། བྱིས་པ་ཞིག་གི་རོ་འཛིན་འབྱུར་མ་དང་ཡི་ག་ལ་མཚོན་ན། རྩ་སྨན་དེ་དག་ནི་དུག་སྨན་ཞིག་དང་གཉིས་སུ་མེད། ངས་སྣ་ཁུང་བཙིར་ནས་ཉིན་འགའ་ལ་འཐུང་བ་དང་། སྡུག་བསྔལ་གྱི་ཁྲིད་ལས་ཐབས་ཤེས་ཤིག་རྙོགས་པ་སྟེ། སློབ་གྲྭ་འགྲོ་བར་ཁ་གཡར་ནས་སྨན་འཐུང་བ་ལས་བྱོལ་བ་ཡིན། ཐེངས་ཤིག་ལ། ཨ་མས་

སྨན་ཁུ་འཚག་པའི་སྐབས་སླགས་དང་བསྟུན་ནས་མགྱོགས་མྱུར་ངང་དཔེ་ཁུག་ཁུར་ཏེ་སློ་ཕྱིར་བུད་པ་ཡིན་ལ། སེམས་སུ་སྨན་ཁུ་འཐུང་བ་ལས་སློབ་གྲྭར་སོང་ན་དགའ་འདོད་སྙིང་། འོན་ཀྱང་ང་རང་གྲོས་ནས་གོམ་པ་འགའ་མ་སོང་གོང་ལ་ཨ་མས་ཕོས་བྱུང་བ་རེད། ཨ་མས་རྩ་སྨན་གྱི་ཕོར་བ་བཟུང་ནས་སློ་ཁར་ལངས་འདུག་པ་དང་། གཟབ་ནན་གྱི་མིག་མདངས་ཀྱིས་ང་ལ་བལྟས་འདུག ངས་དེ་ལས་མི་རྫོངས་གཉིད་ལས་སློང་བར་བྱེད་པའི་ནང་དོན་རྟོགས་པ་ཡིན་ཏེ། "ཁྱོད་རང་ཤི་ན་འདོད་དམ། ཤི་ན་མི་འདོད་ན་ཕྱིར་ཡོང་ནས་རྩ་སྨན་འདི་འཐུང་དང"ཞེས་པ་དེའོ།།

དེར་བརྟེན་ང་རང་ཕྱིར་སོང་བ་ཡིན། ལོ་དགུ་ཅན་གྱི་བྱིས་པ་ཞིག་ཀྱང་འཆི་རྒྱུར་སྐྲག་དགོས་པ་ཡིན། ད་ལྟ་ཕྱིར་འདྲེན་ཞིག་བརྒྱབ་ན། ང་རང་ལོ་དགུའི་ཐོག་ནས་འཆི་རྒྱུར་སྐྲག་ཏུ་བཅུག་པས། ལས་དབང་ནི་ཅུང་ཡང་བ་ཞིག་ཡིན་ཞིང་། འདི་ནི་ང་ལ་འཕྲུ་དམོད་བྱེད་པ་ཡིན་ནམ་སྲོག་བླུ་བྱེད་པ་ཡིན་པའི་འཕྲུང་མོ་ཉུག

ལོ་དགུའི་ནད་ཁྲིའི་མདུན་གྱི་ལོ་ཟླ་ནི་ཤིན་ཏུ་རིང་ཞིང་ལྷོ་བ་ཞིག་ཡིན་ལ། སློ་སྒྲུགས་ཀྱི་སོས་ཀའི་ཆར་པ་ཟིམ་ཟིམ་དུ་འབབ་པ་དང་། ངའི་གཅིན་པའང་ཆར་པ་བཞིན་མཚམས་མི་ཆད། ང་རང་སྣེའུ་ཁུང་ཕྱིའི་ཆར་བ་ལ་སྣང་ཞིང་། དེ་བས་ཀྱང་རང་ཉིད་ཀྱི་མཁལ་མ་སྐྲན་ཅན་ལ་སྣང་བ་ཡིན་ལ། ལྕགས་ཐབ་ཐོག་གི་དྲི་མ་ཁ་བའི་སྨན་ཁུ་གདུ་བྱེད་ཀྱི་ཕོར་བ་ལ་སྣང་ཞིང་། ལུས་པོའི་འོག་གི་ལྕུག་མའི་མལ་ཁྲིའི་ཙག་སྲྲ་ལ་དེ་བས་སྣང་བ་ཡིན། ནད་ཕོག་པའི་ཚོར་བ་དེ་ལྟར་ཉིན་རེ་བཞིན་ཇེ་སྟུག་ལ་འགྲོ་བ་རེད།

ཉིན་ཞིག་ལ་འཛིན་གྲྭའི་ནང་གི་སློབ་གྲོགས་འགའ་ང་ལ་ལྟ་རུ་ཡོང་བ་

གནམ་ངོ་གཡའ་དག་པའི་ཉིན་ཞིག་ལ། ང་རང་ལུས་སྦྲོང་ར་བའི་ནང་ནས་ཐག་ལྡིང་རྩེ་དུས། ངལ་དུབ་མེད་པར་རྩེ་ཞིང་རྣམ་པ་བསྒྱུར་ནས་ལྡིང་སྟེ། མཐའ་འཁོར་དུ་སློབ་གྲོགས་མང་པོས་བསྐོར་བ་ན་ད་གཟོད་རྩེ་མཚམས་བཞག་པ་ཡིན། ངའི་དམིགས་ཡུལ་འགྲུབ་སོང་། ངས་ཚང་མ་ལ་བཤད་འདོད་པ་ནི་ངའི་ནད་གཞི་སངས་དྲག་ཏུ་སོང་ཡོད་དེ། ད་ལྟ་ང་ཡང་ཁྱོད་ཚོ་དང་གཅིག་པ་ཡིན་ཞེས་པ་དེའོ།།

དང་། ངས་ཕོ་ཆོ་གནམ་ལྡིང་ས་ལྡིང་བྱེད་པ་མཐོང་ནས་སེམས་སུ་ཕྲག་དོག་ལྷ་བུའི་ཚོར་བ་ཞིག་བྱུང་། དེ་བས་ཕོ་ཆོ་སྐྱུར་ནས་ནང་གི་ཁང་པར་འཇུལ་ཏེ་སློ་ཟླ་བརྒྱབ་པ་ཡིན། ང་རང་དུ་འདོད་པ་མ་ཡིན་པར། རང་ཉིད་རང་དམན་རང་སྐྱོ་ཡི་གནས་བབ་ལས་སྐྱོབ་བསམ་པ་ཡིན། ཕོ་ཆོ་མཐོང་བ་ཡིས་ང་ལ་ངག་ནས་བརྗོད་ཐབས་བྲལ་བའི་སྟུག་བསྔལ་ཞིག་མྱངས་སུ་བཅུག་པ་དང་། སློའི་རྒྱབ་ནས་སློབ་གྲོགས་ཚོའི་ཁ་བརྡ་ལ་ཉན་རྒྱུག་དུས། ད་གཟོད་གཞི་ནས་རང་གིས་སྙིང་ནས་སློབ་གྲྭ་དྲན་བཞིན་པ་རྟོགས་ཤིང་། དངོས་གནས་སུ་ནད་ཐོག་པ་ནི་སྐྱིད་པོ་ཞིག་གཏན་ནས་མིན་པ་རྟོགས།

ང་རང་ནད་ཁྲིའི་ཐོག་ནས་ཟླ་བ་འགར་ཉལ་བ་ཡིན། ཕྱིས་སུ་རང་གཅིག་པུས་ཡུལ་ནས་སྨན་གདུས་ཏེ་འཐུང་བ་ཡིན་ལ། སྨན་པའི་ཐ་ཚིག་ནན་སྲུང་བྱས་པ་ཡིན། ཁྱིམ་མཚེས་དང་ཤ་ཉེ་ཚང་མས་བཤད་རྒྱུར། “བྱིས་པ་འདི་གཡུང་མོ་ཞིག་རེད”ཟེར། ངའི་ཕ་མས་དེར་མཐུད་ནས “ཁོས་ལོ་ཕྱེད་ཅིག་ལ་ཚ་ཁྲིལ་འབྲུ་ཙམ་ཡང་མ་ཟས”ཟེར། ངས་བསམ་ན་ཕོ་ཆོས་ངའི་བསམ་ཕྱོགས་ཀྱི་དོན་མི་གོ་བ་དང་། ངའི་བསམ་ཕྱོགས་ནི་མདོར་བསྡུས་ན་གནད་གཉིས་ཡིན་ཏེ། གཅིག་ནས་འཆི་རྒྱུར་སྐྲག་པ་དང་། གཉིས་ནས་སློབ་གྲྭར་ལོག་ནས་ནད་ཐོག་མེད་པའི་སློབ་གྲོགས་ཚོ་དང་མཉམ་དུ་བསྡད་ན་འདོད་པ་དེ་ཡིན། འདི་ནི་ངའི་བསམ་པའི་རྟེན་གཞི་གཙོ་བོ་ཡིན།

ལོ་ཕྱེད་ཀྱི་རྗེས་སུ་ངའི་ནད་གཞི་སངས་དྲག་བྱུང་ནས་ཕྱིར་སློབ་གྲྭར་ལོག་པ་ཡིན་ལ། གནམ་ངོ་གཡའ་དག་པའི་ཉིན་ཞིག་ལ། ང་རང་ལུས་སྦྱོང་

ར་བའི་ནང་ནས་ཐག་ལྷིང་རྗེ་དུས། ངལ་དུབ་མེད་པར་རྗེ་ཞིང་རྣམ་པ་བསྒྱུར་ནས་ལྷིང་སྟེ། མཐའ་འཁོར་དུ་སློབ་གྲོགས་མང་པོས་བསྐོར་བ་ནད་གཟོད་རྗེ་མཚམས་བཞག་པ་ཡིན། ངའི་དམིགས་ཡུལ་འགྲུབ་སོང་། ངས་ཚང་མ་ལ་བཤད་འདོད་པ་ནི་ངའི་ནད་གཞི་སངས་དྲག་ཏུ་སོང་ཡོད་དེ། ད་ལྟ་ང་ཡང་ཁྱོད་ཚོ་དང་གཅིག་པ་ཡིན་ཞེས་པ་དེའོ། །

ང་རང་སོ་དགུའི་ནད་ཁྲི་ལས་ཁ་བྲལ་བ་དང་། དེ་ནས་བཟུང་གཞན་ལས་ལྷག་ཏུ་བདེ་ཐང་ལ་དོ་སྣང་བྱེད་པ་ཞིག་ཏུ་གྱུར།

ལྷུགས་རྟའི་སླུ་དབྱངས།

ཁོད་ཡངས་ཤིང་ཡུལ་ལྗོངས་ཀྱིས་དབེན་པའི་སྲང་ལམ་ཞིག་ཏུ། སྐབས་སྐབས་སུ་སྤྱི་སྤྱོད་རླངས་འཁོར་དང་ཤར་རླུང་རྟགས་ཅན། ཡང་ན་བཅིངས་འགྲོལ་རྟགས་ཅན་གྱི་རླངས་འཁོར་ཤར་སྐྱོད་བྱེད་པ་མ་གཏོགས། རླངས་འཁོར་ཆུང་བ་མཐོང་དཀོན། ཁྲིལ་ཁྲིང་གི་འཁྲིམ་འགྲུལ་ནི་འཁོར་ལོ་གཉིས་ཅན་གྱི་ལྕགས་རྟར་བརྟེན་ཡོད། ལྕགས་རྟ་མང་ཤོས་ཤིག་གི་འཁོར་ལོའི་ཐོག་གི་རྩེ་ལྷུང་ནས་བཙའ་ཆགས་ཡོད་པ་དང་། ཁོན་པ་སྐྱ་བོ་དང་སྔོན་པོ། ལྟང་ཁུ་གོན་པའི་མི་མང་པོ་ཞིག་ལྕགས་རྟར་ཞོན་ནས་གཞུང་ལམ་གྱི་གཞོགས་གཉིས་ནས་ཤར་སྐྱོད་བྱེད། འདི་ནི་ནུབ་ཕྱོགས་གླིག་བརྙན་གྱིས་ལོ་རབས་བདུན་ཅུ་པའི་པེ་ཅིང་ཞིབ་བརྗོད་བྱས་པ་ཞིག་ཡིན་ཏེ། ཇི་འདྲའི་གྲོང་པོ་ཡིན་རུང་གནད་ལ་ཁེལ་བ་ཞིག་ཀྱང་རེད་འདུག མི་ཚང་མས་ཤེས་གསལ་ལྟར། ལྕགས་རྟའི་ཞིང་ཁམས་མཐོང་བ་ན་ཀྲུང་གོ་མཐོང་བ་ཡིན་ནོ། །

གློག་བརྙན་བརྙན་མགོ་ལས་ཞིབ་བརྗོད་མ་བྱས་པ་རྣམས་ད་ལྟ་ང་ཡིས་ཞིབ་བརྗོད་བྱེད། ལྕགས་རྟ་མང་ཆེ་བ་ནག་པོ་ཡིན་ཞིང་ཆེ་ཆུང་ནི་དབྱིན་ཚུན་ཉི་ཤུའམ་ཡང་ན་ཉེར་དྲུག་ཡིན་ལ། ཕྱི་མ་དེར་རྒྱུན་དུ་མོ་རྟ་ཟེར་མོད། འོན་ཀྱང་མོ་རྟ་དེ་དོན་དངོས་སུ་ཕོ་རྟ་རུ་གྱུར་ནས། ཚོགས་ཀ

ཟོ་ རྟ་དང་འདྲ་བར་བདེ་ཞིང་སྲ། སྐབས་འགར་དམར་པོ་དང་སྔོན་པོ་རེ་གཉིས་མཐོང་ཐུབ་པ་དང་། དེ་དག་གི་འཁོར་སྣག་སྐུད་པ་ནི་རྫེན་པར་ཐུར་དུ་དཔྱངས་པའི་རྙེ་སྐུད་མིན་པར། འཁྱིལ་ཐག་དཀྲིས་ནས་རྒྱན་སྤྲོས་བྱས་པའི་བསྙོལ་སྐུད་ཡིན་ལ། ལྕགས་རྟའི་སྟེང་དུ་དཔེ་གསར་གྱི་མཚོན་རྟགས་ཤིག་ཏུ་གྱུར་ཡོད་དེ། ད་ལྟའི་གྲུང་དབྱང་བརྙན་འཕྲིན་ཁང་གི་མཚོན་རྟགས་ནང་བཞིན་ནོ།། ཆོན་ལྡན་ལྕགས་རྟའི་བདག་པོ་ནི་རྟག་ཏུ་རྒྱུན་ལྡན་མ་ཡིན་པའི་ན་གཞོན་དག་ཡིན་ལ། ཁྱིམ་ཚང་ཕྱུག་པོ་ཡིན་པའམ་ཡང་ན་དབང་ཆ་ཡོད་པ་ཅན་ཡིན། ལྕགས་རྟ་དེ་འདྲ་ན་གཞོན་ལ་ལའི་སྟེང་ནས་བསྐྱོད་དུས། སྐབས་འགར་བསམ་གཟེ་ནས་བཀག་འགོག་བྱེད་མཁན་ཡང་ཡོད། འགོག་མཁན་ཚོའི་འགོག་དོན་ཡང་མི་འདྲ་སྟེ། ལ་ལས་ཕྲག་དོག་བྱས་ནས་བསམ་བཞིན་དུ་དཀའ་ལས་བཟོ་བ་ཡིན་ལ། ན་གཞོན་ལ་ལ་ཞིག་མ་རབས་ཡིན་ཏེ། འཇིགས་སྐུལ་ནས་བདག་པོ་སར་འབབ་ཏུ་བཅུག་སྟེ། སྤུ་གཞུག་བཙད་དེ་གཞན་གྱི་ལྕགས་རྟར་ཞོན་ནས་སྲུང་ལམ་ནས་ཛོ་སོ་ཛོམ་པ་རེད།

ང་ཚོས་ད་ལྟ་བཤད་འདོད་པ་ནི་གང་སར་མཐོང་ཐུབ་པའི་ལྕགས་རྟ་ནག་པོ་དཀྱུས་མ་ཞིག་ཡིན་པ་དང་། དེ་ནི་གཙོ་བོར་ཐོན་རྫས་གྲགས་ཅན་གསུམ་ལས་མ་འདས་ཏེ། རྟག་བརྟན་དང་ཕྲུང་ཆེན། ཕུག་རོན་བཅས་སོ།། ཕུག་རོན་རྟགས་ཅན་ནི་ཐེན་ཅིན་ལྕགས་རྟ་བཟོ་གྲྭའི་ཐོན་རྫས་ཡིན་ལ། སྔོ་ཕྱོགས་སུ་ཙུང་མཐོང་དཀོན། ང་ཚོའི་ཡུལ་ཕྱོགས་ཀྱི་ཁྱིམ་ཚང་དཀྱུས་མ་ཚོའི་ཡིད་སྨོན་འཚོར་ས་ནི་ཧྲང་ཧེ་ནས་ཐོན་སྐྱེད་བྱའི་པའི་རྟག་བརྟན་རྟགས་ཅན་ནམ་ཡང་ན་ཕྲུང་ཆེན་རྟགས་ཅན་གྱི་ལྕགས་རྟ་ཡིན།

རྟག་བརྟན་རྟགས་ཅན་གྱི་ལྷུགས་རྣ་གཅིག་ཡོད་པའི་ཁྲིམ་ཚང་གིས་སྤྲ་གསང་མེད་པར་གཞན་ལ་ཁོས་ད་དུང་ཁྱུང་ཆེན་རྟགས་ཅན་གྱི་ལྷུགས་རྣ་ཞིག་ཉོ་འདོད་ཅེས་བཤད་པ་དང་། ཕོ་རྣ་གཅིག་ཡོད་པའི་ཁྲིམ་ཚང་གིས་ཧམ་སེམས་བཅངས་ཏེ། ཚོང་ཁང་དུ་ཚོང་ལས་གཉེར་བའི་ཤ་ཉེ་བཙལ་ནས། ད་དུང་དབྱིན་ཇུན་ཉེར་དྲུག་ཅན་གྱི་མོ་རྣ་ཞིག་ཉོ་ཐུབ་མིན་རྩད་གཅོད་བྱེད། འོན་ཀྱང་དངོས་པོ་ཞུང་བའི་དུས་རབས་ཤིག་ཏུ། འདི་ལྟ་བུའི་རེ་འདུན་ནི་ད་ལྟའི་མི་གཞན་ལ་དངུལ་བསྐྱིས་ནས་མ་རྐང་ཉོ་བ་ལྟར། གཞན་གྱི་མི་དགའ་བ་སློང་བ་ལས་མ་འདས།

ད་སོ་མ་ལྷུགས་རྣ་ཉོས་པའི་ན་གཞོན་རྩོལ་སྦྱོད་མཁན་ཚོས་སྲང་ལམ་དུ“སྨྱོ་ཞོན”བྱས་ནས། རང་གི་ལྷུགས་རྣ་དང་ཞོན་རྩལ་ངོམ་པ་རེད། རླུང་འཚུབ་མ་བཞིན་དུ་སྲང་ལམ་གྱུ་དོག་ནས་ཤར་སྐྱོད་བྱེད་དུས། ཁྲི་གཏུམ་ཆེ་བའི་སྐྱེས་མ་ཚོས་གཞུག་ལ་བལྟས་ནས“དམག་ལ་ཆས་རྒྱུ་ཡིན་ནམ”ཞེས་གཤེ་གཤེ་གཏོང་བ་རེད། ལྷུགས་རྣར་ཞོན་མཁན་ཚོས་མི་ཐོས་ཏེ། ཁོ་ཚོ་ནི་དེང་གི་ལྷུགས་རྣའི་ཞོན་རྩལ་འགྲན་མཁན་དང་འདྲ་བར་ཁ་ཐུམ་སྒོར་ལམ་དུ་འགྲོས་མཐོའི་སྐྱིད་སྣང་ལ་རོལ་སྤྱོད་བྱེད། ལྷུགས་རྣར་ཞོན་ནས་དལ་མོར་སྐྱོད་མཁན་ཡང་ཡོད་དེ། དེ་དག་གིས་ཀྱང་མིའི་ཐུར་མིག་སློང་སྲིད། ངས་ནམ་ཡིན་ཡང་དམག་ལྭ་རྙིང་པ་གོན་ནས་ལྷུགས་རྣར་ཞོན་པའི་སྐྱེས་པ་དར་མ་ཞིག་ཡོད་པ་བརྗེད་མི་ཐུབ། ཁོས་ལྷུགས་རྣ་ལ་གཅེས་པ་མང་དྲགས་པའི་རྐྱེན་གྱིས་ཡིན་སྲིད་ལ། ཞོན་རྩལ་ཞན་པའི་རྐྱེན་ཡིན་ཡང་སྲིད་དེ། ཁོ་ལྷུགས་རྣར་ཞོན་པའི་ཚུགས་ཀ་ཤིན་ཏུ་ཁྱད་མཚར་བ་ཞིག་ཡིན་ཏེ། ལུས་པོ་འཁྱོག་ཅིང་མགོ་བོ་ཧ་ལམ་ལྷུགས་རྣའི་ རྔ་ཡུ་ཐོག་ཏུ་བཞག་འདུག ཁོས་

ཕལ་ཆེར་མི་མང་པོ་ཞིག་གིས་ཕོའི་ལྟགས་རྟར་ཞོན་ཚུལ་ལ་བལྟ་བཞིན་པ་ཤེས་མེད། སྐབས་མི་ལེགས་པ་ནི་མི་འདི་རྟག་ཏུ་ས་སྲོས་སུ་ང་ཚོའི་སྲང་ལམ་དེར་བརྒྱུད་པ་དང་། བྱིས་པ་ཚོས་སྲང་ལམ་དུ་དོན་མེད་རྩེད་སློང་བྱེད། རྒྱུ་མཚན་ཅི་ཡིན་མི་ཤེས་མོད། མི་དེའི་ལྟགས་རྟའི་ཞོན་ཚུལ་ལ་བྱིས་པ་ཚོས་མི་དགའ་བའི་རྣམ་འགྱུར་སྟོན་ཞིང་། བྱིས་པ་ཚོས་ཕོའི་ལྟགས་རྟའི་ཞོན་ཚུལ་ནི་ཏུས་སྦལ་ཞིག་དང་འདྲ་བར་འདོད། ཉིན་ཞིག་ལ། ང་ཚོས་ཕོར་བལྟས་ནས“ཏུས་སྦལ། ཏུས་སྦལ། ” ཞེས་ཀུར་བརྒྱབ། ཕོས་ཁ་ཕྱིར་འཁོར་ནས་ང་ཚོར་བལྟས་ཏེ། ཁ་ཡ་མི་བྱེད་པ་ངས་དྲན་འདུག་མོད། འོན་ཀྱང་རྣམ་འགྱུར་དེས་ང་ཚོས་ལྟགས་རྟར་ཞོན་མཁན་དེ་ལ་བཙངས་པའི་གང་ཡིན་འདི་ཡིན་མེད་པའི་ཞེན་ལོག་བསྐྱུར་མི་ཐུབ། ཕྱི་ཉིན། ང་ཚོས་སྲང་ལམ་དུ་སྒྲུག་པ་དང་། ཕོ་དུས་འགྲུངས་མེད་པར་ང་ཚོའི་ས་ཁུལ་ནས་བརྒྱུད་དུས། ཁ་སང་གི་སྐད་མགོ་ལས་མཐོ་ཞིང་གྲལ་དག་པའི་ངང་ནས་རྫིས་དེད་དེ“ཏུས་སྦལ། ཏུས་སྦལ”ཞེས་ཀུར་བརྒྱབ། ཉེས་མེད་ཀྱི་མི་དེ་ཁྲོས་ནས་ལྟགས་རྟ་ལས་བབས་ཏེ། སྡང་མིག་བགྲད་ནས་ང་ཚོའི་ཕྱོགས་སུ་རྒྱུག་ཡོང་བ་དང་། ཚང་མ་ཐོར་ལང་ངེ་བྲོས་པ་རེད། ང་ཡང་བྲོས་པ་སྨྲོས་མ་དགོས་མོད། འོན་ཀྱང་ང་བྲོས་ནས་རང་ཁྱིམ་གྱི་སྒོ་ཁར་སླེབ་ནས་ཕོར་བལྟས་པ་ན། ཕོ་སློ་བུར་དུ་ལངས་ནས་ཁ་ཕྱིར་འཁོར་ཏེ་བལྟ་བ་དང་འཕྲད། ཕོ་གྱུང་ལ་ཁེན་ནས་བཞག་ཡོད་པའི་ལྟགས་རྟ་དེར་ བློ་མ་བདེ་བ་ཡིན་པ་མངོན་གསལ་རེད། ངས་ཕོ་རང་སྲང་ལམ་གྱི་དཀྱིལ་དུ་ལངས་ནས་སེམས་ཉེ་བྱེད་པའི་ངང་ཚུལ་དེ་བརྗེད་མི་ཐུབ་པ་ལ། མཇུག་མཐར་ཁ་ཕྱིར་འཁོར་ནས་ལྟགས་རྟའི་ཕྱོགས་སུ་རྒྱུག་སོང་། སྐྱེས་པ་དེར་སྙིང་རེ་རྗེ། ཕོས་

ལྕགས་རྟར་སྒྲུང་སྐྱོབ་བྱེད་ཆེད། བྱིས་པ་སྐོར་ཞིག་གི་དོན་མེད་ཀྱི་བརྙས་བཅོས་སྤོང་དགོས།

ངའི་ཨ་ཕའི་ལྕགས་རྟ་དེ་ལོ་རབས60པར་ཐོན་སྐྱེད་བྱས་པའི་རྟག་བརྟན་རྟགས་ཅན་ཞིག་ཡིན། ངས་བསམ་ཤེས་པ་ནས་ལོ་རབས80པར་ཁྱིམ་དང་ཁ་བྲལ་ནས་སློབ་གཉེར་བྱེད་པའི་བར་དུ། ངའི་ཨ་ཕ་ཐོག་མཐའ་བར་གསུམ་དུ་དེར་ཞོན་ནས་ཕར་འགྲོ་ཡི་སྔ་བ་དང་ཕྱིར་འོང་གི་རྗེས་མ་བྱས། གཟའ་ཉི་མའི་ཞོགས་པར། ངས་རྟག་ཏུ་ཨ་ཕས་ལྷས་རའི་ནང་དུ་སང་རས་ཀྱིས་རང་གི་ལྕགས་རྟ་འབྱིད་བཞིན་པ་མཐོང་ཐུབ། ད་ལྟ། ངས་དྲིན་འཇལ་གྱི་བསམ་བློ་ཡིས་ལྕགས་རྟ་དེ་དྲན་པ་ཡིན་ལ། རྒྱུ་མཚན་ནི་དེ་སྟོན་ཚད་ང་ཡི་ཚེ་སྲོག་དང་འབྲེལ་ཆགས་པས་སོ།། ལོ་ཆུང་གི་དུས་སུ་ན་ཚ་མང་བས་ཞོགས་པ་དང་ས་སྲོས་གང་མང་ཞིག་ལ། ང་རང་ཨ་ཕའི་ལྕགས་རྟའི་འཕང་དུ་བཟུང་ནས་ཁྱིམ་དང་སྨན་ཁང་གི་བར་དུ་འགྲོ་འོང་བྱས། ཐེངས་ཤིག་ལ། ངའི་ཨ་ཕས་ང་རང་ལྕགས་རྟའི་འཕང་དུ་བཟུང་ནས་ལི་དབར་ཉི་ཤུ་ལ་སོང་སྟེ། ཞིང་སྡེ་ཞིག་ཏུ་ལག་རྒྱུན་གསང་བཅོས་ཡོད་པའི་རྐང་རྗེན་སྨན་པ་བཙལ། ངས་ལི་དབར་ཉི་ཤུ་དེ་བརྗེད་ཐབས་མེད། དེ་ལས་ཧ་ལམ་ལི་དབར་བཅུ་ལྷག་ནི་སུའུ་ཀྲོའུ་གྲོང་ཁྱེར་ནང་ཁུལ་གྱི་རྡོ་གཅལ་ལམ་དང་རྡོ་རྡུག་ལམ་ཡིན་ལ། ལི་དབར་བཅུ་ནི་ཞིང་སྡེའི་ས་ཁུལ་གྱི་འབར་འབུར་མི་སྙོམ་པའི་ས་ལམ་རེད། ང་ནི་གྲུ་ཆུང་ནང་བཞིན་ཨ་ཕའི་རྟག་རྒྱབ་ནས་ལྡེམ་ལྡེམ་བྱེད་པ་དང་། ངའི་ཨ་ཕ་ནི་ཆུ་ལ་མཁས་པའི་གྲུ་པ་ནང་བཞིན་གང་ནུས་ཀྱིས་ལྕགས་རྟའི་འཁོར་སྐྱོད་རྒྱུན་འཁྱོངས་བྱེད་པ་རེད། རང་ཉིད་ཀྱི་ཞོན་རྩལ་ལ་ཤིན་ཏུ་ཡིད་རྟོན་ཡོད་པ་དང་འདྲ་

བར། ངའི་བརྟན་གཉིས་ལའང་ཡིད་རྟོན་ཡོད་པའི་ཚུལ་བསྟན། ཁོས་བཤད་རྒྱུར། "སྐྱོན་མེད། སྐྱོན་མེད། ཁྱོད་རང་བརྟན་པོ་བྱོས། ང་ཚོ་ཐོན་ལ་ཉེ"ཟེར།

ཀྱང་ཁོ་བ་མང་ཤོས་ཤིག་རང་གི་ཨ་ཕའི་ལྷུགས་རྟ་ལ་བརྩེ་དུང་ལྷད་མེད་ཅིག་བཅངས་ཡོད་པ་དང་། བྱིས་པ་གང་མང་ཞིག་གིས་གཟའ་ཉི་མའི་ཉིན་ཨ་ཕའི་ལྷུགས་རྟར་སྐྲག་ཞོན་བྱས་ནས་སྒོ་ཕྱིར་སོང་བ་ཡིན་ལ། ཅི་ཞིག་བྱེད་པ་ཡིན་ཞེ་ན། ལྷུགས་རྟར་ཞོན་པ་ལས་དོན་ཅི་ཡང་མེད། ངས་རང་གི་ཐེངས་དང་པོར་ལྷུགས་རྟར་ཞོན་ནས་སུཝུ་ཀྲོཝུ་གྲོང་ཁྱེར་དུ་ལྡིངས་སྐོར་བྱས་པའི་སྣང་ཚུལ་བརྗེད་མེད། ང་རང་གྲོང་ཁྱེར་ལྟེ་བའི་ཐང་ཆེན་དུ་སོང་བ་དང་། ཐང་ཆེན་གྱི་མཐའ་བསྐོར་དུ་གློག་བརྙན་ཁང་གསུམ་དང་ཚོང་ཁང་གཅིག་ཡོད། ངས་གློག་བརྙན་ཁང་གསུམ་པོའི་ཚོང་སྒྲོམ་གྱི་མདུན་ནས་བརྡ་ཁྱབ་ལ་བལྟས་པ་དང་། དཔེ་མཚོན་བློས་གར་གཅིག་པ་ཡིན་ཞིང་། བྲིས་པ་ཚང་མ་དཔའ་མོ་ཁེ་ཞང་ཡིན་མོད། འོན་ཀྱང་ལ་ལ་ཞིག་གི་ངོ་སྣར་སྣར་ཡིན་པ་དང་། ལ་ལ་ཞིག་གི་ངོ་རྟ་གདོང་དུ་མངོན། འདི་ལས་ངས་འཕྲུལ་མར་གློག་བརྙན་བརྡ་ཁྱབ་ཀྱི་ལས་བཟོའི་ཆུ་ཚད་ལ་བརྡ་ཤ་གཅོད་ཐུབ་སོང་། དེའི་འཕྲོར་ང་རང་ཚོང་ཁང་དུ་ཞུགས་བ་ཡིན་ལ། སྟོང་སེང་སེང་གི་ཚོང་སྒྲོམ་གྱིས་ངའི་སྤྲོ་བ་སློང་མ་ཐུབ། ང་རང་ཚོང་ཁང་ལས་ཕྱིར་ཐོན་པ་ན་སློ་བུར་དུ་དངངས་འཚུབ་ཚབས་ཆེན་སྐྱེས་པ་དང་། འཇིགས་སྣང་ཚབས་ཆེན་དེའང་ལྷུགས་རྟ་ལས་བྱུང་བ་ཡིན་ཏེ། ཐང་ཆེན་གྱི་ས་སྟོང་དེ་རུ་མོ་ནས་ལྷུགས་རྟའི་ཞིང་ཁམས་ཤིག་ཏུ་གྱུར་ཡོད་ཅིང་། ས་མཐའ་ཡང་ལྷུགས་རྟ་སྟོང་ཕྲག་འགའ་མཉམ་དུ་བཞག་ནས། ནག་ཤིག

ཤིག་ཅིག་ཡིན་ལ། ལྷགས་རྒ་རེ་རེ་ཚང་མ་ངེད་ཚང་གི་ལྷགས་རྒ་དེ་དང་འདྲ། ངའི་ལྷགས་རྒའི་འཛོག་ས་ཡིད་ན་ཡོད་མོད། འོན་ཀྱང་ལྷགས་རྒའི་ངོ་དམ་པས་རྟག་ཏུ་ལྷགས་རྒའི་གནས་ས་བསྒྱུར་བ་ཡིན་པས། ངས་ལྷགས་རྒའི་ལྡེ་མིག་བཟུང་ནས་ལྷགས་རྒའི་ཞིང་ཁམས་སུ་ཕར་འགྲོ་ཚུར་འོང་བྱས་ཏེ། མགོ་ཡོམ་འཁོར་བ་དང་། དངངས་འཚུབ་ཀྱི་ཁྲིད་ནས་སྐབས་དེའི་ཀྱང་གོའི་ལྷགས་རྒའི་ལས་རིགས་ཀྱི་རང་ཐོག་ཏུ་བབ་པའི་སྡུག་བསྔལ་སྒྱོང་རོལ་བྱས་པ་སྟེ། ཧུས་འགོད་གཅིག་པ་དང་། ལྷགས་རྒའི་ཁ་དོག་དང་རྣམ་པ་འདྲ་བ་མ་ཟད། ཐ་ན་ལྷགས་ལྡ་ཡང་གཅིག་པ་གཅིག་རྐྱང་རེད། ངས་རང་གི་ལྷགས་རྒ་བཙལ་ནས་མ་རྙེད་ཅིང་། ལྡེ་མིག་ལྷགས་རྒ་མང་པོ་ཞིག་གི་ལྡ་ཁུང་དུ་འཛུགས་ཐུབ་ནའང་། མཇུག་མཐར་ལྷགས་ལྡ་འབྱེད་མ་ཐུབ། ལྷགས་རྒ་ངོ་དམ་པས་ལོགས་གཅིག་ནས་ངའི་སྒྲོངས་ཚོད་ལ་བཀག་འགོག་བྱེད་པ་དང་། ཐོག་མཐའ་བར་གསུམ་དུ་ང་ལ་ལེ་བདའ་བྱེད་པ་སྟེ། “གང་ཞིག་ནི་ཁྱོད་ཀྱི་ཡིན་པ་ངོས་བཟུང་རྗེས། ད་གཟོད་ལྡ་ཕྱེ”ཞེས་བཤད་པ་རེད། འོན་ཀྱང་ང་ལ་དབྱེ་འབྱེད་ཀྱི་ནུས་པ་ཉམས་པས་ང་ལ་ཅི་ཁག སློ་ཡུལ་ལས་འདས་པའི་དོན་དག་ནམ་ཡིན་ཡང་ལྷགས་རྒའི་སྟེང་དུ་བྱུང་བ་རེད། ངའི་བསམ་ཚོར་ལ་གསར་མ་རྙིང་གི་རྟག་བརྟན་རྟགས་ཅན་གྱི་ལྷགས་རྒ་མང་པོ་ཞིག་གི་རྐྱབ་བཀྱག་དང་དཔེ་ཁྲུག་འཛོག་སའི་ཐོག་ཏུ། ངའི་ཨ་ཕ་དང་རང་ཉིད་ཀྱི་དབུགས་དྲི་ཁྱབ་འདུག་པ་ཚོར་བས། འདིས་ང་ལ་མགོ་འཐོམས་པར་མི་བྱེད་དམ།

ལྷགས་རྒའི་གཏམ་རྒྱུད་ནི་རྟག་ཏུ་ལྷགས་རྒ་བཙལ་མི་རྙེད་པ་དང་འབྲེལ་བ་ཡོད་པ་ལས། ལྷགས་རྒའི་ངོ་དམ་པ་ལ་འབྲེལ་བ་མེད་དེ། ལྷགས་

རྟ་མང་དྲགས་པའི་རྐྱེན་ཡིན། ང་དང་སྒྲོང་ཚུལ་གཅིག་པའི་བྱིས་པ་མང་པོ་ཞིག་གིས་རང་གི་ཕ་མ་ལ"ལྟགས་རྟ་ཤིན་ཏུ་ཉོ་དཀའ་མོད། ཕྱི་རོལ་ན་ལྟགས་རྟ་དེ་འདྲ་མང་པོ་ཡོད་པའི་རྒྱུ་མཚན་ཅི་ཡིན་པ"འདྲི་བ་རེད། དྲི་བ་དེར་ལན་འདེབས་སླ་མོད། འོན་ཀྱང་དྲིས་ལན་ལྟགས་རྟ་དང་འབྲེལ་ཆགས་མི་ཐུབ། དྲིས་ལན་ནི་ཀྲུང་གོ་ལ་མི་མང་བ་དེ་རེད།

ལོ་རབས70པའི་དུས་མཇུག་ཏུ་སླེབ་པ་ན། ཁྲང་ཀྲོའུ་ནས་ཐོན་སྐྱེད་བྱས་པའི་གསེར་སེང་རྟགས་ཅན་གྱི་ལྟགས་རྟ་རིགས་ཤིག་ཚོང་རར་འཚོང་བཞིན་ཡོད། མི་རྣམས་ཀྱིས་གསེར་སེང་རྟགས་ཅན་གྱི་ལྟགས་རྟའི་རྒྱུ་སྤུས་རྡང་རྟེའི་རྟག་བརྟན་རྟགས་ཅན་དང་ཕྱུང་ཆེན་རྟགས་ཅན་གྱི་ལྟགས་རྟ་དང་མི་དོ་ཟེར་མོད། འོན་ཀྱང་གང་ལྟར་ལྟགས་རྟ་གསར་པ་ཞིག་ཐོན་སྐྱེད་བྱས་འདུག གསེར་སེང་རྟགས་ཅན་གྱི་ལྟགས་རྟ་ཉོ་ན་འཛིན་བྱང་དགོས་པ་དང་། "གསེར་སེང་ལྟགས་རྟ་གཅིག"ཅེས་པའི་རྟགས་བཀོད་པའི་འཛིན་བྱང་ཡང་ཐོབ་དཀའ། ངེད་ཚང་གི་ཁྱིམ་མཚེས་ཞི་མོ་དེའི་དགའ་རོགས་ནི་ལྟགས་རྟ་ཚོང་རའི་ལས་བྱེད་པ་ཡིན་པས། ལས་རིགས་དེས་ཁྱིམ་མཚེས་གཡས་གཡོན་ཚང་མར་སྤྲོ་བ་བསྐྱངས་ནས། ཕོ་ཚོ་ཚང་མས་ཞི་མོ་དེའི་གཉེན་སྒྲིག་གི་མདུན་ལྗོངས་ལ་ཡིད་སྨོན་འཚོར་བ་མ་ཟད། མ་འོངས་པའི་མག་པས་མ་འོངས་པའི་གྱེས་པོ་གྱེས་མོ་ལ་ལེགས་སྐྱེས་ཅི་ཞིག་ཁྱེར་ཡོང་རྒྱུར་ཚོད་བགམ་བྱས། མ་འོངས་གྱེས་པོ་དེ་ཡང་ཤིན་ཏུ་དྲང་མོ་ཞིག་ཡིན་ལ། རང་སར་ཁུག་མའི་ནང་ནས་ཐམ་ག་སྔོན་པོ་བརྒྱབ་ཡོད་པའི་ཤོག་བྱང་ཞིག་བླངས་ཏེ། བཤད་རྒྱུར"ལེགས་སྐྱེས་ཅང་མེད། གསེར་སེང་གི་ལྟགས་རྟ་གཅིག་ཡིན"ཞེས་ཟེར།

ངས་དངངས་འཚུབ་ཀྱི་ཁྲོད་ནས་སྐབས་དེའི་ཀྲུང་གོའི་ལྕགས་རྟའི་ལས་རིགས་ཀྱི་རང་ཐོག་ཏུ་བབ་པའི་སྡུག་བསྔལ་སྨྱོང་རོལ་བྱས་པ་སྟེ། རྫུས་འགོད་གཅིག་པ་དང་། ལྕགས་རྟའི་ཁ་དོག་དང་རྣམ་པ་འདྲ་བ་མ་ཟད། ཐ་ན་ལྕགས་ཟྭ་ཡང་གཅིག་པ་གཅིག་རྐྱང་རེད། ངས་རང་གི་ལྕགས་རྟ་བཙལ་ནས་མ་རྙེད་ཅིང་། ངའི་ལྡེ་མིག་ལྕགས་རྟ་མང་པོ་ཞིག་གི་ཟྭ་ཁུང་དུ་འཛུགས་ཐུབ་ནའང་། མཇུག་མཐར་ལྕགས་ཟྭ་འབྱེད་མ་ཐུབ།

ལྟགས་ཏ་རྩ་ཆེན་དུ་འཛོན་པའི་ལོ་ཟླ་ སུ་མཐུད་དུ་རྒྱུན་སྐྱོང་བཞིན་ཡོད་མོད། འོན་ཀྱང་གསར་བརྗེའི་ལེགས་བཤད་ཅིག་ཏུ་བཤད་པ་ནང་བཞིན། "དཀའ་ངལ་ཁྲི་སྟོང་སེལ་ནས། མཇུག་མཐའི་རྒྱལ་ཁ་བཙོན"ཞེས་པ་ལྟ་བུའོ།། ང་ཚོའི་སྲུང་བར་གྱི་ཁྲིམ་ཚང་མང་པོ་ཞིག་གིས་ཕྱིས་སུ་ལྟགས་ཏའི་རྒྱལ་ཁ་ལ་སྨྱོང་རོལ་བྱུས་ནས། ཞུང་མཐའ་ཡང་གསེར་སེང་གཅིག་རེ་ཡོད་པ་ཡིན་ལ། ངེད་ཨ་ཕས་ལོ་དུ་མང་གི་གཞུང་ཞབས་པའི་ལོ་ཟླའི་ཁྲོད་དུ། འབྲེལ་བ་བཙུགས་ཚོག་པའི་འབྲེལ་བ་ཡོད་ཚད་བེད་སྤྱད་ནས། ངེད་ཚང་གི་ལྟས་རར་ལྟགས་ཏ་གསུམ་པ་དེད་ཡོང་། ཁོར་གསེར་སེང་རྟགས་ཅན་མི་དགོས། རྒྱུ་མཚན་གཙོ་བོ་ནི་ཐོན་རྫས་གསར་བར་ལྡན་སྐྱེས་ཀྱི་ཐེ་ཚོམ་ཡོད་པ་དང་། རྟག་བརྟན་རྟགས་ཅན་དང་ཁྲུང་ཆེན་རྟགས་ཅན་ལ་དད་མོས་བྱེད་པའི་རྐྱེན་གྱིས་ཡིན་པས། དེའི་སྐད་དུ་རུར་ཐག་མང་པོ་བྱུས་ཀྱང་འགྲོད་སེམས་མེད།

ལྟགས་ཏ་གསུམ་པ་ནི་ཨ་ཕས་ང་ལ་ཉོས་པ་ཡིན་ཏེ། ཆིག་སྟོང་དགུ་བརྒྱ་བརྒྱད་ཅུ་ལོར་ང་རང་སློབ་འབྲིང་ནས་མཐར་ཕྱིན་པའི་སྐབ་རོལ་དུ། ཕོ་ཚོས་གལ་ཏེ་ངས་སློབ་ཆེན་དུ་རྒྱུགས་མ་འཕྲོད་ན་ངའི་ལས་ཞུགས་སུ་བཀོལ་ཆོག་ཟེར། ཡིན་ནའང་ངས་རྒྱུགས་འཕྲོད་སོང་། ངའི་ཕ་མས་བཤད་རྒྱུར། ལྟགས་ཏ་ཁྲིམ་ནས་སྐྱུར་ཞོག ང་རང་སློབ་ཆེན་ནས་མཐར་ཕྱིན་ཏེ་ལས་ཞུགས་སུ་ཞུགས་རྗེས་བཀོལ་ཆོག་ཟེར། ཕྱིས་སུ་ང་རང་སློབ་ཆེན་ནས་སློབ་མཐར་ཕྱིན་མོད། འོན་ཀྱང་ཕྱིར་ཕ་ཡུལ་དུ་མ་ལོག དེར་བརྟེན་ངའི་ཕ་མའི་གདོང་དུ་རེ་ཐག་ཆད་པའི་མདངས་ཤིག་ཤར་ནས། དེས་ན་ལྟགས་ཏ་ནན་ཅན་དུ་མི་བསྐྱུལ་ཐབས་མེད་རེད་ཟེར། གང་ལྟར་ལྟགས་ཏ་ངས་

བཀོལ་སྤྱོད་བཏང་བ་ཡིན།

ཚ་གདུག་ཆེ་བའི་སྟོན་མགོའི་ཕྱི་དྲོ་ཞིག་ལ། ངས་ནན་ཅིན་ནུབ་ཚོགས་ཀྱི་མཛོད་ཁང་ནས་སུའུ་ཀྲོའུ་རུ་སྐྱེལ་འདྲེན་བྱས་འོང་བའི་ལྷགས་རྟ་དེ་བཙལ་ནས་རྙེད། ཕབ་འཛུགས་བཟོ་པའི་ལག་རྩེང་གིས་ཕབ་འཛུགས་བྱེད་སྐབས་ལྷགས་རྟར་གནོད་འགྲོ་བར་དོགས་ནས། ལྷགས་རྟའི་ཟུར་གསུམ་ལྷགས་སྒྲོམ་ཚང་མ་རས་ཀྱིས་དམ་པོར་བཏུམ་ཡོད། ངས་འཁོར་ལོར་རེག་ཙམ་བྱས་པ་ན་སྣས་འདུག་པས། སྐྱེལ་འདྲེན་གྱི་རྗོན་ཏག་ཏག་ཏུ་དབུགས་བརྒྱབ་པ་ཁོ་ཐག་རེད། འདི་འདྲའི་ཞིབ་ཅིང་ཤ་ཚ་བའི་དོན་དག་ནི་ངའི་ཕ་མས་བསླབས་པ་ཡིན་ཞིང་། ང་རང་གི་ལྷགས་རྟ་དང་པོར་ཞོན་ནས་མི་འཁོར་འབབ་ཚོགས་དང་ཁ་བྲལ་བ་ཡིན། སྟོན་མགོའི་ཉི་ཟེར་ནན་ཅིན་གྱི་ཁྲོམ་སྲང་དུ་འཕྲོས་པ་ན། སྔར་བཞིན་ཚ་གདུགས་ཆེ་ཞིང་ངའི་སེམས་པའང་དྲོད་ལམ་ལམ་ཞིག་ཏུ་གྱུར། རྒྱུ་མཚན་ནི་ཉིན་དེ་ནས་བཟུང་འཚོ་བར་འགྱུར་ལྡོག་འབྱུང་སྲིད་པ་དང་། ང་ལ་ལྷགས་རྟ་ཡོད་པས་ན་འཚོ་བ་གསར་བར་མཆོང་སྐྱོད་བྱེད་པའི་འབོད་བརྡ་བསྒྲགས་པ་ནང་བཞིན། ང་ཡང་ངེས་པར་དུ་ཆས་མགོ་རྩོམ་དགོས་པས་སོ། །

ལྷགས་རྟ་དེར་ང་ལོ་ལྔ་ལ་ཞོན་པ་དང་། དབྱིན་ཚུན་ཉེར་དྲུག་གི་ཁྱུང་ཆེན་རྟགས་ཅན་གྱི་ལྷགས་རྟ་ནག་པོ་ཞིག་ཡིན་ལ། ངའི་ཨ་ཕའི་རྟག་བརྟན་རྟགས་ཅན་གྱི་ལྷགས་རྟ་དེ་དང་ཤིན་ཏུ་འདྲ། ལྷགས་རྟའི་རྒྱལ་ཁམས་ཀྱི་ཕ་མས་རྟག་ཏུ་ཁོ་ཚོའི་བྱིས་པ་ཚོར་རྒྱུ་སྤུས་བཟང་བའི་ལྷགས་རྟ་ཞིག་ཉོ་བ་ཡིན་ལ། ཁོ་ཚོས་དེས་བྱིས་པ་ཚོའི་མི་ཚེའི་ཕྱེད་ཀར་འགྲོགས་སྲིད་པར་འདོད། ཡིན་ནའང་དོན་དངོས་ཀྱིས་མི་ལ་སྐྱོ་སྣང་བསྐྱེད་ཅིང་དགའ་མགུ

ཡང་སྙེར་བ་རེད། ལོ་ལྔ་ཡི་རྗེས་སུ་ངའི་ལྷུགས་རྟ་དེ་རྐུན་མ་ཞིག་གིས་བརྐུས་སོང་། ངས་ཧ་ལམ་ཁུར་པོ་ཐོག་པའི་བག་ཕེབས་ཀྱི་སེམས་ཁམས་བཅངས་ནས། ལྷུགས་རྟའི་ཚོང་ཁང་དུ་རྒྱུགས་ཏེ་སྐབས་དེར་རྒྱུགས་ཆེ་བའི་འགྲོས་མགྱོགས་ལྷུགས་རྟ་སྔོ་ནག་ཅིག་ཉོས། དེ་ནི་ང་རང་བྱིས་པའི་དུས་སུ་འཆར་རྟོག་བྱེད་མི་ཐོད་ཅིང་ལྟ་ན་སྡུག་པའི་ལྷུགས་རྟ་ཞིག་ཡིན།

འཛིག་རྟེན་འདིའི་འགྱུར་ལྡོག་ཤིན་ཏུ་མགྱོགས་ཏེ། ང་ཚོའི་ལྷུགས་རྟ་ཡང་དེའི་ཁོངས་སུ་གཏོགས་ལ། ང་ཚོའི་འཚོ་བའང་དེ་ཊ་གཏོགས། ལོ་དུ་མང་གི་རྗེས་སུ་ང་རང་སྔར་བཞིན་ལྷུགས་རྟར་ཞོན་ནས་སློ་ཕྱི་ཊ་འགྲོ་རྒྱུར་དགའ་ཞིང་། སྔར་བཞིན་ན་གཞོན་ཚོའི་སློག་འཚོས་སྤྲས་པ་ལྟ་བུའི་མཛེས་ཤིང་སྡུག་པའི་ལྷུགས་རྟར་ལྟ་ཞིབ་བྱེད་རྒྱུར་དགའ། སྐབས་འགར་ངས་ལྷུགས་རྟའི་འཁོར་རྒྱུན་ལས་རྟག་བརྟན་རྟགས་ཅན་དང་ཡང་ན་ཁྲུང་ཆེན་རྟགས་ཅན་གྱི་ལྷུགས་རྟ་རྙིང་པ་རེ་གཉིས་མཐོང་ཐུབ། དེ་དག་ནི་བགྲེས་པོའི་གདོང་གི་གཉེར་མ་ནང་བཞིན། ང་ཡི་འབྱུང་འགྱུར་དུ་རྒྱུན་ཐག་ཆད་སྲིད་པའི་ལྷུགས་རྟའི་གཏམ་རྒྱུད་ཀྱི་དྲན་པ་བསླངས། ང་རང་སྔར་ཁྲུང་ཆེན་རྟགས་ཅན་གྱི་ལྷུགས་རྟ་རྙིང་བ་ཞིག་གི་རྗེས་དེད་དེ་ལམ་ཐག་རིང་པོ་ཞིག་ལ་སོང་། ལྷུགས་རྟའི་བདག་པོ་ནི་ལོ་ལྔ་བཅུ་ལྷག་གི་སྐྱེས་པ་ཞིག་རེད། ཁོའི་འཁྲིས་སུ་ལྷུགས་རྟར་ཞོན་པ་དང་རྒྱབ་ཏུ་དཔེ་ཁུག་ཁུར་བའི་ཞི་མོ་ཞིག་ཡོད། ཞི་མོ་དེ་ཞོན་པའི་ལྷུགས་རྟ་ནི་མིག་སྔར་རྒྱུགས་ཤིན་ཏུ་ཆེ་བའི་རྗེ་ཨན་ཐེ་ཟེར་བའི་མདོག་དམར་སྐྱའི་རི་ལམ་ལྷུགས་རྟ་ཞིག་ཡིན་ཞིང་། ཕ་བུ་གཉིས་ཡིན་པ་ཤིན་ཏུ་གསལ། ང་ཡང་ལམ་དུ་ཆས་པ་ཡིན་པས། ཕ་བུ་དེ་གཉིས་ཀྱིས་ལམ་གང་པོར་ཅི་ཞིག་བཤད་པར་མཉམ་མ་བཞག་སོང་།

འོན་ཀྱང་ངས་ཚང་མར་བཤད་འདོད་པ་ནི་ལྩགས་ཏ་དེ་གཉིས་ཀྱིས་ཀྱང་མཉམ་གཤིབ་འཁོར་སྐྱོད་བྱེད་པའི་སྐབས་སུ། ཁ་བརྗ་བྱེད་བཞིན་ཡོད་པ་ཁོ་ཐག་ཡིན་ལ། དེ་གཉིས་ཀྱིས་ཅི་ཞིག་གླེང་བཞིན་ཡོད་ཅེ་ན། དོན་དམ་པར་ཚང་མས་ཤེས་གསལ་ལྟར། ཆེས་སྟབས་བདེའི་ཁ་བརྗ་ཞིག་སྟེ།

ཁྱུང་ཆེན་ནག་པོས"ཁྱོད་ཀྱིས་སྔོན་ཆད་ལ་འདང་ཞིག་བརྒྱབ་ནས་རུང་དལ་མོར་སོང་ཆོག"ཟེར།

ཇེ་ཨན་ཕི་དམར་སྐྱ་ཡིས"ཁྱོད་ཀྱི་མ་འོངས་པར་འདང་ཞིག་བརྒྱབ་ནས། རུང་མགྱོགས་པོར་ཤོག"ཅེས་ལན་བཏབ་པ་རེད།

བྱིས་དུས་ཀྱི་དྲན་དག་ཙག་ཙིག

ངེད་ཚང་སྔོན་ཆད་རྫས་འགྱུར་བཟོ་གྲྭ་ཞིག་གི་ཁ་གཏད་དུ་བསྡད་ཡོད། རྫས་འགྱུར་བཟོ་གྲྭའི་སྒོ་ཆེན་དང་ངེད་ཚང་གི་རྒྱ་སྒོ་ནི་ཁ་རུ་ཁ་ཐུག་ཡིན་ཞེས་བཤད་ཆོག ང་ཤིན་ཏུ་ཆུང་བའི་དུས་སུ་དྲན་དག་ཅི་ཡང་མེད་པ་དང་། ཡང་ཅི་ཞིག་བསླུབ་རྒྱུ་ཡང་མི་ཤེས་པར། རྒྱུན་པར་སྒོ་ཁ་ནས་ལངས་ཏེ་རྫས་འགྱུར་བཟོ་གྲྭའི་ལས་བཟོ་པ་ཚོའི་ཡར་ཚོགས་དང་མར་གྲོལ་ལ་བལྟས་པ་ཡིན།

རྫས་འགྱུར་བཟོ་གྲྭའི་ལས་བཟོ་པ་ཚོའི་ལྭ་བ་ཤིན་ཏུ་ཡ་མཚན་ཞིག་ཡིན་ཏེ། དར་རྒྱུ་ནག་པོའི་རས་ཀྱིས་བཟོས་ཤིང་། ཕུར་ཁ་དང་ཀང་ཤག་ཁ་ཚང་མ་བསྟུམ་ཡོད་པ་དང་། ཀང་སྣམ་ནི་དྲག་རྩལ་པས་གོན་པར་དགའ་བའི་རིགས་དེ་ཡིན། སྟོད་གོས་ཀྱང་ལྷང་ཞུའི་རྣམ་པ་ཅན་ཡིན། རྫས་འགྱུར་བཟོ་གྲྭའི་ལས་བཟོ་པ་སྐྱེས་ཕོ་མོ་ཚོ་བཟོ་གྲྭའི་ནང་དུ་ཐོན་རྗེས། ལྭ་བ་རིགས་དེ་གོན་པ་ཡིན་ལ། རླུང་ཡོད་པའི་སྐབས་སུ་ཁོ་ཚོ་བཟོ་གྲྭའི་ལྷས་རའི་ནང་དུ་འགྲོ་འོང་བྱེད་དུས་སྟོད་གོས་དང་ཀང་སྣམ་ཚང་མ་སྦྲོས་ཡོང་ནས། དངོས་གནས་ལྷང་ཞུ་ཞིག་དང་འདྲ། ངས་ད་ལྟའི་བར་དུ་ཡིན་རུང་ལས་ལྭ་རྟུས་འགོད་པས་ཇི་ལྟར་འདང་རྒྱུག་གི་ཡོད་པ་མི་ཤེས། འདི་ལྟ་བུའི་ལས་ལྭ་དང་སྐབས་དེའི་རྒྱུག་ཆེ་བའི་ལས་ལྭ་གཉིས་གཏན་ནས་མི་

མཐུན་ཞིང་། ལས་ལྷ་རིགས་འདི་གོན་པའི་མི་བལྟས་ཚོད་ཀྱིས་བཟོ་པའི་གྲལ་རིམ་དང་ཡང་གཏན་ནས་མི་མཐུན། ཞོ་དུ་མང་གི་རྗེས་སུ། ངས་སྐབས་དེར་དར་ཆེ་བའི་སྐྱེས་མའི་ཕོད་ཆེ་མདོག་ནག་གི་དར་རྒྱུའི་གོན་པ་མཐོང་བ་ན། རྟག་ཏུ་ཁོ་ཚོས་འདི་ལྟར་གོན་ན་དར་ཆེ་བ་མི་འདོད་པར། རྫས་འགྱུར་བཟོ་གྲྭའི་ལས་བཟོ་པ་དང་འདྲ་བར་སྙམ།

སྐྱེས་མ་ཞིག་ཡོད་པ་རྫས་འགྱུར་བཟོ་གྲྭའི་ཐུ་བཙོལ་ཁང་གི་དགེ་རྒན་ཞིག་ཡིན་ལ། ངས་ཁོའི་ངོ་ཚུགས་ད་དུང་བརྗེད་མེད། སྐྱེས་མ་དེས་ཉིན་རྒྱུན་དུ་ཁྱིམ་འཁོར་ཞིག་དེད་ནས་ལས་ཞུགས་སུ་ཡོང་བ་དང་། ཁྱིམ་འཁོར་གྱི་ནང་དུ་རང་གི་ཁྱིམ་པ་བཞག་འདུག་ཅིང་། ཞི་མོ་ཞིག་ཡིན་ལ་ཕལ་ཆེར་ལོ་བདུན་བརྒྱད་ཙམ་ལ་སོན་ཡོད། ཞི་མོ་དེས་ཁྱིམ་འཁོར་གྱི་ནང་ནས་ཕྱོགས་བཞིར་བལྟ་བ་དང་ཁ་མེར་ནས་དགོད་པ་རེད། ང་ནི་ཁོ་མོ་དེ་འདྲ་ཆེ་རུང་ད་དུང་ཁྱིམ་འཁོར་དུ་སྡོད་པར་ཡ་མཚན་སྐྱེས། ཐེངས་ཤིག་ལ་ཨ་མ་དེས་ཁྱིམ་འཁོར་དྲིལ་སྒྲིག་ཁང་གི་སྒོ་ཕྱི་ནས་བཞག་སྟེ། དྲིལ་སྒྲིག་ཁང་གི་རྒན་པོ་དང་ཁ་བརྡ་བྱེད་བཞིན་ཡོད། ང་རང་ཕར་རྒྱུག་སོང་ནས་ཞི་མོ་དེར་བལྟས་པ་ན། མ་གཞིར་ཞི་མོ་དེ་ཡར་ལངས་མི་ཐུབ་པ་རྟོགས་ཤིང་། མོའི་སྐེ་ཡང་གང་འདོད་ལྟར་འཁོར་དགྲེ་བྱེད་མི་ཐུབ། ངས་རབ་བེ་རིབ་བེའི་ངང་ཞི་མོ་དེའི་རུས་པར་གནད་དོན་བྱུང་ཡོད་པ་ཤེས་པ་དང་། ཕལ་ཆེར་རུས་སྐྲའི་ནད་ཐོག་ཡོད་པར་འདོད། ངས་ད་དུང་མོའི་ཁ་འགྲམ་དུ་ཤེས་མེད་ཚོར་མེད་དུ་ཁ་ཆུ་འཛག་བཞིན་པ་བརྗེད་མེད།

ཞི་ལུ་ཞིག་ཡོད་པ་རྫས་འགྱུར་བཟོ་གྲྭའི་ཐོ་རྒྱང་ཡིན། ངས་ཁོ་ཐོ་རྒྱང་ཞིག་ཡིན་པ་ཐག་ཆོད་དོན་ནི་ཉིན་རྒྱུན་གྱི་ཞོགས་པར་རྒྱུན་དུ་ཁོས་སྐྱམ་

ང་ཤིན་ཏུ་ཆུང་བའི་དུས་སུ་དོན་དག་ཅི་ཡང་མེད་པ་དང་། ཡང་ཅི་ཞིག་བསླུབ་རྒྱུ་ཡང་མི་ཤེས་པར། རྒྱུན་པར་སློ་ཁ་ནས་ལངས་ཏེ་རྗེས་འགྱུར་བཟོ་གྲྭའི་ལས་བཟོ་པ་ཚོའི་ཡར་ཚོགས་དང་མར་གྲོལ་ལ་བལྟས་པ་ཡིན།

བག་ཟ་ཞོར་དུ། ལག་ལ་ཆེན་ཐོན་ཅོ་ལྷ་བུའི་རིགས་ཐོགས་ནས་དལ་བྲེལ་མེད་པར་སྤྱང་ལམ་ལས་བཟོ་གྲྭའི་སྒོ་ནང་དུ་དཀྱིགས་པས་རེད། ཞི་ལུ་དེ་ཕལ་ཆེར་ལོ་ཉེར་བདུན་ཉེར་བརྒྱད་ཙམ་ལ་སོན་ཡོད་ཅིང་། ངོ་མདངས་ལ་དམར་ཤ་རྒྱས་འདུག ངས་རྟག་ཏུ་ཁོའི་དམར་མདངས་དེ་ཉིན་རྒྱུན་གྱི་ཞོགས་ཟས་དང་འབྲེལ་བ་ཡོད་པར་འདོད་ཅིང་། ངས་ཉིན་རེའི་ཞོགས་པར་རྒྱུན་ལྡན་དུ་གོར་སྒོང་འཐུང་དཀར་ཡོལ་གང་དང་ལ་སྐམ་རེ་འགའ་བཟས་པ་ཡིན། དེའི་ཕྱིར་ངས་ནམ་ཡིན་ཡང་ཁོར་ཡིད་སྨོན་བྱས། ཞོགས་ཟས་དེ་ལྟར་བཟའ་ཆོག་གམ། དེ་འདྲའི་མང་པོ་དང་མངར་མོ་བཟའ་ཆོག་གམ། ཆེན་ཐོན་ཅོ་བཟའ་བའི་ཞི་ལུ་དེར་ངས་ཐོག་མཐའ་བར་གསུམ་དུ་ཡིད་འཇོག་བྱས་པ་ཡིན་མོད། ཁོ་ལ་དོ་ཁུར་བྱེད་བསམ་པ་ལས་མ་འདས། ཐེངས་ཤིག་ལ། ང་རང་སློབ་གྲྭར་འགྲོ་བའི་ལམ་བར་དུ་ཁོ་ཀ་ར་གོར་སྒྲབ་ཀྱི་ཚོང་ཁང་དུ་ཡོད་པ་མཐོང་། དེ་ཡང་ཟ་འཐུང་བྱེད་བཞིན་པ་ཁོ་ཐག་རེད། ངས་ཞི་ལུ་དེས་ཅི་ཞིག་ཟ་བཞིན་པ་ཤེས་འདོད་ནས། མ་བཟོད་པར་ཕར་སོང་ནས་ཁོའི་དཀར་ཡོལ་ནང་དུ་བལྟས་པ་ན། དཀར་ཡོལ་ནང་དུ་ཐང་ཡོན་གཉིས་གཡེང་འདུག་པ་དང་། ད་དུང་ཚོལ་ཞག་ཀྱང་འཁྱིལ་ཡོད་པས། ཁོས་ཟ་བཞིན་པ་ནི་ཤ་སྙིང་ཐང་ཡོན་ཡིན་པ་མ་ཟད། བཞི་ཉོས་པ་ཤེས་ཐུབ། ངས་ཐང་ཡོན་བཞི་ལ་སྒོར་ཟུར་གཅིག་དང་སྐར་མ་བཞི་ཡིན་པ་ཤེས་པ་དང་། ཕྱིར་བཏང་དུ་ཐང་ཡོན་ཉོ་དུས་གཉིས་ཉོ་བ་མིན་ན་བཞི་དང་དྲུག་ཉོ་བ་ཡིན་ལ། ཡ་གྲངས་ཅན་ཉོས་ན་སྐར་མ་གཅིག་ལྷག་མ་སྟེར་དགོས་པས་ཁེ་ཕན་མེད། ངས་ད་དུང་ང་རང་ཀ་ར་གོར་སྒྲབ་ཀྱི་ཚོང་ཁང་ལས་བྱུད་རྗེས་ཀྱི་བསམ་ཚུལ་བརྗེད་མེད་དེ། ཞི་ལུ་འདིས་ཉིན་རེར་ཐང་

ཡོན་བཞི་རེ་བཟའ་བས། འདི་ལྟར་བཟས་ན་ཟ་ཐོད་དམ། ཁོར་དོན་དམ་པར་སླ་ཐོགས་སྐོར་ག་ཚོད་ཡོད་བསམ་བྱུང་། ངས་བསམ་ན་བདེ་སྐྱིད་འདི་ལ་འགྲེལ་བཤད་རིགས་གཅིག་ལས་མེད་དེ། ཁོ་ནི་ཐོ་རྒྱང་ཡིན་ལ། ཐོ་རྒྱང་གི་སྐོར་མོས་ཞོགས་ཟས་སྔ་ཚོགས་ཉོས་ནས་བཟས་ཚོག་ཅིང་། གང་ཞིག་ཟ་འདོད་ན་དེ་བཟས་ཚོག་པ་ཡིན།

ངས་ད་དུང་རྩེས་འགྱུར་བཟོ་གྲྭས་ཐོན་སྐྱེད་བྱེད་པ་ནི་ཕུན་སྐམ་པོ་ཡིན་ལ། ཕུན་སྐམ་པོ་ནི་ག་བུར་རིལ་བུ་བཟོ་བྱེད་ཡིན་པ་ཤེས། གནད་འདི་ནི་འོས་སྦྱོར་མ་བྱས་ཙང་དཔག་ཐུབ་པ་ཞིག་ཡིན་ཏེ། ཆུང་དུས་ནས་ཉིན་རེར་ག་བུར་དང་ཆ་འདྲ་བའི་དྲི་མའི་རིགས་བསྣམས་པས་སོ།། དེ་ནི་ངའི་འཆར་སྣང་དུ་རྩེས་འགྱུར་བཟོ་གྲྭའི་དུ་ཁུང་ཆེན་པོ་ལས་འཕྱུར་ཡོང་བ་ཡིན་ལ། དྲི་མ་རིགས་དེ་ཁྱོད་ཀྱི་སྣ་ཁུང་དུ་འཛུལ་བ་མ་ཟད། ད་དུང་ངེད་ཚང་དང་ཡང་ན་ཁྱིམ་མཚེས་ཚང་གི་སྐམ་པའི་ལྭ་བའི་ཐོག་ཏུ་འབྱར་ཐུབ། སྐབས་འགར་ང་ཚོས་སྲང་ལམ་གྱི་མཁའ་དབྱུགས་ལ་དྲི་མ་གཞན་མེད་པར་འདོད་མོད། འོན་ཀྱང་ས་ཁུལ་གཞན་པའི་མི་ང་ཚོའི་སྲང་ལམ་དུ་ཐོན་པ་ན་སྣ་བཙིར་ནས་བཤད་རྒྱུར། “ཕེ་ཕེ། དྲི་མ་ཅི་ཞིག་རེད། ཇི་འདྲའི་བཙོག་པ་ལ”ཟེར། མི་འདིའི་རིགས་ཀྱིས་རྒྱུན་པར་ང་ལ་ཞེན་ཁ་སློང་།

ང་རང་མཁའ་དབྱུགས་ཁྲོད་ཀྱི་ག་བུར་རིལ་བུའི་དྲི་མར་སྣོམ་པར་དགའ་བ་ལས། འབག་བཙོག་མ་བཙོག་གི་མི་ལུས་ཀྱི་གནོད་འཚེ་ལ་ཁ་ཡ་མི་བྱེད་དེ། འདི་ཡང་ད་ལྟ་བཤད་པ་ཙམ་ཡིན། སྐབས་དེར་ངས་ཅི་ཞིག་ལ་ཁོར་ཡུག་བཙོག་བཟོ་ཟེར་བ་མི་ཤེས། ང་ལས་གཞན་མི་ནུས་པ་ཚོས་ཀྱང་མི་ཤེས་པ་སྨོས་མ་དགོས་ལ། ཤེས་ཀྱང་འགྱུར་ལྡོག་ཅི་ཡང་སློང་མི་

ཐུབ་སྟེ། ཁྱོད་ཀྱིས་དྲི་མ་ཞིག་གི་དོན་དུ་རྗེས་འགྱུར་བཟོ་གྲྭ་ལ་གནོད་བྱེད་མི་ནུས། རྒན་པ་ཚོས་སྐབས་འགར་རྗེས་འགྱུར་བཟོ་གྲྭར་གཤེ་གཤེ་གཏོང་བ་ཡིན་ཞིང་། ངས་བསམ་ན་དེ་ནི་ཕོ་ཚོ་མི་ལ་ལ་དྲི་མ་འདིར་སྣོམ་རྒྱུར་མི་དགའ་བའི་རྐྱེན་གྱིས་ཡིན་སྲིད།

ངེད་ཚང་གི་ཁྱིམ་མཚེས་ཀྱི་ཁང་པ་ནི་རྗེས་འགྱུར་བཟོ་གྲྭའི་མཐའ་ཁང་ཡིན་ལ། ཁྱིམ་ཚང་གཉིས་བསྡད་ཡོད། དོན་དངོས་སུ་ཁྱིམ་ཚང་དེ་གཉིས་ཀྱི་སྒོ་ད་གཟོད་རྗེས་འགྱུར་བཟོ་གྲྭའི་སྒོ་དང་ཁ་གཏད་ཡོད། དེ་ལས་ཁྱིམ་ཚང་གཅིག་ལ་བུ་གཉིས་དང་བུ་མོ་གཅིག་ཡོད། བུ་གཉིས་ལ་ཕ་བཙན་པོས་གཅུན་ཡོད་པས་ཕྱི་རོལ་ལ་རྩེ་རུ་མི་ཡོང་། ཕོ་ཚོ་ཕྱི་རོལ་ཏུ་རྩེ་རུ་མི་ཡོང་བས་ང་ཕོ་ཚང་དུ་སོང་ནས་རྩེ་བ་ཡིན། བུ་གཅིག་དོན་དངོས་སུ་གསར་བུ་ཞིག་ཡིན་ཞིང་ཤིན་ཏུ་ཚོ་སྟེ། ཕོའི་ཨ་མ་ལ་རིག བུ་ཅིག་ཤོས་དེ་ངའི་ཕྲུ་ཕའི་འཛིན་གྲྭའི་ནང་དུ་ཡོད་ཅིང་ཤིན་ཏུ་རིད། བུ་གཉིས་ཀ་ཞི་འཇམ་ཞིག་ཡིན། ང་རང་མ་པོས་རང་ཐོན་གྱིས་ཕོ་ཚང་དུ་ཕྱིན་པ་ཡིན་པས། ཕོ་ཚོས་ཀྱང་ཕྱིར་མི་བདའ་མོད། འོན་ཀྱང་ཁ་ཡ་མི་བྱེད། ངས་བུ་ཆེ་བ་ཆོན་པོ་དེས་ཅི་ཞིག་འབྲི་བཞིན་པ་མཐོང་ནས། ཁྱོད་ཀྱིས་ཅི་ཞིག་འབྲི་བཞིན་ཡོད་ཅེས་དྲིས་པར། ཕོས་ཀོ་རི་སེའི་སྐད་ཆ་འབྲི་བཞིན་ཡོད་ཟེར། དེ་ནི་བདེན་པ་རེད། ཕལ་ཆེར1973ལོའམ1974ལོར། ང་ལ་ཁྱིམ་མཚེས་ཤིག་ཡོད་པ་དེས་ཀྱང་ཀོ་རི་སེའི་སྐད་སྦྱོང་བཞིན་ཡོད། ངས་ད་ལྟའི་བར་དུ་ད་དུང་ཧ་བ་ལོན་དགའ་བ་ཞིག་ནི་སློབ་མ་ཆུང་ཆུང་དེས་ཀོ་རི་སེའི་སྐད་སྦྱང་ནས་ཅི་ཞིག་བྱེད་བསམ་པ་མི་ཤེས།

ཁྱིམ་མཚེས་ཀྱི་ཁང་པ་དང་ཐོག་ནས་བཟུང་ཁྱིམ་ཚང་གཉིས་ཀྱི་གནས་

སྐབས་ཀྱི་སྐྱོད་ས་ཞིག་དང་འདྲ། ང་རང་སློབ་འབྲིང་དུ་འགྲིམས་སྐབས་ཁྱིམ་ཚང་དེ་གཉིས་གཞིས་སྤར་སོང་། ཆུ་འགྲམ་གྱི་ཁང་པ་དེ་རྗེས་འགྱུར་བཟོ་གྲྭའི་སྣུམ་སྐྱེལ་ས་ཚོགས་བྱས་པ་དང་། སྦུ་གུ་ཆེན་པོ་ཞིག་རྗེས་འགྱུར་བཟོ་གྲྭ་ནས་ངེད་ཚང་གི་ཁྱིམ་མཚེས་སུ་འཕེན་ནས། རྗེས་འགྱུར་བཟོ་གྲྭའི་མིས་སྣུམ་འདྲེན་གྲུ་གཟིངས་ཐོག་གི་སྣུམ་ཐད་ཀར་བཟོ་གྲྭའི་ནང་དུ་ཕྱོ་བར་གྲ་སྒྲིག་བྱེད།

ཞོར་ལས་པ་སྐོར་ཞིག་ཡོང་བ་དང་། ཁོ་ཚོ་ནི་སྣུམ་འདྲེན་གྲུ་ཁ་ཆུང་ཆུང་དེ་ལས་སུ་ཡོང་བ་རེད། ཞོར་ལས་པ་རྣམས་ཡུས་ཞེན་ནས་ཐོན་པ་དང་། དེའི་ནང་གི་ཞོར་ལས་པ་གཅིག་གིས་ངེད་ཚང་གི་མི་ལ་ཁ་བརྡ་བྱེད་རྒྱུར་ཤིན་ཏུ་དགའ། ད་དུང་ཁྱིམ་མཚེས་ཀྱི་རྡོ་སྐས་ཐོག་ནས་ངེད་ཚང་དུ་མཚོངས་ནས་ཆུ་འཐུང་དུ་ཡོང་བ་རེད། ཉིན་ཞིག་ལ། ཁོ་སླར་ཡང་ཐོན་བྱུང་། མཇུག་འབྲས་སུ་སེམས་ཆུང་མ་བྱས་པར་ཤེལ་ཐོར་ཐང་ལ་ལྷུང་ནས་ཆག་སོང་། ཞོར་ལས་པ་དེ་ཤིན་ཏུ་དགའ་ངལ་ཆེ། ཁོས་སྐད་ཆ་ཚིག་གཅིག་བཤད་པ་ངས་ཐོག་མཐའ་བར་གསུམ་དུ་དགོད་བྲོ་བ་ཞིག་རེད་འདོད་དེ། ཁོས་བཤད་རྒྱུར། “ཤེལ་ཐོར་འདི་ཆག་སླ་བ་ཞིག་རེད”ཟེར།

སྣུམ་འདྲེན་གྲུ་ཁ་ལས་ཚར་རྗེས་ངེད་ཚང་གི་ལྷག་སྒོའི་ཆུ་ངོས་སུ་རྒྱུན་དུ་སྣུམ་གྲུ་ཞིག་བསྡད་ཡོད་ཅིང་། སྣུམ་འདྲེན་གྱི་འགན་ཁུར་བཟོ་པ་གཉིས་ངས་སྔོན་ཆད་རིག་མྱོང་བ་ཞིག་རེད། ཚང་མས་ཡ་མཚན་ཅན་གྱི་ལས་ལྷ་ནག་པོ་དེ་གོན་ཡོད་ཅིང་། ལྕིང་འཛགས་སུ་རྐུབ་བཀྱག་རིང་པོ་ཞིག་གི་ཐོག་ཏུ་བསྡད་ནས་གནོན་ཤུགས་དཔྱད་ཆས་ལྟ་བུར་ལྟ་བཞིན་ཡོད། སྐྱེས་པ་དེ་ཟླད་བྱེ་ཞིག་ཡིན་ཞིང་བཞིན་རས་བྱང་སེམས་ཅན་དུ་མདོན། སྐྱེས་མ་

དེར་ང་རང་ལྷག་ཏུ་ཆ་རྒྱུས་ཡོད་དེ། མོ་ནི་ངའི་སློབ་ཆུང་སློབ་གྲོགས་ཤིག་གི་ཨ་མ་རེད། ངས་རྒྱུན་པར་ཕོ་གཉིས་དེ་གར་བསྟོད་དེ་སྒྱུམ་འདྲེན་ལ་བལྟ་བ་མཐོང་། ཕོ་གཉིས་བལྟས་ཚོད་ཀྱིས་འཁྲིག་མཐུན་ཞིག་ཡིན་མོད། འོན་ཀྱང་གྲལ་མཆེས་སུ་མི་འདུག་ཐབས་མེད་ཡིན་པའི་སློབ་ཆུང་སློབ་མ་བུ་བུ་མོ་གཉིས་དང་མི་འདྲ། ངས་ཕོ་ཚོར་དོ་ཁུར་དེ་འདྲ་མི་བྱེད་དེ། ས་ཐུབ་རྗེས་སྔར་བཞིན་ལྷག་སྒོ་ནས་བུད་དེ་ཆུ་ནང་དུ་གཙིན་པ་བཏང་བ་ཡིན་ཞིང་། ངས་ཕོ་ཚོར་མི་བལྟ་ལ་ཕོ་ཚོས་ཀྱང་ང་ལ་མི་བལྟ་བར་ཡིད་ཆེས་ཡོད།

ལོ་དེའི་དབྱར་ཁར་སྒྱུམ་འདྲེན་དོ་དམ་པ་སྐྱེས་མ་སྐྱེ། ངའི་སློབ་ཆུང་སློབ་གྲོགས་ཀྱི་ཨ་མས་གཉིད་སྨན་མང་པོ་འཐུང་ནས་རང་སྲོག་བཅད་པ་རེད། གནས་ཚུལ་འདི་ཐོས་རྗེས་ང་རང་ཧ་ལས་སོང་། རྒྱུ་མཚན་ནི་ཕོ་མོ་ནམ་ཡིན་ཡང་ངེད་ཚང་གི་ཁྱིམ་མཆེས་སུ་སྒྱུམ་འདྲེན་ལ་དོ་དམ་བྱེད་པས་སོ།། བཟོ་པ་སྐྱེས་མ་དེའི་རང་སྲོག་བཅད་པར་ང་ལ་ཚོད་དཔག་ཡ་མཚན་ཅན་མང་པོ་ཞིག་ཡོད་མོད། འོན་ཀྱང་ཚོད་དཔག་ཙམ་ཡིན་པས་འདིར་བཤད་པར་མི་བྱ།

ཕྱིར་དྲན་ནི་བདེན་པ་དང་ཡང་དག་ཅིག་ཡིན་དགོས། གཞན་རྣམས་སྒྲུང་གཏམ་གྱི་ནང་དུ་བྱུང་འོས།

སྔོང་བོ་ཀང་གསུམ།

ལོ་དུ་མང་ཞིག་གི་ཡར་སྔོན་དུ་ང་རང་ཚིང་ཧའེ་ལྕགས་ལམ་གྱི་ལམ་སྣང་གི་གཤམ་དུ་འཁྱམས་རྒྱུར་དགའ། མི་འཁོར་རེ་རེ་བཞིན་དུས་བཅད་ལྟར་ང་ཡི་མིག་ལམ་དུ་རྒྱུ་ཞིང་། བརྩེ་སེམས་མེད་པ་ལྟར་ང་རང་བསྐྱུར་ནས་བྱང་ཕྱོགས་སུ་ཤར་སྐྱོད་བྱས་སོང་། ཉིན་གུང་གི་ཆུ་ཚོད་དང་པོའི་ཡས་མས་སུ། ཐང་ཧེ་ནས་སྔོང་བོ་ཀང་གསུམ་དུ་བསྐྱོད་པའི་མི་འཁོར་སླེབ་པ་དང་། ངས་སྐེའུ་ཁྲུང་གཤམ་གྱི་འགྲུལ་སྐྱོད་རྟགས་བྱང་དཀར་པོ་སྟེ། "ཐང་ཧེ—སྔོང་བོ་ཀང་གསུམ"ཞེས་པ་དེར་བལྟས་ཤིང་། སྐེའུ་ཁྲུང་ནང་གི་ངོ་མི་ཤེས་ལ་འགྲོས་མཐོའི་འཁོར་སྐྱོད་བྱེད་པའི་འགྲུལ་པ་དེ་དག་ལ་བལྟས་ནས། སེམས་སུ་ཕྲག་དོག་དང་ཡིད་སྨུག་གིས་ཁེངས་སོང་། དེའི་འཕྲོར་སྔོང་བོ་ཀང་གསུམ་དུ་སྐྱོད་པའི་མི་འཁོར་ལྕགས་ལམ་གྱི་མཐའ་སྣེ་རུ་ཡལ་སོང་བས། ངས་སྔོང་བོ་ཀང་གསུམ་གྱི་སྔོངས་རྣམ་འཆར་རྟོག་བྱས་པ་སྟེ། དེ་ནི་བྱང་ཕྱོགས་ཀྱི་མི་འཁོར་འབབ་ཚོགས་ཆུང་བ་ཞིག་ཡིན་ལ། འབབ་ཚོགས་ཀྱི་མདུན་ཕྱོགས་ན་ལྷོ་ཕྱོགས་སུ་མཐོང་དགོན་པའི་སྒོ་ཕྱུགས་ཏེ། བོང་ནག་དང་རྟ་དཀར། དྲེའུ་རྒྱང་དམར་སོགས་མང་པོ་ཡོད། སྐེ་དཀྲིས་དཀར་པོ་དཀྲིས་པ་དང་ངོ་མདངས་ནག་ཞད་ཆེ་བའི་བྱང་ཕྱོགས་ཀྱི་ཞིང་པ་སར་ཙམ་ཡོད། ཡང་ན་ཤིང་རྟའི་ཐོག་ཏུ་བསྡད་ཡོད། དེ་མིན་ད་

ད྄ང་སྟོང་པོའང་ཡོད་དེ་སྟོང་པོ་རྐང་གསུམ་ཡིན་ལ། ཐང་སྐོང་གི་ཁེར་སྐྱེས་ཀྱི་སྟོང་པོ་རྐང་གསུམ་ཡིན།

སྟོང་པོ་རྐང་གསུམ་པོ་མཐོ་ཞིང་དྲང་ལ། ངས་སྟོང་པོའི་ལྗང་མདོག་གི་ལོ་མ་དང་སྟོང་རྐང་སྨུག་པོ་འཆར་རྟོག་བྱེད་ཐུབ་མོད། འོན་ཀྱང་སྟོང་པོ་ལ་གཏན་འཁེལ་གྱི་མིང་ཞིག་མེད་པས། སྟོང་པོ་རྐང་གསུམ་དེ་སྟོང་པོ་ཅི་ཞིག་ཡིན་པ་མི་ཤེས།

སྟོང་པོས་ང་རང་ཡིད་སྐྱོ་བ་བཟོས་སོང་། ངས་ཚེ་གང་པོར་མི་ལ་ཡིད་སྐྱོ་པོ་སློང་བའི་འཚོ་བའི་རོལ་སྟངས་འདི་བསྐྱར་ཟློས་བྱས་པ་ཡིན་ཏེ། སྟོང་པོ་དང་ལས་ཐུག་མ་བྱུང་། ང་ལ་སྟོང་པོ་མེད་ཅིང་། ཞི་རྫོང་པན་ནའི་བྱིས་པ་ཚོར་ཚ་ཁྲུལ་ཆར་ནགས་ཡོད་པ་དང་། ཞིན་ཨན་ལིན་ཆེ་བའི་ཤིང་གཙོད་མཁན་གྱི་ཕྱི་རབས་པར་སྙོན་ཤིང་དང་སྟག་དཀར་ཡོད། ཞིང་སྣེའི་བྱིས་པ་ན་ཆུང་ཚོར་ལྷ་ཤིང་དང་ཚོས་སེར་སྨུག་པོ་ཡོད། ང་ལ་སྟོང་པོ་མེད། ང་རང་ཆུང་དུས་ནས་བཟུང་གུ་དོག་པོའི་སྲང་ལམ་དུ་འགྲོ་འོང་བྱས་པས། སྟོང་མགོར་འཛེག་པ་དང་བྱིའུ་ཚང་སློག་པའི་སྤྱོད་རོལ་གཏན་ནས་མེད། ང་ལ་སྟོང་པོ་མེད་དེ། འདི་ནི་གྲོང་ཁྱེར་གྱི་སྐྱོན་མིན། གྲོང་ཁྱེར་ལ་སྟོང་པོ་ཡོད་དེ། ལྕང་མའམ་ཡང་ན་ཤིང་ཕྲུའུ་ཐུང་སྟར་པ་སྟར་པ་བྱས་ནས་རྐང་ལམ་གྱི་གཞོགས་གཉིས་སུ་བསྟར་ཡོད། ཡིན་ཡང་ང་ནི་རྐང་ལམ་མེད་པའི་སྲང་བར་ཆུང་བ་ཞིག་ནས་ནར་སོན་པ་ཡིན་པས། ལམ་འགྲམ་དུ་སྟོང་པོ་མེད་པའི་སྲང་བར་ལའང་མི་སྐྱོན། སྲང་བར་གྱི་ཁྱིམ་ཚང་མང་པོ་ཞིག་ལའང་སྟོང་པོ་ཡོད་ཅིང་། རྟོང་ཙོ་སྟོང་རྐང་གཅིག་དང་འོ་སེ་ཤིང་སྟོང་རྐང་གཉིས་བྱས་ནས་ཕོ་ཚོའི་སྒོའུ་ཁྲུང་གི་རྩར་སྐྱེས་འདུག ཡིན་ནའང་

ངེད་ཚང་ལ་ལྷས་ར་མེད་པ་དང་། ལག་མཐིལ་ཆེ་ཆུང་ཙམ་གྱི་སྣོ་ར་ལས་མེད་དེ། ལག་མཐིལ་ཆེ་ཆུང་ཙམ་གྱི་སྣོ་ར་ནི་ནམ་མཁར་ལྟ་ས་ཡིན་པས། སྟོང་པོ་ཞིག་ག་ལ་ཤོང་། དེ་བས་ང་ལ་སྟོང་པོ་མེད།

ངས་ཀྱང་སྟོང་པོ་བཙུགས་མྱོང་། ངས་སྟོན་ཆད་ཉེ་འཁོར་གྱི་བཟོ་གྲྭའི་ནང་ནས་ཁུ་ལ་ཡི་སོན་སྨུག་བལ་ཏེ། ཐེངས་དང་པོར་ཕོག་མའི་ནང་དུ་བཙུགས་པ་ཡིན། དེ་ཡང་ངའི་སྐྱོན་མིན། སྟོང་པོ་དང་མེ་ཏོག་མི་འདྲ་སྟེ། མེ་ཏོག་ཕོག་མའི་ནང་དུ་གསོ་བ་དང་སྟོང་པོ་ས་ནང་དུ་འཛུགས་དགོས་པ་ངས་ཤེས་ཡོད། འོན་ཀྱང་ང་ལ་སྟོང་པོ་འཛུགས་སའི་ས་ཞིག་མེད། དེ་ནི་ངེད་ཚང་གི་ས་ཁྱོན་གྱི་སྐྱོན་རེད། སྣོ་ར་དང་སྟོད་ཁང་། ལྟག་སྣོའི་རྫ་སྐྱུན་གྲུ་ཁ་ཚང་མ་ཨར་འདམ་མིན་ཆེ་རྫ་ལས་གྲུབ་པས། དེ་དག་གིས་ངའི་ལྷམ་དང་སྣམ། རྐུབ་བཀྱག་བཅས་ལ་དགའ་བསུ་བྱེད་པ་ལས། ཕྲ་ཞིང་ཆུང་བའི་ཁུ་ལའི་སོན་སྨུག་དང་ལེན་མི་བྱེད། དེ་བས་ཕོག་མའི་ནང་དུ་མི་གསོ་ཐབས་མེད་བྱུང་། སྐབས་དེར་ང་ནི་སློབ་ཆུང་སློབ་མ་ཞིག་ཡིན་ཞིང་། ངས་སྟོང་པོ་གཅིག་ཡུལ་ལ་ཁྱེར་ནས་ཕོག་མའི་ནང་དུ་གསོས་པ་ཡིན་མོད། འོན་ཀྱང་ང་ཡི་སྟོང་པོ་ཡང་རྐྱེན་དེ་ལས་ངའི་སེམས་འཁྲེང་ཞིག་ཏུ་གྱུར། ངས་སྟོང་པོ་དེ་ཆུ་འགྲམ་གྱི་རྫ་གཅལ་ཐོག་ཏུ་བཞག་པ་ཡིན། སར་མོ་ལྤུ་ཙམ་གྱི་སྟོང་རྐང་དེ་ངའི་ཉེ་འཁོར་དུ་འཚར་ལོངས་འབྱུང་བཞིན་ཡོད། དཔྱིད་ཀ་ནས་དབྱར་ཁའི་བར་དུ། ཆེན་པོ་ཞིག་སྐྱེས་མ་ཐུབ་མོད། འོན་ཀྱང་འདབ་མ་གསར་པ་རེ་རེ་བཞིན་རྒྱུས་ཡོད། སྟོང་པོ་དེར་ལོ་འདབ་ག་ཚོད་ཅིག་ཡོད་པ་ངས་ཤེས་ཤིང་། ལོ་འདབ་རེ་རེ་ཡང་ངའི་མིག་དབང་ལས་ཐར་མི་ཐུབ། ཕྱིས་སུ་དགུན་ཁ་སླེབ་སོང་ལ། ངས་སོན་སྨུག་གི་བདེ

སྡུག་ཉིན་རེ་བཞིན་ཇེ་ཟབ་ཏུ་འགྲོ་བཞིན་པ་སྨྱོང་ཚོར་བྱེད་ཐུབ། ཆུ་འགྲམ་དུ་རླུང་ཆེ་ཞིང་སྡོང་པོ་ངུ་བཞིན་པའི་བྱིས་པ་ཞིག་ནང་ལྟར་རླུང་གི་ཁྲིད་དུ་ཡོམ་ཡོམ་བྱེད། ངས་སྡོང་པོ་ཡིས་ང་ལ་ཉི་འོད་དང་དྲོད་འཇམ་སྐྱོང་མི་བྱེད་པར་སེམས་ནས། ཁོག་མ་ཉི་གཡབ་ཐོག་ཏུ་སྣུར། དེ་ནི་དེང་ཚང་གི་དགུན་ཁར་ཉི་འོད་ལམ་ལམ་བྱེད་ས་ཉག་གཅིག་ཡིན། རང་བུ་གསོད་ནོར་བྱུང་བའི་གློས་གར་རང་བཞིན་གྱི་བཀོད་སྒྲིག་ཞིག་དང་འདྲ་བར། དེར་མཐུད་ནས་ང་དང་ངའི་སྡོང་པོ་ལ་ཞག་མ་གཅིག་གི་རླུང་འཚུབ་ཀྱི་བགེགས་རྐྱེན་ཐེབས། རླུང་འཚུབ་གཡུག་པའི་སྐབས་སུ་ང་ནི་དྲོད་འཇམ་གྱི་ཁང་པའི་ནང་དུ་ཡོད་པ་དང་། དྲོད་སྐྱིད་ཀྱི་རྨི་ལམ་གྱི་རྒྱལ་ཁམས་སུ་ཞུགས་ཡོད། ཡིན་ཡང་ངའི་སྡོང་པོ་ཉི་གཡབ་ཀྱི་ཐོག་ཏུ་ཡོད་པ་དང་། གྲང་ངར་ཆེ་བའི་རླུང་འཚུབ་ཀྱི་ནང་དུ་ལུས། མི་རྣམས་ཀྱིས་རླུང་གིས་སྡོང་པོར་བཟོས་པའི་བརྙས་བཅོས་ལ་རྒྱུས་ལོན་མེད། འོན་ཀྱང་རླུང་གིས་ང་དང་ངའི་སྡོང་པོ་ལ་བརྙས་བཅོས་ཇི་ལྟར་བྱས་པ་རྟོགས་དཀའ་སྟེ། དེས་ངའི་སྡོང་པོ་སྒེའུ་ཁུང་ཁ་ནས་པང་སྟེ་ཆུ་འགྲམ་གྱི་རྡོ་གཅལ་ཐོག་ཏུ་བརྒྱབ་ནས་བཅག་པ་དང་། དེའི་འཕྲོར་སོན་སྦུག་ཁོག་མ་ལས་ཕྱུང་ནས་ཆུ་ནང་དུ་འཕངས་ཏེ། ཁོག་མ་ཆག་རོ་ཞིག་དང་ས་རོ་ཕོན་པོ་ཞིག་ཆུ་འགྲམ་ནས་ང་ལ་བཞག་ཡོད།

འདི་ནི་ང་ཡི་སྡོང་པོའི་ཕྱིར་དྲན་གྱི་ཁག་ཅིག་ཡིན། དགུན་ཁ་ཞིག་གི་ཞོགས་པར། ང་ཆུ་འགྲམ་ནས་ལངས་ཏེ་ཆུའི་ཟབ་སར་རྒྱང་བལྟ་བྱས་པ་ན། ངའི་སྡོང་པོ་ཆུའི་ནང་ནས་འཕག་འཚག་རྒྱག་བཞིན་པ་གསལ་ལ་མི་གསལ་ཞིག་མཐོང་། དེ་ཡང་རེ་ཞིག་ལ་འཕག་འཚག་བརྒྱབ་རྗེས་ངའི་སྡོང་པོ་མར་

འཁྱིང་ཞིང་། སླར་ཡང་གསལ་ལ་མི་གསལ་བའི་ངང་སྟོང་པོས་ཆུ་ཞབས་ནས་ས་འདམ་འཚོལ་བཞིན་པ་མཐོང་། དེ་ཡོམ་ཞིང་འདར་ལ་མཇུག་མཐར་ཞི་འཇགས་སུ་གནས། ངས་ཡིད་སྐྱོ་བའི་ངང་ནས་ང་ཡི་སྟོང་པོ་ཁྲིམ་དུ་ལོག་པ་དང་ངའི་སྟོང་པོ་མེད་སོང་བ་ཤེས། ངའི་སྟོང་པོས་ས་འདམ་འཚོལ་ནས་མ་རྙེད་པ་དང་། རླུང་གིས་སྙིང་རྗེ་མེད་པའི་ངང་ནས་ངའི་སྟོང་པོ་ཆུ་ནང་དུ་དེད་པ་རེད། ངའི་སྟོང་པོ་གཞན་དང་མི་འདྲ་བར་ཆུའི་ནང་དུ་སྐྱེ་དགོས་པ་ཡིན་ཡང་སྲིད།

ང་ལ་སྟོང་པོ་མེད། སྟོང་པོ་མེད་པ་ནི་ངའི་གསང་བའི་སྡུག་བསྔལ་དང་འདོད་པ་མ་ཚོམ་པ་ཡིན་ཞིང་། མི་མང་པོ་ཞིག་དང་འདྲ་བར། དར་ལ་བབས་རྗེས་ང་ལ་རི་ཀླུང་གྲགས་ཅན་ལ་ཡུལ་སྐོར་བྱས་པའི་སྐྱིད་རོལ་ཡོད་པ་ཡིན། ངས་ཞི་རྫོང་པན་ནའི་ལྗང་ནག་ཏུ་གྱུར་པའི་གདོང་མའི་ནགས་ཚལ་མཐོང་སྐྱོང་ལ། ཞིན་ཨན་ལིན་སྟེང་གི་ཁ་བ་དཀར་པོས་གཡོགས་པའི་གསོམ་དམར་དང་སྟག་པ་མཐོང་སྐྱོང་། ངས་ཞི་ཧྲུའུ་ཡི་རྒྱལ་ཁབ་རིམ་པའི་ནགས་ཚལ་སྤྱི་གླིང་དུ་མིང་གོ་བ་ལས་མཐོང་མ་སྐྱོང་བའི་ཤིང་སྡོང་རྩ་ཆེན་མང་པོ་མཐོང་བ་ཡིན་མོད། འོན་ཀྱང་ཤིང་སྡོང་དེ་དག་མི་རེའི་འགྲུལ་བཞུད་ཀྱི་ལམ་བར་དུ་སྐྱེས་པ་ལས། ངའི་སྟོང་པོ་མིན།

ངའི་སྟོང་པོ་གང་དུ་ཡོད་དམ་ཞེ་ན། སྟོང་པོས་ང་ལ་མི་བཤད་དེ། ངས་ལོ་ཟླའི་བརྗོད་པ་ལ་མི་སྨྲུག་ཐབས་མེད་ཡིན།

1988ལོ་ནི་ང་ལ་མཚོན་ན་རྗེས་དྲན་བྱེད་འོས་པའི་ལོ་རབས་ཤིག་ཡིན། ལོ་དེའི་སྟོན་ཁར་ང་ལ་རང་གི་སྡོད་ཁང་ཞིག་ཐོབ། དེ་ནི་ལོ་དུ་མང་གི་རིང་ལ་ཞིག་གསོ་མ་བྱས་པའི་གནམ་ཁང་གི་ཁག་ཅིག་ཡིན་ཞིང་། ངས་

ལྷེ་མིག་བཟུང་ནས་ཁང་པར་ལྷ་རུ་འགྲོ་སྐབས། ཐོག་མར་ཐོག་ཁང་སྟེན་གྱི་སྟོང་པོ་དེ་གཉིས་མཐོང་སོང་། ཁྱོད་ཀྱིས་ཚོད་དཔག་བྱས་ན་སྟོང་པོ་ཅི་ཞིག་ཡིན་རྒྱུ་རེད། སེལ་སྟོང་གཉིས་ཡིན་ཏེ། གཅིག་ནི་སེ་འབྲུ་དང་ཅིག་ཤོས་ནི་ཞུ་མཁན་རེད། སྟོན་ཁའི་ཉིན་གུང་རྗེས་ཀྱི་ཉི་འོད་སྟོང་པོ་གཉིས་སུ་འཕྲོས་ཤིང་། ངའི་ཚེ་གང་པོར་ཐོབ་པའི་ལེགས་སྐྱེས་ཆེས་གལ་ཆེན་གྱི་སྙིང་དུ་འཕྲོས་སོང་། ལོ་དུ་མང་ཞིག་ལ་ང་དང་འགྲོགས་པའི་སེམས་མི་བདེ་བ་དང་བློ་ཕམ་གར་སོང་ཆ་མེད་དུ་གྱུར་ནས། སྟོན་ཁའི་ཉིན་གུང་གི་རྗེས་འདིར་ཡོད་ཚད་ལ་དྲིས་ལན་ཐོབ་པ་རེད། ང་ལའང་སྟོང་པོ་ཡོད་པར་གྱུར་པ་དང་དེ་མ་ཐག་སྟོང་པོ་གཉིས་ཐོབ། ཡ་མཚར་བ་ནི་དེ་གཉིས་སེལ་སྟོང་ཡིན།

སེལ་སྟོང་ནི་མི་ལ་སྙིང་རྗེ་ཡི་སེམས་ཤིག་ཡོད། སེ་འབྲུའི་མཚོན་ཚུལ་ཤིན་ཏུ་སྤྲོ་སེམས་འཕེལ་བ་ཞིག་ཡིན་ཞིང་། དེའི་སྨུག་པོར་སྨིན་པའི་ཡལ་འདབ་དང་འོད་སྣང་འཕྲོ་བའི་མེ་ཏོག དེ་མིན་དེའི་བསྐྱུར་བློས་རྩེག་མའི་འབྲས་བུ་ཚང་མས་བརྗེ་དུང་འདི་ལ་བདེན་དཔང་བྱེད། ཞུ་མཁན་ནི་མངོན་ཆུང་དང་བརྟན་པོ་ཡིན་ཞིང་། དེས་ངའི་མགྲིན་པས་ཁོ་རང་ནོར་ནས་ཡུས་ལན་སྟོང་པོར་ངོས་འཛིན་བྱེད་པར་སེམས་སུ་མི་འཛིན་མོད། འོན་ཀྱང་དེས་དབྱར་མགོའི་དུས་ཚིགས་སུ་ཁྱོད་ལ་ང་ནི་ཡུས་ལན་མེ་ཏོག་མིན་པར། ཞུ་མཁན་གྱི་འབྲས་བུ་མ་གཏོགས་ཞུ་འབུལ་མི་བྱེད་ཅེས་བཤད་སྲིད། ངས་སྟོང་པོའི་དྲིན་ལན་དང་ལེན་བྱས་པ་ཡིན་ལ། ད་ལྟ་ངའི་སྒེའུ་ཁུང་གི་མདུན་དུ་སྟོང་པོ་གཉིས་ཡོད་དེ། གཅིག་ནི་སེ་འབྲི་དང་ཅིག་ཤོས་ནི་ཞུ་མཁན་ཡིན། ངས་ངོ་མི་ཤེས་པའི་སྟོང་པོ་འཛུགས་མཁན་གྱི་ཁང་

བདག་དེར་བཀའ་དྲིན་ཞུ་བ་ཡིན་ལ། མི་ལ་ལས་ང་ལ་སྟོང་པོ་དེ་གཉིས་ཀྱི་ལོ་ཚོད་བཤད་པ་དང་། ལོ་བཅོ་ལྔ་རེད་ཟེར། ངས་ལོ་བཅོ་ལྔ་ཡི་ཡར་སྟོན་གྱི་ཁོག་མའི་ནང་དུ་གསོས་པའི་ཁུ་ལའི་སོན་སྨྱུག་གི་སྐྱོང་ཚུལ་དྲན་བྱུང་སྟེ། ཡོད་ཚད་སྟེས་དབང་ཞིག་མིན་པར་ང་ལ་ཡིད་ཆེས་ཡོད་ཅིང་། འདི་ནི་ལས་དབང་གིས་ང་ལ་ཁ་གསབ་བྱས་པའི་སྟོང་པོ་གཉིས་ཏེ། དེ་ལས་ཆེ་ཞིང་དེ་ལས་མཛེས་པ་ཞིག་ཡིན། ང་ནི་སྡུག་མང་དགའ་ཉུང་ཞིག་ཡིན་ལ། འཇིག་རྟེན་གྱི་དོ་ཁུར་གྱི་ཐད་དུ་ནམ་ཡང་སེམས་གཙོང་བརྩེ་བ་ལས་མང་ཞིང་། སོམ་ཉི་ཡིད་རྟོན་ལས་མང་། ངའི་ཕ་མས་སྨྲར་ང་ནི་ཇི་འདྲའི་ལས་ཅན་ཞིག་རེད་ཅེས་བཤད་སྐྱོང་མོད། ང་རང་ཡིད་མི་ཆེས་ཤིང་། གྲོགས་པོ་ཚོས་ཀྱང་ང་ནི་ལས་ཅན་ཞིག་རེད་ཅེས་བཤད་པ་དང་། ང་ཡང་ཡིད་མི་ཆེས། ད་ལྟ་སྟོང་པོ་གཉིས་ཀྱིས་ང་ནི་མཇུག་མཐར་ལས་ཅན་ཞིག་རེད་ཅེས་ཟེར་བས། ང་རང་ཡིད་ཆེས་སོང་།

ང་ནི་ལས་ཅན་ཞིག་རེད། སྟོང་པོ་གཉིས་ཀྱིས་ང་དང་འཇིག་རྟེན་ཧྲིལ་པོའི་བར་གྱི་གས་སྦུབས་བསྐྱངས། ལྷག་པར་དུ་སེ་འབྲུའི་སྟོང་པོ་དེ་དཔྱིད་དབྱར་དུས་ཚོགས་ཀྱི་ཞོགས་པར། ངས་སྒེའུ་ཁུང་ཕྱེ་བ་ན་སེ་འབྲུའི་ཡལ་འདབ་དང་མེ་ཏོག་དམར་པོ་མིག་ལམ་དུ་འཆར་ཡོང་བ་དང་། མཉེན་ཞིང་རིང་བའི་ཡལ་གས་སྣ་གསང་མེད་པར་ཁང་པའི་ནང་དུ་ཡོང་འདོད་པའི་འདུན་པ་དྲག་པོ་སྟོན། གལ་ཏེ་ངས་ཁོ་ལ་རྟག་ཏུ་སྒོ་ཁུང་ཕྱེ་ནས་བཞག་ན། ཉིན་གསུམ་མི་དགོས་པར། སེ་འབྲུ་དེ་ངའི་མལ་ཁྲིའི་གམ་དུ་དང་ངའི་སློབ་ཅོག་གི་སྟེང་ནས་གཞི་བཅས་ནས། ང་དང་མཚན་གང་ལ་གླེང་མོལ་བྱེད་སྲིད། སྙིང་སེམས་མེ་ལྟར་འབར་བའི་སེ་འབྲུ་ཡིས“ང་ནི་ཁྱོད་

ད་ལྟ་ངའི་སྙིའུ་ཁང་གི་མདུན་དུ་སྟོང་པོ་མེད་པ་དང་། ང་ལའང་སྔར་བཞིན་སྟོང་པོ་མེད་པར་གྱུར། སྟོང་པོས་ང་རང་རྫོངས་པར་བཟོས་སོང་ལ། ངའི་སྟོང་པོ་དོན་དམ་པར་གང་དུ་ཡོད་ཅེ་ན། ང་ལ་སེ་འབྲུའི་སྟོང་པོ་གཅིག་དང་ཞུ་མཁན་སྟོང་པོ་གཅིག་ཡོད་པ་ཡིན། ངས་ཐོག་མཐའ་བར་གསུམ་དུ་ང་རང་ལ་སྟོང་པོ་གསུམ་ཡོད་འོས་ཏེ། སོ་ཇོ་དུ་མང་ཡར་སྟོན་གྱི་ངའི་སེམས་ཁོང་གི་ཚེས་རྒྱུང་རིང་བའི་མི་འཁོར་འབབ་ཚོགས་ཀྱི་མིང་མཚན་ཏེ། "སྟོང་པོ་རྐང་གསུམ"ཞེས་པ་ནང་བཞིན། སྟོང་རྐང་གསུམ་དེ་གང་དུ་ཡོད་དམ།

ཀྱི་སྔོང་བོ་ཡིན་ལགས། ང་ནི་ཁྱེད་ཀྱི་སྔོང་བོ་ཡིན”ཞེས་བཤད་པ་རེད།

སྔོང་བོས་བྱ་ཡང་ཁྲིད་ཡོང་ཞིང་། བྱ་ཡིས་ངའི་སྐེའུ་ཁུང་གི་ཁ་ནུ་བྱ་རུག་སྐྱ་ལོག་བཏང་འདུག སྔོང་མགོའི་སེལ་འབྲས་ཀྱིས་ལམ་འགྲོའི་བྱིས་པ་བཀུག་ནས། བྱིས་པ་ཚོ་སྔོང་མགོར་འཛོག་ནས་སེལ་ཏོག་བཏོགས་ཏེ་སྔོང་ལོ་ཤག་ཤག་ཏུ་གྲག ང་འཕྲལ་དུ་སྐེའུ་ཁུང་གི་རྩར་སོང་ནས་བྱིས་པ་ཚོ་ངའི་སྔོང་མགོ་ལས་མར་འབབ་པའི་བཙན་སྐུལ་བྱས་མཐར། བྱིས་པ་ཚོའང་ཨུར་ཨུར་ཟེར་ཟེར་གིས་ཐོར་ལངས་སེ་སོང་། སྔོང་རྩ་ནུ་མ་སྨིན་པའི་སེ་འབྲུ་ལྷུང་ཁུ་འཐོར་འདུག ངས་སེ་འབྲུའི་སྔོང་བོས་རང་གི་ཡལ་ག་དང་ལོ་འདབ་ལེགས་སྒྲིག་བྱེད་བཞིན་པ་མཐོང་ཞིང་། དོན་དག་ཅི་ཡང་མེད་པ་ནང་བཞིན། སྔོང་བོའི་ཉམས་འགྱུར་གྱིས་ང་ལ་འདི་ནི་གནོད་འཚེ་ཞིག་མིན་པར་བསམ་ཡུལ་ལས་འདས་པ་ཞིག་ཡིན་ཞེས་དྲན་སྐུལ་གནང་བ་དང་། སྔོང་བོའི་ཉམས་འགྱུར་གྱིས་ང་ལ་སྔོང་བོའི་འབུལ་བ་ནི་རྫོགས་མཐའ་མེད་པ་ཞིག་ཡིན་ཞེས་དྲན་སྐུལ་ཡང་བྱེད། དེ་ནི་ངའི་སྔོང་བོ་ཡིན་པ་མ་ཟད་ལམ་འགྲོ་བྱིས་པ་ཚོའི་སྔོང་བོའང་ཡིན།

ལོ་བདུན་ཏག་ཏག་གི་རིང་ལ། ང་རང་ཐོག་ཁང་རྙིང་པ་ཞིག་གི་གནམ་ཁང་དུ་སྔོང་བོ་དང་མཉམ་དུ་འཚོ་བ་རོལ་བ་ཡིན། ང་དང་སྔོང་བོ་གཉིས་ཀྱིས་ཕན་ཚུན་ལ་རྟིག་གེར་ལྟ་བ་དེ་རིམ་བཞིན་ཕྱོགས་གཅིག་གིས་ཧུར་རེར་ལྟ་བར་གྱུར་ཏེ། སྔོང་བོ་གཉིས་ཀྱིས་ང་ལ་ཧུར་རེར་ལྟ་བ་དེ་ཡིན། ང་ལ་སྔོང་བོ་ཡོད་པས་རིམ་བཞིན་སྔོང་བོ་བརྗེད་འདུག སྔོང་བོའི་བློ་རྒྱུ་ནི་ནམ་ཡིན་ཡང་བཟོད་སྒོམ་དང་ཡིད་སྨུག་ཡིན་ལ། སྔོང་བོས་རྒྱབ་འགལ་གྱི་ཐག་གཅོད་ཅི་ཡང་མི་སྒྲུབ་པར། ལོ་ངོ་བདུན་གྱི་རིང་ལ་ཧུར་བལྟ་བྱས

མཐར། སྔོང་བོ་གཉིས་ཀྱིས་ང་ཡི་གསང་བ་དང་བཅས་པའི་བསམ་འདུན་ཡོད་ཚད་རྟོགས་སོང་མོད། འོན་ཀྱང་སྔོང་བོས་གཏན་ནས་མི་བཤད་པས་གཞན་གྱིས་མི་ཤེས། སྔོང་བོས་ང་ལ་ཏུར་རེར་ལྟ་བ་དེ་ལོ་བདུན་རིང་གི་ལོ་ཟླའི་ཁ་གསབ་ཅིག་ཏུ་བྱས་ན་ཡིད་ཚིམ་པ་ཞིག་བྱུང་། སྒེའུ་ཁུང་ཕྱིའི་སྔོང་བོ་གཉིས་ཀ་ཕྱིས་སུ་ཐང་ཆད་འདུག་མོད། འོན་ཀྱང་ངས་མ་ཤེས་པར། དཔྱིད་ཆར་འབབ་ཐེངས་གཅིག་གིས་སེ་འབྲུའི་སྔོང་མགོའི་སེ་འབྲུའི་མེ་ཏོག་ཡོད་ཚད་གཏོར་སོང་བ་དང་། ང་རང་སློ་ཕྱིར་འགྲོ་བའམ་ཕྱིར་ལོག་དུས་སེ་འབྲུའི་མེ་ཏོག་གི་ཐོག་ཏུ་སྤྲོས་ནས། སེ་འབྲུའི་འབྲལ་སེམས་ཀྱི་སྐྱོ་བ་ལ་ཚོར་སྣང་དོག་ཙམ་ཡང་མ་བྱུང་། ང་ཡིས་ངའི་སྔོང་བོ་གཉིས་ཀྱི་ཐེངས་འདིའི་ལས་འགན་མཇུག་རྫོགས་པ་མི་ཤེས་ཤིང་། ལོ་བདུན་གྱི་རྗེས་སུ་སྔོང་བོ་གཉིས་སྟར་ལྟར་ང་དང་ཁ་བྲལ་སོང་།

གྲོང་ཁྱེར་འཛུགས་སྐྲུན་གྱི་འཆར་གཞི་ཡིས་མི་གང་མང་ཞིག་གི་སྟར་འདས་ཀྱི་སྡོད་ས་བསྐྱབས་ཤིང་། མི་གང་མང་ཞིག་གི་སྔོང་བོའང་བསྐྱབས་པ་རེད། 1995ལོའི་དབྱར་ཁར། ས་འདེད་འཕྲུལ་འཁོར་གྱིས་ཐེག་ཆེན་གླིང་ཞེས་པའི་ས་ཆ་ཞིག་བདེ་སྐྱོམས་སུ་བཏང་ནས། ང་ཡི་གནམ་ཁང་དང་ངའི་སེ་འབྲུའི་སྔོང་བོ། ངའི་ཞུ་མཁན་སྔོང་བོ་ཚང་མ་ཁང་ཤུལ་གྱུང་རོའི་འོག་ཏུ་མནན། ཁང་པ་བཤིག་པའི་བཟོ་པས་མ་གཞིར་ངའི་སྔོང་བོ་གཉིས་མ་མཐའ་ཡང་རེ་ཞིག་ལ་སོར་འཇོག་བྱས་ཆོག་མོད། འོན་ཀྱང་ངས་ཁོ་ཚོར་རེ་འདུན་དེ་འདྲ་འདོན་མི་ནུང་ཞིང་། གང་ལྟར་མཇུག་མཐར་སྔོང་བོ་གཉིས་འབལ་དགོས་པ་ཤེས། ལོ་བདུན་པོ་ཚེ་ལམ་ཐེངས་གཅིག་ཚེས་པ་ནང་བཞིན། སེ་འབྲུ་སྔོང་བོ་དང་ཞུ་མཁན་སྔོང་བོ་གཉིས་ཀ་ངའི་སྔོང་བོ་

མ་ཡིན་ནོ། །

ད་ལྟ་ངའི་སྙིའུ་ཁང་གི་མདུན་དུ་སྒོང་བོ་མེད་པ་དང་། ང་ལའང་སྔར་བཞིན་སྒོང་བོ་མེད་པར་གྱུར། སྒོང་བོས་ང་རང་རྨོངས་པར་བཟོས་སོང་ལ། ངའི་སྒོང་བོ་དོན་དམ་པར་གང་དུ་ཡོད་ཅེ་ན། ང་ལ་སེ་འབྲུའི་སྒོང་བོ་གཅིག་དང་ཞུ་མཁན་སྒོང་བོ་གཅིག་ཡོད་པ་ཡིན། ངས་ཐོག་མཐའ་བར་གསུམ་དུ་ང་རང་ལ་སྒོང་བོ་གསུམ་ཡོད་འོས་ཏེ། ལོ་ངོ་དུ་མང་ཡར་སྔོན་གྱི་སེམས་ཁོང་གི་ཚེས་རྒྱུང་རིང་བའི་མེ་འཁོར་འབབ་ཚིགས་ཀྱི་མིང་མཚན་ཏེ། “སྒོང་བོ་ཀང་གསུམ”ཞེས་པ་ནང་བཞིན། སྒོང་བོ་ཀང་གསུམ་པ་དེ་གང་དུ་ཡོད་དམ་ཞེ་ན། ངས་རང་ཉིད་ལ་དྲིས་པ་དང་། དེའི་འགྲོར་ངས་ཀྱང་དྲིས་ལན་རྙོགས་པ་སྟེ། དྲིས་ལན་ནི་བྱིས་པའི་དུས་ཀྱི་སྒོད་ཁང་སྙིང་པའི་འགྲམ་སོགས་ཀྱི་ཆུ་འགྲམ་ནས་བྱུང་ཞིང་། ལོ་ངོ་དུ་མང་ཡར་སྔོན་གྱི་རླུང་འཚུབ་ཀྱིས་ཁྱེར་བའི་ཁུ་ལའི་སོན་མྱུག་གིས་ང་ལ་ལག་བརྡ་གཏོང་བཞིན། “ང་འདི་ན་ཡོད། ང་རང་ཆུའི་ནང་ན་ཡོད”ཅེས་བཤད་པ་ཐོས་སོང་།

གསེར་ཉའི་འཕྲིན་གསར།

ཡ་གླིང་ཤར་ལྷོའི་ས་ཁུལ་གྱི་རྒྱལ་པོ་ཞིག་ང་ཚོའི་གྲོང་ཁྱེར་འདིར་ཡོང་ནས་ཉིན་གསུམ་གྱི་རིང་ལ་ཡུལ་སྐོར་བྱས་ཤིང་། ཕྱིར་འགྲོ་སྐབས་གསེར་ཉ་ནང་གི་མཆོག་ཏུ་གྱུར་པ་ཉ་བུམ་གང་ཁྱེར། འདི་ནི་ལོ་རབས70པའི་དོན་ཞིག་ཡིན། ངས་ཁྲིམ་སྲང་ནས་མི་རྣམས་ཀྱིས་རྒྱལ་པོ་འདི་གླིང་བཞིན་པ་དང་། གསེར་ཉ་དེ་དག་གླིང་བཞིན་པ་ཐོས། གསེར་ཉ་དེ་དག་གི་མིང་མི་ཤེས་མོད། འོན་ཀྱང་ངས་རྒྱལ་པོ་དེར་གསེར་ཉ་འབུལ་མཁན་ནི་གྲོང་པ་དཀྲུས་མ་ཞིག་ཡིན་པ་གསལ་པོར་ཤེས་ཤིང་། མི་ལ་ལས་ད་དུང་ཇོ་ཤེས་འདུག ཕོ་ཚོས་མི་དེ་ནི་གླིན་པ་ཞིག་རེད། ཉ་གསོས་ནས་མིང་དུ་གྲགས་ཡོད་ཟེར། ཚང་མས་གླིང་མོལ་བྱེད་པ་ནི་རྒྱལ་པོ་དེ་དང་གསེར་ཉ་ཡིན་པ་མ་ཟད། ད་དུང་གྲོང་པ་དེའི་གཟི་བརྗིད་ཀྱང་གླིང་བཞིན་ཡོད།

གསེར་ཉའི་འཕྲིན་གསར་དེ་ང་ཚོའི་གྲོང་ཁྱེར་འདི་ཏུ་རིམ་བཞིན་དར་ཁྱབ་ཏུ་སོང་།

ངས་གློ་བུར་དུ་གྲོང་ཁྱེར་དུ་ཉ་གསོ་མཁན་དེ་འདྲ་མང་པོ་ཞིག་ཡོད་ཏུང་། ང་ལ་ཉ་གཅིག་ཀྱང་མེད་པ་རྟོགས་པས། དེས་ང་རང་ཡིད་སྨུག་གི་ཁམས་སུ་བསྐྱལ། དེ་ནི་ཤོར་སླ་ཞིང་དབང་དཀའ་བའི་ལོ་རབས་ཤིག་ཡིན་ལ། མེ་ཏོག་སོས་པ་འཚོང་ས་མེད་པ་ནང་བཞིན་གསེར་ཉ་འཚོང་ས་ཞིག

ངས་སློ་བུར་དུ་གྲོང་ཁྱེར་དུ་ཉ་གསོ་མཁན་དེ་འདྲ་མང་པོ་ཞིག་ཡོད་རུང་། ང་ལ་ཉ་གཅིག་ཀྱང་མེད་པ་རྟོགས་པས། དེས་ང་རང་ཡིད་སྨུག་གི་ཁམས་སུ་བསྐྱལ། དེ་ནི་ཤོར་སླ་ཞིང་དབང་དཀའ་བའི་ལོ་རབས་ཤིག་ཡིན་ལ། མི་ཏོག་སོས་པ་འཚོང་ས་མེད་པ་ནང་བཞིན་གསེར་ཉ་འཚོང་ས་ཞིག་ཀྱང་མེད།

ཀྱང་མེད། ངས་རྟག་ཏུ་ཁྲིམ་མཆོས་ཚང་གི་ཉ་རྫིང་གི་ཁ་ནས་ཏམ་གཉེར་གྱི་མིག་མདངས་ཀྱིས་མཛེས་སྡུག་ལྡན་པའི་ཉ་ཡི་རིགས་ལ་ཉེ་འབྲེལ་བྱས་པ་དང་། ཐོབ་ཐབས་མེད་པའི་དངོས་པོར་རེ་སྒོན་བྱེད་པ་ནི་བྱིས་པ་ཚོའི་སེམས་ནད་ཆེན་པོ་ཞིག་ཡིན་ལ། ངའི་བཟའ་མི་ཚོས་ཀྱང་རིམ་བཞིན་ང་ཡི་སེམས་ནད་དེ་རྟོགས་པ་རེད། ངའི་ཨ་ཅེ་ཡིས་ཐེངས་གཅིག་མིན་པར་མི་གཞན་ལ་ངའི་སེམས་ནད་བཤད་པ་དང་། མོའི་ནུ་བོར་ཡང་ཐོག་མཐའ་བར་གསུམ་དུ་གསེར་ཉ་གཅིག་དགོས་འདོད་ཡོད། ངའི་ཨ་མས་མོའི་བཟོ་གྲྭའི་ནང་གི་ལས་གྲོགས་ལ་བཤད་ནས། མོའི་བུ་ལ་གསེར་ཉ་ཞིག་དགོས་འདོད་ནས་སྨྲེ་ལ་བྱེད་ཟེར།

ང་རང་ཐོག་དང་པོར་གསེར་ཉ་ལ་དགའ་བའི་དུས་ཡུན་ནི་ཉིན་ལྔ་ཡི་རིང་ཙམ་ལས་མ་འདས་ཏེ། ངའི་ཨ་ཅེ་ཡིས་རྒྱུད་སྤྲུས་ལེགས་པའི་“ཚོན་ལྔའི་མུ་ཏིག”ཅེས་པའི་ཉ་བཞི་ཡུལ་དུ་ཁྲིར་ཡོང་བ་དེ་ཡིན། ངས་གསེར་ཉ་བཞི་པོ་དེའི་སྐལ་ཚིགས་དམར་པོའི་ཐོག་ཏུ་དཀར་ཐིགས་ཡོད་པ་ད་དུང་བརྗེད་མེད་ཅིང་། ཁྲིམ་མཆོས་ཀྱི་བྱིས་པ་ཞིག་གིས་ང་ལ་བཤད་རྒྱུར། “ཚོན་ལྔའི་མུ་ཏིག”ནི་རྒྱུད་ལེགས་མཆོག་ཀྱུར་ཞིག་ཡིན་ཟེར། ངས་སྐལ་ཚིགས་དམར་པོའི་ཐོག་ཏུ་དཀར་ཐིགས་ཀྱིས་ཁྲབ་པའི་གསེར་ཉ་དེ་བརྗེད་མེད་ལ། གསེར་ཉ་དེ་དག་གིས་ང་ལ་གནང་བའི་ཉིན་ལྔའི་དགའ་སྤྲོ་དྲན་ཐུབ། ཉིན་འདི་ལྔ་བོའི་རིང་ལ་ང་ཉ་གསོ་མཁན་ཡོད་སའི་རྫིང་བུ་དང་གྲོང་མཐའི་ཆུ་འགྲམ་དུ་ཞུགས་པ་དང་། གང་ནུས་ཀྱིས་ཉ་ཡི་གཟན་འབུ་བཟུང་ནས། གསེར་ཉ་ལ་གཟན་བསགས་པ་ཡིན། ངས་རང་གི་གསེར་ཉ་ཡིས་ཟན་འབུ་བཟའ་རྒྱུ་མང་དྲགས་ནས་འཆི་ལ་ཁད་བྱེད་པ་མི་ཤེས།

ངས་ཐོག་མཐའ་བར་གསུམ་དུ་རང་ལ“ཚོན་ལྷའི་མུ་ཏིག”ཐོབ་པའི་ཉིན་ལྷ་ཡི་དུས་ཡུན་ཐུང་ཐུང་དེ་དྲན། ཉིན་ལྷ་པའི་ཕྱི་དྲོར་ང་རང་སློབ་གྲྭ་གྲོལ་ནས་ཕྱིར་ཡུལ་དུ་ལོག་པ་ན། ངས་མཐོང་བ་ནི་གསེར་ཉ་བཞི་པོ་གན་རྒྱལ་དུ་ཆུ་ཁར་གཡེང་འདུག་པ་དེ་རེད། ངས་ད་རག་བར་དུ་སྐབས་དེའི་ང་ཡི་སྣང་ཚུལ་གླེང་རྒྱུར་ངོ་གནོངས་པ་དང་། གནམ་ས་གཡོ་འགུལ་བྱེད་པ་ལྟ་བུའི་ང་འབོད་ཐེངས་གཅིག་གི་ཁྲོད་དུ། གསེར་ཉ་ཡི་ཤི་རྐྱེན་རྩད་གཅོད་རྒྱུ་བརྗེད་སོང་བ་རེད། ངས་ཤི་སོང་བའི་གསེར་ཉ་ཞིག་གཏན་ནས་མཐོང་མ་མྱོང་ལ། ཤི་བའི་གསེར་ཉ་ནི་དེ་འདྲའི་མདོག་ཉེས་ཤིག་ཡིན་པའང་མཐོང་མ་མྱོང་། མཛེས་སྡུག་ནས་མདོག་ཉེས་སུ་གྱུར་པ་དེ་གཡོ་སྒྱུའི་སླུ་བྲིད་ཅིག་ཡིན་པ་འདྲ། དེ་ལས་རང་ཉིད་ལ་འཕྲོ་སྨོད་ཐེབས་པའི་མྱོང་ཚོར་བྱུང་ཞིང་། རང་གི་ལག་ནས་ཤོར་བ་མ་ཟད་གནོད་འཚེ་ཐེབས་པ་རེད། ང་ཡི་སྡུག་བསྔལ་དེས་ངའི་ཕ་མ་གཉིས་ལ་དངངས་སྐྲག་བསྐྲུར་ཡོད་སྲིད་དེ། ངས་རང་གི་ཨ་མ་ཡིས་དུས་རྒྱུན་དུ་ཁས་ལེན་མི་བྱེད་པ་དེ་ལས་ལྡོག་སྟེ། ང་ལ་རོགས་བྱས་ནས་གསེར་ཉ་གསར་བ་ཞིག་འཚོལ་ངེས་ཟེར་བ་དྲན་འདུག

ཕྱིས་སུ་ངའི་ཨ་མས་ཊ་གཤོག་ཡོ་བའི་གསེར་ཉ་ཆུང་ངུ་དེ་ཡུལ་ལ་ཁྱེར་ཡོང་བ་དང་། སྐབས་དེར་ཅུང་ཆེ་ཞིང་མི་རྣམས་ཀྱིས“གཡུ་དམར”ཟེར་འབོད་པའི་གསེར་ཉ་འགའི་ནང་དུ་གསོས་ཡོད་པས། དེ་འདྲའི་དམན་པ་ཞིག་ཏུ་སྣང་། གསེར་ཉ་ཡོད་ཚད་ཀྱི་མདོག་འགྱུར་མེད་སོད། “ཊ་གཤོག་ཡོ་འཁྱོག”དེ་ནི་མཛུབ་མོའི་ཕྱེད་ཀ་ཙམ་ལས་མེད་ཅིང་ནག་ཤིག་ཤིག་ཅིག་ཡིན་ལ། ཐ་ན་རིགས་རྒྱུད་ཅི་ཞིག་ཡིན་པའང་མི་ཤེས། དེ་ནི་ཤིན་ཏུ་ཁྱད་

པར་བ་ཞིག་ཡིན་ལ། ལྷག་པར་དུ་དེའི་ཇ་མ་ཁྱད་པར་བ་ཞིག་ཡིན་ཏེ། དེ་དང་གསེར་ཉའི་མཛེས་སྡུག་རྒྱབ་འགལ་དུ་སོང་ཡོད། ངས་སྔུན་སྣང་གི་སེམས་པ་བཅངས་ནས་ཇ་གཞོག་ཡོ་འཁྱོག་ཅེས་པའི་མིང་བཏགས་པ་ཡིན།

ང་ཡི་ཉ་གསོ་བའི་དོན་གཉེར་དེ་ཕྱིས་སུ་སེམས་ཉེས་འགལ་ཞིག་ཏུ་གྱུར་ཅིང་། དེ་ནི་གསེར་ཉ་སྙིང་རྗེ་མེད་པ་མ་ཡིན་པར། ཡང་ཚོ་དར་ལ་བབ་པ་དང་བསྟུན་ནས་ང་ལ་དེ་ལས་ཆེ་བའི་བསམ་བློ་བྱུང་བས་ཡིན། གསེར་ཉ་རྒྱུགས་ཆེ་བའི་གནས་ཚུལ་དེ་གྲོང་ཁྱེར་གྱི་ནང་དུ་རིམ་བཞིན་ཇེ་ཞན་དུ་སོང་ཞིང་། ངའི་“གཡུ་དམར”དེ་ཚོ་ཡང་ཟླ་འགའི་ནང་དུ་སྡེ་གཞུག་ཏུ་ང་དང་ཁ་བྲལ། འོན་ཀྱང་ངས་ཇ་གཞོག་ཡོ་འཁྱོག་དེའི་ཚེ་སྲོག་གི་སྟོབས་ཤུགས་ལ་ཡིད་འཛོག་བྱས་པ་དང་། དེས་ངའི་ཉ་བུམ་གྱི་ནང་དུ་བསྟད་ཁྱིན་བསྟད་ཁྱིན་བདག་པོའི་རང་ཚུགས་བཟུང་ནས། བཀྲེས་ལྟོགས་དང་ཁེར་རྐྱང་གི་ཁྲོད་དུ་ལག་ཆགས་ཤིང་། རིམ་བཞིན་དམར་མདངས་ཆགས་ཡོང་བ་རེད། དེའི་ཐོད་པའི་ཐོག་གི་བསྟད་ཁྱིན་བསྟད་ཁྱིན་ཇེ་ཆེར་འགྲོ་བའི་མིག་ཟུང་གིས་འཚེར་སྣང་གི་རྣམ་འགྱུར་བཟུང་ནས་ང་ལ་བཤད་རྒྱུར། ང་ནི་ཇ་གཞོག་ཡོ་འཁྱོག་དེ་མིན། ང་ནི“གནམ་བདག་གཡུ་འབྲུག་ཡིན”ཞེས་ཟེར།

ངས་བཤད་འདོད་པ་ནི་ཇ་གཞོག་ཡོ་འཁྱོག་གི“གནམ་བདག་གཡུ་འབྲུག”འདི་ཡིན། མཛེས་སྡུག་ལྡན་པའི་གསེར་ཉ་ཡོད་ཚད་ང་ཡི་ཉ་བུམ་ལས་ཁ་བྲལ་རྗེས་དང་། ང་ཡང་གསེར་ཉ་ལ་རིམ་བཞིན་སྤྲོ་བ་ཉམས་པའི་རྗེས་སུ། དེས་ང་དང་ལོ་བཞིའི་རིང་ལ་འགྲོགས་ཤིང་། ལོ་བཞིའི་རྗེས་སུ་ང་རང་ཕ་ཡུལ་དང་རྒྱང་བྲལ་དུ་སོང་ནས། པེ་ཅིང་གི་སློབ་རའི་ནང་དུ་

དཀའ་སྡུག་ཚད་མེད་མྱངས་ནས་སློབ་གཉེར་བྱས་པ་ཡིན་ལ། ལོ་ཟླ་དེ་དག་གི་རིང་ལ་ངས་རང་གི་ཇ་གཞོག་ཡོ་འཁྱོག་གི་གསེར་ཉ་དེ་ཡིད་ལ་དྲན་མ་མྱོང་། ཉིན་ཞིག་ལ་ཨ་ཅེས་བསྐུར་བའི་འཕྲིན་ཡིག་ཅིག་འབྱོར། འཕྲིན་ཡིག་གི་ནང་དུ་ངའི་ཆེས་མཛུག་མཐའི་གསེར་ཉ་དེ་ཤླེང་འདུག ཨོས་ཇ་གཞོག་ཡོ་འཁྱོག་དེ་ཤི་སོང་ཟེར། ཨོས་ཇ་གཞོག་ཡོ་འཁྱོག་དེའི་ཤི་རྐྱེན་ནི་སོ་མང་ཞིག་ཡིན་ལ། སྔ་ཤད་སྐབས་སེམས་ཆུང་མ་བྱས་པར་སོ་མང་ཉ་བུམ་ནང་དུ་ལྷུང་སོང་། སོ་མང་དང་གསེར་ཉ་གཉིས་རེ་ཞིག་ལ་མཉམ་དུ་བསྡད་མཐར། སོ་མང་ལ་སྐྱོན་མ་བྱུང་མོད་གསེར་ཉ་ཤི་སོང་ཟེར།

ངས་ཇ་གཞོག་ཡོ་འཁྱོག་ཤི་བ་དེས་ང་རང་ཡང་བསྐྱར་ཉ་གསོ་བའི་དུས་ཡུན་ཐུང་དེའི་ནང་དུ་དྲངས་པ་ཁས་བླངས་པ་ཡིན། མཛུག་མཐར་ང་རང་ཆེ་སྲོག་ཆུང་དུ་དེ་དག་ལ་འགྲོད་སེམས་སྐྱེས་ཤིང་། ཡོད་ཚད་ལས་དབང་ཞིག་ཡིན་པ་རྟོགས་ཏེ། ངས་གསེར་ཉ་གསོ་བ་དེ་ལ་ཕན་འབྲས་མེད་པ་ལས་ཀྱིས་བསྒྲོས་པ་ནང་བཞིན། གསེར་ཉ་སྤྲུས་ལེགས་རྒྱལ་པོ་གང་རུང་ཞིག་ལའང་འཕུལ་མ་ཐུབ། ཐ་ན་རང་གི་ཇ་གཞོག་ཡོ་འཁྱོག་གསེར་ཉ་དེ་ཡང་རང་ལ་མ་དབང་། འདི་ནི་འཛིག་རྟེན་དུ་ཆེས་གཉའ་མི་ཆག་པའི་གསེར་ཉ་ཞིག་ཡིན་ལ། མཛུག་མཐར་རྒྱབ་འགལ་བྱེད་འོས་པའི་མི་དང་རྒྱབ་འགལ་བྱས་ནས། རང་ཉིད་སོ་མང་ཞིག་ལ་ཕུལ་བ་རེད།

གྲུ་གཟིངས།

ཁྲང་ཧྲུའུ་རུ་བསྐྱོད་པའི་འགྲུལ་གྲུ་ཉིན་རེའི་ཞོགས་པར་ངེད་ཚང་གི་སློའུ་ཁྲུང་ཕྲེའི་ཆུ་ལམ་ནས་བསྐྱོད་པ་རེད། དེ་དག་ནི་གྲུ་གཟིངས་ཀུང་སིའི་གྲུ་ཡིན་ལ། གྲུ་གཟིངས་རེ་རེར་རྩི་སྔོན་པོ་དང་དཀར་པོ་བྱུགས་ནས་ཁག་གཉིས་སུ་དབྱེ་ཡོད། འགྲུལ་ཁང་གི་རྩི་དཀར་པོ་དང་གྲུ་ཕུང་གི་རྩི་སྔོན་པོ་གཉིས་ཀྱི་ཐིག་མཚམས་གསལ་པོ་ཡིན་ཏེ། གྲུ་གཟིངས་དེར་སྤྱོབས་ཉམས་རྒྱས་སུ་བཙུག་ཡོད། ཉིན་རེར་ཆུ་ལམ་ནས་གྲུ་གཟིངས་བགྲང་གིས་མི་ལང་པ་ཞིག་སྐྱོད་པ་དང་། ང་རང་ཆེས་དགའ་བ་ནི་ཁྲང་ཧྲུའུ་རུ་སྐྱོད་པའི་འགྲུལ་གྲུ་དེ་རེད། ངས་སྔར་མཛེས་རིས་ཀྱི་འབྲི་དེབ་ཏུ་གྲུ་གཟིངས་དེ་བྲིས་མྱོང་ཞིང་། མཛེས་རིས་དགེ་རྒན་གྱིས་མཛེས་རིས་ཀྱི་ལས་བྱ་དེ་མཐོང་ནས་ཏ་ལས་པ་དང་། "ཁྱོད་ཀྱིས་གྲུ་གཟིངས་འདི་འདྲ་ཡག་པ་ཞིག་ཏུ་འབྲི་ཐུབ་པ་མ་འདོད"ཟེར།

བྲིས་པའི་དུས་ཀྱི་ཡོད་ཚད་ནི་འགྲེལ་སླ་བ་ཞིག་ཡིན་པ་དང་། བྲིས་པ་ཚོའི་ཐབས་ཚག་དེ་རྒྱུན་པར་སྟེས་དབང་གི་ཁྲོད་དུ་རང་གི་དགའ་ཕྱོགས་ལས་མངོན་ཡོང་ལ། ང་རང་གྲུ་གཟིངས་ལ་དགའ་བ་དེ་ད་ལྟའི་བར་དུ་འགྱུར་མེད།

ངའི་དྲན་ཤེས་ཁྲོད་ཀྱི་སུའུ་ཀྲོའུ་ཡི་ནང་བཞུར་ཆུ་ལམ་ནི་དྭངས་ཤིང་

གཙང་ལ། ལོ་རབས་དྲུག་ཅུ་བདུན་ཅུའི་སྐབས་ཀྱི་དཔལ་འགྱུར་འཁོར་རྒྱུག་འགག་ནའང་། ངའི་ཕ་ཡུལ་གྱི་ཆུ་བོའི་བཞུར་རྒྱུན་མ་ཆད་ཅིང་། བཞུར་རྒྱུན་གྱི་ཆུ་བོའི་ནང་དུ་ཁྲང་ཧྲུའུ་དང་ཐེ་ཚང་། ཡང་ན་ཁྲུང་ཧྲན་དུ་སྐྱོད་པའི་གྲུ་གཟིངས་གྲངས་མེད་པ་ཞིག་བསྐྱོད་པ་རེད། ཆེས་རྒྱུན་དུ་མཐོང་བ་ནི་ཟོང་སྐྱེལ་འདྲུད་གྲུ་ཊ་ཁག་ཡིན་ཞིང་། འདྲུད་གྲུ་བདུན་བརྒྱད་ཙམ་མུ་གཅིག་ཏུ་སྦྲེལ་ནས། འཁོར་གྲུ་གཅིག་གིས་འཐེན་ནས་སྐྱོད་པ་རེད། ངས་ཧ་ཅང་གསལ་པོའི་ངང་ནས་འཁོར་གྲུ་ཐོག་གི་འཁྱིག་འདེབས་བཞིན་པའི་བཟོ་པ་གཉིས་མཐོང་ཐུབ་པ་དང་། དེའི་གཞུག་གི་འདྲུད་གྲུ་ཐོག་གི་བཟའ་ཟླ་རེ་རེ་དང་ཕོ་མོའི་བྱིས་པའང་མཐོང་ཐུབ། ང་ཡི་དོ་ཁུར་སློང་ཐུབ་པ་ནི་འདྲུད་གྲུ་ཐོག་གི་ཁྱིམ་ཚང་རེ་རེ་དང་། ང་དང་ལོ་ཚོད་མཉམ་པའི་བྱིས་པ་རེ་རེ་ཡིན་ལ། འཁྱར་བ་དང་འཁོར་སྐྱོད་ཀྱི་ཁྲོད་དུ་འཚོ་བ་སྐྱེལ་བ་ནི་ངའི་མིག་ལམ་དུ་གསང་བའི་འགུག་ཤུགས་ཤིག་རེད།

ངས་གྲུ་གཟིངས་ལ་ལྟ་ཞིབ་བྱས་ཏེ་ཕྱི་རུ་འཕྱིན་དཀའ་བའི་ཀུན་སློང་སྤྲ་གསང་བྱེད་རྒྱུར་དགའ་བ་ཞིག་ཡིན། འདི་ནི་ཨ་མའི་གང་འདོད་ཀྱི་ཀུ་རེ་ཞིག་དང་འབྲེལ་བ་ཡོད་དེ། སྐབས་དེར་ང་རང་ལོ་ག་ཚོད་ཡིན་པ་མི་དྲན་ལ། ཨ་མས་གནས་ཚུལ་ཇི་འདྲ་ཞིག་གི་སྐབས་སུ་ཀུ་རེ་དེ་བཤད་པའང་མི་དྲན། མོས“ཁྱོད་ནི་ངའི་བཙས་པ་མིན། ངས་གྲུ་གཟིངས་ཀྱི་ཐོག་ནས་པང་ཡོང་བ་ཡིན”ཞེས་ཟེར། འདི་ནི་ཨ་མ་ཆོས་རྒྱུན་པར་བུ་སྨྱུག་ཚོ་ལ་དམིགས་ཡུལ་མེད་པར་བཤད་པའི་ཀུ་རེ་ཞིག་ཡིན་ཞིང་། ཁྱོད་རང་ནར་སོན་རྗེས་དེ་ནི་ཀུ་རེ་ཞིག་ཡིན་པ་ཤེས་ཐུབ། ཨ་མས་ཀུ་རེ་བཤད་རྗེས་ཀྱི་ཁྱོད་ཀྱི་དངངས་སྐྲག་དང་རྣམ་འགྱུར་ལ་བལྟ་བསམ་པ་དེ་ཡིན་མོད། འོན་

ཀྱང་སྐབས་དེར་ང་ཤིན་ཏུ་ཆུང་བས། རྟོག་འཛིན་གི་ཀུ་རེ་དེའི་དབྱེ་བ་འབྱེད་མི་ཐུབ། དེའི་རྐྱེན་གྱིས་ངས་རང་གི་ཡོང་ཁུངས་གཞན་ཞིག་སེམས་ལ་བཟུང་བ་ཡིན། ང་ནི་གྲུ་གཟིངས་ཐོག་གི་ཁྱིམ་ཚང་ཞིག་གི་བྱིས་པ་ཡིན་ཡང་སྲིད་ལ། ང་ཡི་ཁྱིམ་ངོ་མ་ནི་གྲུ་གཟིངས་ཐོག་ཏུ་ཡོད་ཀྱང་སྲིད།

ངས་མི་གཞན་ལ་ང་རང་གྲུ་གཟིངས་ལ་སྤྲོ་བ་ཡོད་པ་ནི་རང་ཉིད་ཀྱིས་སྨུལ་ཞིབ་བྱེད་པའི་གྲུབ་ཆ་ཡོད་པ་བཤད་མི་ཏུང་ཞིང་། སྐབས་འགར་ང་རང་ཆུ་ཁའི་སྙེའུ་ཁུང་གི་ཁ་ནས་ལངས་ཏེ། གྲུ་གཟིངས་རེ་རེ་མིག་སྐྱེལ་བྱས་ཤིང་། གྲུ་གཟིངས་ལ་ལྟ་སྐྱོང་བྱེད་མཁན་ཚོའི་གདོང་ལ་ཡིད་འཇོག་བྱས་ནས། སེམས་སུ་འདི་བ་ཚང་ཡིན་ནམ། གན་ཚང་ཡིན་ནམ་ཞེས་བསམ་པས། གསང་བ་ཐོགས་ནས་འཛིག་རྟེན་ལ་རྟད་ཞིབ་བྱེད་རྒྱུ་དེ་ཤིན་ཏུ་སྡུག་བསྔལ་ཞིག་རེད། ཆུ་ལམ་སྔོས་བཅས་ཀྱིས་ཞི་འཇགས་ཡིན་དུས། ངས་རྒྱུན་པར་ཆུའི་ནང་ནས་གད་སྙིགས་འཐུ་བའི་གྲུ་ཆུང་ཞིག་མཐོང་ཐུབ་ཅིང་། གྲུ་ཆུང་གི་ཐོག་ཏུ་ཡོད་པ་ནི་མ་བུ་གཉིས་ཡིན་ལ། ཨ་མ་ཤིན་ཏུ་ཤ་རིད་པ་དང་རྐང་པ་ཡ་གཅིག་ཞ་བོ་ཡིན་ཞིང་། མོའི་བུ་མོ་ཤ་རྒྱགས་གཟུགས་རིང་ཞིག་ཡིན་ཏུང་། གདོང་ལ་གྲོ་ཐིག་གིས་བཀང་ཡོད་པས། བཞིན་རས་ཤིན་ཏུ་བཙོག གནས་ཚུལ་འདི་འདྲའི་སྐབས་སུ་ང་རང་ལ་འཇིགས་སྣང་གི་ཚོར་བ་ཞིག་བྱུང་ནས། སེམས་སུ་ང་ནི་འདི་བ་ཚང་གི་བྱིས་པ་ཡིན་ཚེ་ཇི་ལྟར་བྱ་ཞེས་བསམ་པ་དང་། གནས་ཚུལ་འདི་འདྲའི་སྐབས་སུ་ངས་ད་གཟོད་རང་ཉིད་ལ་སེམས་གསོ་བྱེད་ཐུབ་སྟེ། འདི་ནི་དཔེ་མི་སྲིད་པ་ཞིག་དང་། གང་བྱུང་མང་བྱུང་གི་དྲན་ཚུལ་ཞིག་ཡིན་ལ། ང་དང་གྲུ་གཟིངས་སྐོར་གྱི་གནས་ཚུལ་ཚང་མ་རྫུན་གཏམ་ཤ་སྟག་ཅིག་ཡིན་

ཞེས་བསམ།

སློབ་ཆུང་དུ་འགྲིམས་སྐབས། གྲུ་པ་ཙ་མ་ཞིག་གི་བྱིས་པ་ངའི་ཁྱིམ་མཚེས་ཀྱི་ཨ་ཞང་ཚང་ལ་ཡོང་བ་རེད། ངའི་ཨ་ཞང་ཚང་ལ་བུ་མོ་ལས་བུ་མེད་པས། སྐྱེས་བུ་དེའི་ཕ་མས་འབྲེལ་ལམ་དུ་མ་བརྒྱུད་ནས་ངའི་ཨ་ཞང་ཚང་ལ་བཙོལ་བ་རེད། ཁོ་ནི་གཞུང་དྲང་དང་སྤྱོངས་རྩལ་གྱི་བུ་ཆུང་ཞིག་ཡིན་ཞིང་། སྐེ་རུ་གྲུ་པའི་བུ་རྒྱུད་ཚོས་འདོགས་པའི་དངུལ་གྱི་སྐེ་ལོང་ཞིག་བཏགས་འདུག ང་རང་བྱིས་པ་དེའི་གྲུ་པའི་རྒྱབ་ལྗོངས་ལ་སྤྲོ་བ་ཆ་པོ་སྐྱེས་ནས། ཕྱོགས་གཅིག་ནས་ཁོའི་སྐེ་ལོང་ལ་འཕྱ་དམོད་བྱས་པ་དང་། ཕྱོགས་གཅིག་ནས་ཁོ་ལ་དྲི་བ་སྣ་ཚོགས་བཏོན་པ་ཡིན་ཏེ། ཅིའི་ཕྱིར་གྲུའི་ཐོག་ནས་མི་སྡོད་པ་དང་། ཅིའི་ཕྱིར་ཕ་མ་དང་མཉམ་དུ་མི་སྡོད་པ་དྲིས། ངས་ཁོ་ལ“གྲུའི་ཐོག་ནས་ངའི་ཨ་ཞང་ཚང་ལྟར་སྐྱིད་པོ་ཞིག་མིན་ནམ”ཞེས་དྲིས་པར། དེས་ང་ལ་ཁོ་སྲུང་ལམ་གྱི་སློབ་གྲྭར་འགྲོ་དགོས་ཟེར། ཁོས་ང་ལ་ཁ་བརྗ་བྱེད་མི་འདོད་ལ། ང་དང་གྲོགས་པོའང་སྒྲིག་མི་འདོད་པ་འདྲ་བས། ང་ལ་སེམས་ཤུགས་ཆག་ཏུ་བཅུག ཉིན་ཞིག་ལ། སྐེའུ་ཁུང་ཕྱིའི་ཆུ་ལམ་ནས་ཝུར་ཟེར་གྱི་སྐད་ཅིག་མཆེད་ཡོང་བ་ཐོས་ནས། སྒོ་ཕྱི་རུ་རྒྱུགས་ནས་བལྟས་པ་ན། ཤིང་གི་གྲུ་གཟིངས་ཆེན་པོ་ཞིག་ངའི་ཨ་ཞང་ཚང་གི་གྲུ་ཁ་རུ་བཅར་བཞིན་ཡོད་ལ། གྲུ་གཟིངས་ཐོག་གི་ཁྱོ་ཤུག་གཉིས་ཀྱིས་གྲུ་ཁ་རུ་སྡོད་རྒྱུར་སྟ་གོན་བྱེད། སྐྱེས་བུ་ཆུང་ངུ་ཞིག་གིས་གྲུ་མགོ་ནས་གྲུ་ཁར་ལག་བརྗ་གཏོང་ཞོར་དུ། “ཕུ་བོ། ཕུ་བོ། ཕུ་བོ”ཞེས་ཀི་འདེབས་པ་རེད། དེའི་འཁོར་ངའི་ཨ་ནེ་ཡིས་བུ་ཆུང་དེའི་ལག་པ་ནས་འཛུས་ཏེ་གྲུ་ཁ་རུ་ལངས་འདུག་པ་མཐོང་། ངས་འདི་ནི་བུ་ནུང་དེ་བ་ཚང་གི་གྲུ་ཡིན་པ་ཤེས།

གྲུ་གཟིངས་ཐོག་གི་སྐྱེས་ཕོ་མོ་གཉིས་ནི་བྱིས་པ་དེའི་ཕ་མ་ཡིན་ལ། གི་འདེབས་པའི་བུ་ཕྲུག་དེ་ནི་ཁོའི་ནུ་བོ་རེད། ངས་ཧ་ལམ་ཕྲག་དོགས་ཀྱི་སེམས་པ་བཅངས་ནས་མིག་མདུན་གྱི་མཐོང་སྣང་དེར་བལྟས་པ་ཡིན་མོད། འོན་ཀྱང་ངས་བྱིས་པ་དེར་དགའ་བའི་སྣང་བ་ཅི་ཡང་མེད་པ་དང་། སྔར་བཞིན་དུ་ངོ་ཤར་ནས་དགའ་བའི་འཛུམ་གྱིས་ཁེངས་པའི་ཁྲིམ་མི་ཆོར་བལྟ་བཞིན་པ་མཐོང་། ངས་བསམ་པར་བྱིས་པ་འདིས་བཟང་ངན་མི་ཤེས་འདོད། ཁོའི་ཨ་མའི་བཞིན་རས་མཛེས་ཤིང་ཨ་ཕ་དཔའ་ཞམས་སྟོབས་ལྡན་ཞིག་ཡིན་ལ། ཁོའི་ཁྲིམ་ཡང་གྲུ་གཟིངས་འདིའི་ཐོག་ཏུ་ཡོད་མོད། འོན་ཀྱང་ཁོས་ད་དུང་ངོ་བཅངས་འདུག་པར་ཧ་མ་གོ།

གྲུ་པ་དེའི་བུ་ངའི་ཨ་ཞང་ཚང་ནས་སློབ་སྐབས་གཅིག་གི་རིང་ལ་བསྡད་རྗེས། ཁོའི་ཨ་མྱེས་ཀྱིས་ཁྲིད་སོང་། ཡ་མཚན་པ་ཞིག་ནི་ཁོ་རང་སོང་རྗེས་རང་གི་སྐྱེ་རབས་ཀྱི་འཆར་རྟོག་ཀུང་མཚམས་ཆད་སོང་། ང་རང་ནར་སོན་པའི་རྐྱེན་གྱིས་ཡིན་སྲིད་ལ། གྲུ་པ་ངོ་མ་ཞིག་གི་བྱིས་པས་ངའི་ནང་སེམས་ཀྱི་འཕྲུལ་སྣང་སེལ་བའི་རྐྱེན་གྱིས་ཡིན་ཡང་སྲིད། དེའི་སྐད་དུ། གྲུ་གཟིངས་ཚུ་ལམ་དུ་སྐྱོད་དུས། ང་ནི་ལྟད་མོ་བ་ཞིག་ཏུ་གྱུར། ངས་སྔར་བཞིན་གྲུ་གཟིངས་ལ་ཡ་ཆོད་དང་འབྲེལ་བ་ཡོད་པའི་འཆར་རྟོག་བྱས་མོད། འོན་ཀྱང་དེ་ནི་མཚོ་སྐྱོད་དང་འཁྱར་བ་ཡི་འཆར་རྟོག་ཙམ་དུ་ཟད། སྙིང་འཇགས་ཀྱི་མཚན་མོའམ་ཡང་ན་ཁོགས་པར། ང་རང་སྐབས་འགར་སྣེའུ་ཁུང་ཕྱིའི་མཇུག་ཁེམ་གྱི་སྒྲ་ལས་གཉིད་དཀྲོགས་པ་དང་། གྲུ་པ་ལ་ལ་ཞིག་སྐད་ཆེན་པོས་ཁ་བརྡ་བྱེད་རྒྱུར་དགའ་སྟེ། གཅིག་གིས་སྐད་ཆེན་པོས"གྲུ་གང་དུ་གཏོང་རྒྱུ་ཡིན"ཞེས་དྲིས་ན། ཅིག་ཤོས་ཀྱིས་ཀྱང་སྐད་ཆེན་པོས

“ཁྲང་ཏུའུ་རུ་འགྲོ་རྒྱུ་ཡིན”ཞེས་ལན་འདེབས་པ་རེད། ངས་ཉལ་ཐུལ་གྱི་རུམ་ནས་ཁྲང་ཏུའུ་ཐག་ཉེ་སོང་། ཁྱོད་ཚོའི་གྲུ་གཟིངས་འཁྲི་ཚུའི་ནང་དུ་སྐྱོད་ཐུབ་ནས། ཐད་ཀར་ནན་ཅིང་དང་ཧྲུའུ་ཧན། དེ་ནས་ཐད་ཀར་རི་གྲོང་ཁྲུང་ཆིང་དུ་སྐྱོད་ཐུབ་ན་ཅི་མ་རུང་སྙམ།

ང་དམའ་འབྲིང་མཐར་ཕྱིན་ནས་ནན་ཅིང་གི་ཧེ་ཡོན་སློབ་གྲྭ་རུ་རྒྱུགས་སྤྲད་མོད། འོན་ཀྱང་རྒྱུགས་མ་འཕྲོད་པས། གྲུ་གཟིངས་དང་མཚོ་སྐྱོད་ལ་ལས་དབང་མེད་པ་གཏན་འཁེལ་བྱུས་སོང་། ངས་ད་ལྟར་ང་དང་གྲུ་གཟིངས་ཀྱི་བར་དུ་དམིགས་བསལ་གྱི་འབྲེལ་བ་ཅི་ཡང་མེད་པར་གཞི་ནས་ཡིད་ཆེས་པ་དང་། མཚོ་ཐོག་གི་འགྲུལ་སྐྱོད་ཐེངས་གཅིག་པོ་ནའི་ཁྲོད་དུ། མཚོ་སྐྱོད་ལ་དངངས་སྐྲག་སྐྱེས་པའི་མི་དེ་དག་དང་འདྲ་བར་སྐྱུག་ནས་མཚམས་འཇོག་མ་ཐུབ་མོད། འོན་ཀྱང་སྔར་བཞིན་གྲུ་གཟིངས་ནི་འཛིག་རྟེན་ཐོག་གི་ཆེས་བརྩེ་དུང་ལྡན་པ་དང་། ཆེས་མཛེས་སྡུག་ལྡན་པའི་འགྲིམ་འགྲུལ་གྱི་ཡོ་བྱད་ཅིག་ཡིན་པར་ཡིད་ཆེས་ཡོད། གལ་ཏེ་ང་རང་སྔར་བཞིན་ཆུ་འགྲམ་གྱི་ཁང་པ་དེའི་ནང་དུ་བསྡད་ཡོད་པ་དང་། ང་ལ་བུ་ཆུང་ཞིག་ཡོད་ཚེ། ང་རང་ངའི་ཨ་མ་ནང་བཞིན་པོ་ལ་རྫུན་གཏམ་སྨྲ། “ཁྱོད་ནི་ངས་གྲུ་གཟིངས་ཐོག་ནས་པང་ཡོང་བ་ཡིན་ལ། ཁྱོད་ཀྱི་ཡུལ་ནི་གྲུ་གཟིངས་ཤིག་གི་ཐོག་ཏུ་ཡོད”ཅེས་པ་ཡང་བསྐོར་བསྐྱར་སྐོར་དུ་བཤད་ངེས།

གྲུ་གཟིངས་སྐོར་གྱི་རྫུན་གཏམ་ཡང་ཡིད་དུ་འོང་བ་ཞིག་རེད།

ཆར་བ་དང་རྫ་གཡམ།

ལོ་ཉི་ཤུའི་སྔོན་གྱི་ཆར་བ་ནི་ཉན་ཡོང་ན་ད་ལྟ་དང་ཅུང་མི་འདྲ། ཆར་ཆུ་གནའ་སྔ་མོའི་ཐོན་སྐྱེད་བྱས་པའི་རྫ་སྔོན་ཐོག་ཏུ་ཐིགས་ན། ཁང་པའི་ནང་གི་མིས་དྲིལ་བུའི་སྒྲ་འདྲ་བ་དྭངས་མོ་ཞིག་ཐོས་ཐུབ། སྒྲོ་འདོགས་མེད་པར་བཤད་ན། ཤཀ་ཏུ་ཡིབ་པའི་རོལ་མོ་དཀྲོལ་མཁན་གྱི་ལྷན་སྐྱེས་ཀྱི་རང་གཤིས་གཏུ་ཐུག་དང་ཆགས་སྣང་ངེས་མེད་ཡིན་པ་མ་གཏོགས། རྫ་སྔོན་ཐོག་གི་ཆར་བའི་སྒྲ་ནི་དངོས་གནས་རོལ་མོ་ཞིག་དང་འདྲ་བར་སྣང་། དེར་གློ་བུར་དུ་བཟོད་སེམས་ཉམས་ནས། ཆར་བའི་སྒྲ་ནི་ཤོག་སྦྲག་ནང་བཞིན་པར་སྣང་ནས་འགད་པ་ལྟར་བྱེད། ཁྱོད་ལ་འདི་འདྲའི་སྨྱོ་ཧམ་ཆེ་བའི་ཆར་བ་ཡིས་ངན་སེམས་ཆེན་པོ་བཅངས་ཡོད་པ་དང་། དེའི་འཕྲོར་གློ་བུར་དུ་ངལ་དུབ་ཀྱིས་ཁྱེར་ནས་མཚམས་བཞག་སོང་བའི་ཐེ་ཚོམ་སྐྱེས་སྲིད། དེར་བརྟེན་ནས་ང་ཚོས་མདའ་གཡབ་སྟེང་དུ་བསགས་པའི་ཆར་ཆུ་གོམས་གཤིས་ལྟར། འགྱོད་སེམས་ཀྱི་ཚོར་བ་ཞིག་གིས་སེམས་ཆུང་སྒོས་སྒོའུ་ཁྱུང་དང་སྒོ་མདུན་དུ་ཤག་ཤག་ཏུ་འབབ་པའི་སྒྲ་ཐོས་ཐུབ། སྐབས་འདིར་ཁྱེ་སེམ་དུ་ལུས་པའི་ཁྲིམ་སྲུང་སླར་ཡང་གཉིད་ལས་སད་པ་ནང་བཞིན། ཆར་ལྭ་གོན་པ་དང་ཆར་གདུགས་འཛིན་མཁན་རྣམས་ཀྱིས་ཆར་བའི་འབབ་མཚམས་བཞག་པ་དང་བསྟུན་ནས། ཡུལ་དུ་ལོག་པའི་ལམ་དུ་གོམ་པའི་

འདེགས་འགྲོགས་བསྒྱུར། གང་ཡིན་འདི་ཡིན་ཆ་མེད་ཀྱིས་སྐད་སྒྲ་ཞིག་གིས“ཆར་བའི་འབབ་མཚམས་བཞག་འདུག ཡུལ་ལ་འགྲོ”ཞེས་ཙུར་རྒྱག་པ་རེད།

ཀྲི་ལིའི་སླན་ངག་པ་ཉེ་ལུཙུ་ཏ་ནི་ཆར་བ་ལ་དགའ་བའི་མི་ཞིག་ཡིན། ཁོས“ཆར་བ་ནི་ཚོར་སྐྱེན་དང་ཞེད་སྣང་གི་སྟོབས་ཤུགས་ཤིག་ཡིན”ཞེས་བཤད། ཁོང་གིས་ཆར་བ་ལ་ལྟ་ཞིབ་དང་སྤྱི་སྡོམ་བྱས་པ་དེས་ང་རང་ལ་བློ་མི་བདེ་ཞིག་བཟོས། ཅི་ཞིག་གིས་ཆར་བ་ཚོར་སྐྱེན་དུ་བསྒྱུར་བ་དང་། ཡང་ཅི་ཞིག་གིས་ཆར་བ་དེ་ཞེད་སྣང་ཅན་དུ་བཏང་བ་ཡིན་ཞེ་ན། ང་རང་དོན་སྙིང་མེད་པའི་དྲི་བ་འདི་ལ་སྤྲོ་བ་སྐྱེས་ཤིང་། ཆར་བ་ཆེན་པོ་ཞིག་གིས་ལམ་འགྲོ་བ་ཡོད་ཚད་མདའ་གཡབ་ཀྱི་འོག་ཏུ་འདེད་པར་འཆར་རྟོག་དང་། མི་རྣམས་ཁང་པའི་ནང་དུ་ཐོན་པ་ན་ཇི་འདྲའི་ཆེ་བའི་ཆར་བ་ཡིན་རུང་ཁྱོད་ཀྱི་ལྭ་བ་དང་ཡིག་ཆ་ཆར་ཆུས་བརླན་མི་ཐུབ་པར་འཆར་རྟོག་ཅིག་བྱས་ན། ཅི་ཞིག་གིས་ང་ཚོའི་ཚབ་ཏུ་ཆར་བའི་ཚོར་སྐྱེན་དང་ཞེད་སྣང་སྤྱོད་ཚོར་བྱེད་ཐུབ།

ལོ་ཉི་ཤུའི་ཡར་སྔོན་དུ། ང་ལྷོ་ཕྱོགས་པའི་དམངས་ཁྲོད་གཞིས་མ་ཐབས་ཆག་ཅིག་ཏུ་བསྡད་ཡོད་ལ། ཁང་པའི་འཁོར་ཕྱོགས་དང་རྒྱུ་ཆའི་ཚེ་མེད་ལ་ཡིད་མི་ཚིམ། ང་རང་དེད་ཚང་གི་ཁང་པར་བཤད་རིན་མེད་པའི་ཚོར་བ་ཞིག་གིས་ཁེངས་མོད། འོན་ཀྱང་ལོ་ཞིག་གི་དབྱར་ཁར། ང་རང་ཆུ་བོའི་ཕ་རོལ་གྱི་ཨར་འདམ་བཟོ་གྲྭའི་མཛོད་ཁང་གི་ཐད་དུ་བུད་ནས། ཆུར་མཆོང་སྤྲོད་གྲབས་བྱེད་སྐབས། ཐེངས་དང་པོར་དེད་ཚང་གི་ཁང་སྟོད་ཀྱི་རྫ་གཡམ་སྟོ་ནག་དེར་ཡིད་འཇོག་བྱས་ཤིང་། དེ་ནི་ཉ་ཁྲབ་ལྟར་གྲ་འགྲིག

དེ་ནི་ཁྱད་མཚར་གྱི་དྲན་ཤེས་ཤིག་ཡིན་ལ། ཁྱད་མཚར་བ་ལ་ད་དུང་ཉིན་དེའི་གནམ་གཤིས་ཀྱང་ཡོད་དེ། སྔོ་ཐུར་དུ་ཆར་ཞོད་ཆེན་པོ་ཞིག་བབས་ནས། ཆུར་མཆོང་སྦྱོང་བ་བྱེད་པའི་སྐྱེས་པ་འགའ་ཞིག་གཅེར་བུར་དུ་ཆར་བའི་ཁྲོད་ནས་མཛོད་ཁང་གི་གླད་དུ་མི་སྡོད་ཐབས་མེད་བྱུང་ཞིང་། ཆར་ཆུ་བྲེལ་འཚུབ་ཀྱིས་བར་སྣང་ནས་འཁྱོ་བ་དང་། ཕ་རོལ་གྱི་ཚོ་ལམ་ལམ་བྱེད་པའི་སྲང་ལམ་དང་ཁང་པ་བཤལ་བཞིན་པར་བལྟས་ཏེ། རང་ཉིད་ཀྱི་ལུས་པོ་བཤལ་འབྲུད་བྱས།

པོར་གཤར་ནས། མི་ལ་བློ་ཡུལ་ལས་འདས་པའི་མཛེས་སྣང་ཞིག་སྟེར། ང་ལ་མཚོན་ན། དེ་ནི་ཁྱད་མཚར་གྱི་དྲན་ཤེས་ཤིག་ཡིན་ལ། ཁྱད་མཚར་བ་ལ་ད་དུང་ཉིན་དེའི་གནམ་གཤིས་ཀྱང་ཡོད་དེ། སྔ་དྲོར་དུ་ཆར་ཞོད་ཆེན་པོ་ཞིག་བབས་ནས། ཆུར་མཚོང་སྦྱོང་བ་བྱེད་པའི་སྐྱེས་པ་འགའ་ཞིག་གཅེར་བུར་དུ་ཆར་བའི་ཁྲོད་ནས་མཛོད་ཁང་གི་སྒད་དུ་མི་སྡོད་ཐབས་མེད་བྱུང་ཞིང་། ཆར་ཆུ་བྲེལ་འཚུབ་ཀྱིས་བར་སྣང་ནས་འཐོར་བ་དང་། ཕ་རོལ་གྱི་ཚ་ལམ་ལམ་བྱེད་པའི་སྲུང་ལམ་དང་ཁང་པ་བཤལ་བཞིན་པར་བལྟས་ཏེ། རང་ཉིད་ཀྱི་ལུས་པོ་བཤལ་འཁྲུད་བྱས།

དེ་ནི་ཆར་བའི་ཁྲོད་ནས་ངེད་ཚང་གི་ཁང་པ་མཐོང་ཐེངས་ཉག་གཅིག་ཡིན་ལ། དྲག་ཆར་རྡུ་གཡམ་ཐོག་ཏུ་བབས་ནས་འཐོར་བ་ནི་ཟེགས་མ་མིན་པར་སྨུག་པ་སྐྱ་བོ་ཞིག་རེད། དེའི་འཁྲོར་ཆར་གཞོལ་ཇེ་ཆུང་དུ་ཕྱིན་པ་དང་སྨུག་པ་ཡལ་ནས། རྡུ་གཡམ་དེ་དག་གི་ཞུང་ཞིང་གསལ་བའི་ལུ་ཐིག་མངོན་ཡོང་། ངས་ཆར་ཆུ་དང་རྡུ་གཡམ་གཉིས་ཀྱིས་སྐད་གསེང་མཐོན་པོའི་དབྱངས་འགྲོས་ཤིག་གི་ཁྲོད་དུ་འགྲན་སྡོད་བྱེད་བཞིན་པར་ཡིད་འཇོག་བྱས་ཤིང་། སུ་ཞིག་ནི་གནོད་འཚེ་ཁུར་མཁན་ཡིན་པའི་དབྱེ་བ་འབྱེད་དཀའ། ཤ་མིག་གིས་མཐོང་བ་ནི་ཆར་ཆུ་ཡིས་རྡུ་གཡམ་ཐོག་གི་ས་རྡུལ་བཀྲུས་པ་དེ་ཡིན། རྒྱུ་མཚན་ནི་ལོ་དུ་མང་རིང་གི་རྡུ་གཡམ་རྙིང་པ་དེ་དག་ལས་རྣམ་པ་གསར་བ་ཞིག་མངོན་ཡོང་བ་དང་། སྔ་དྲོར་བའི་ཆར་ཆུ་ཡི་བཤལ་བཀྲུ་དང་ལེན་བྱས་རྗེས། དེ་དག་ལས་འོད་མདངས་ལམ་ལམ་དུ་འཕྲོ་ཞིང་། ཁང་པའི་མདའ་གཡབ་སྟེང་གི་རྡེ་རྣང་རྩ་ཕྲན་ལའང་ཡང་བསྐྱར་དུ་རྩེ་ཤིང་ལ་ཡོད་འོས་པའི་ལྗང་མདོག་རྒྱས་པས་སོ།། ངས་ཐེངས་

དང་པོར་ཆར་ཆུ་ཡིས་ཁང་སླད་དུ་རོལ་མོ་རྡུང་དཀྲོལ་བྱེད་པའི་གོ་རིམ་ལ་ལྟ་ཞིབ་ཞིབ་མོ་བྱས་པ་ཡིན་ལ། དེར་མ་ཟད་གསར་རྟོགས་གསར་བ་ཞིག་ཐོབ་པ་སྟེ། ཆར་ཆུ་ཡིས་རོལ་མོ་རྡུང་དཀྲོལ་བྱས་པ་མ་ཡིན་པར། ཆར་ཆུ་ཡིས་རྫ་གཡམ་ལ་རྡེབ་པའི་སྒྲ་ལས་རོལ་མོ་དཀྲོལ་བ་རེད།

བཤད་ཡོང་ན་དེ་འདྲའི་ཡ་མཚར་བ་ཞིག་ཡིན་ཏེ། དེ་ནས་བཟུང་ངས་ཆར་བའི་འབབ་སྒྲ་ནི་རྫ་གཡམ་གྱི་སྒྲ་ཡིན་པར་འདོད་པ་དང་། འདི་ནི་ཤིན་ཏུ་སེམས་གཙོ་ཆེ་བའི་ངོས་འཛིན་ཞིག་ཡིན་ལ། ངོས་འཛིན་འདི་དྲན་ཤེས་ག་གེ་མོ་དང་འབྲེལ་བ་ཡོད་པ་ལས། རང་བྱུང་ཤེས་བྱའི་བར་དུ་འབྲེལ་བ་མེད་པར་གདོན་མི་ཟ། དྲན་ཤེས་ཀྱིས་མི་ལ་གནང་བ་ནི་དྲན་ཤེས་ཙམ་དུ་ཟད་ཅིང་། ངས་ལོ་ཉི་ཤུའི་སྔོན་གྱི་ང་ཡི་ཁྱིམ་ནི་གོང་དུ་བརྗོད་པའི་ཆར་བའི་ཁྲོད་ཀྱི་ཁང་སླད་ཡིན་པ་དྲན་པ་ལས་གཞན། ད་དུང་ངེད་ཚང་གི་སྒེའུ་ཁུང་ཡོད་པ་དང་། སྒེའུ་ཁུང་ལས་རྒྱང་རིང་ཞིང་གསལ་ལ་མི་གསལ་བའི་ཆར་ཡོལ་བརྒྱུད་ནས་བལྟས་ན། ང་ཡི་ཨ་མ་མཐོང་ལ་མོས་ཁྱིམ་དུ་འཚོམ་འཕྲུལ་གྱི་ཐོག་ནས་ང་དང་བུ་བོའི་ཚོ་ལེན་འཚོམ་བཞིན་པ་དྲན།

ད་ལྟ་ངའི་ཚོ་ལེན་དེ་གར་སོང་མི་ཤེས་ཤིང་། ངའི་ཨ་མ་ཡང་སྔ་མོ་ནས་འདས་ཏེ་ལོ་མང་འགོར་ཡོད། ཡིན་ནའང་ལོ་ཉི་ཤུའི་ཡར་སྔོན་གྱི་དྲག་ཆར་འབབ་ཐེངས་ཤིག་གིས་ང་རང་ཆར་བ་ལ་དགའ་བ་གཅིག་ཏུ་ཕྱོགས་པའི་བརྩེ་བ་ཡོད་དུ་བཅུག གལ་ཏེ་རྫ་གཡམ་བཏིང་བའི་ཁང་སླད་ཡོད་པས་ན། ངས་ཆར་བ་ནི་འཇིགས་སྣང་ཅན་ཞིག་ཡིན་པར་མི་འདོད་ལ། ཁྱོད་ཀྱི་ཨ་མས་སྔོན་ཆད་ཆར་བའི་ཁྲོད་ནས་ཁྱོད་ལ་ལྭ་བ་གསར་བ་འཚེམ་པ་ཡིན་ན། ངས་ཁྱོད་ལ་ཁེར་རྐྱང་གི་སེམས་ཤིག་ཡོད་པར་མི་འདོད།

འདི་ནི་ངས་ཆར་པ་ལ་བྱུང་བའི་ངོས་ཟིན་ཡིན།
འདི་ནི་ངས་རྫ་གཡམ་ལ་བཟུང་བའི་ངོས་ཟིན་ཡང་ཡིན།

མཁར་བྱང་གི་ཟམ་པ།

སུའུ་ཀྲོའུ་མཁར་གྲོང་ལ་གནའ་སྔ་མོ་ནས་མཁར་སྒོ་དྲུག་ཡོད་པར་བཞེད་པ་དང་། གྲོང་ཁྱེར་བྱང་སྣེའི་ཆེ་མོན་སྒོ་ནི་ངག་རྒྱུན་དུ་དེའི་ཁོངས་སུ་མི་འདུ་ཟེར་མོད། འོན་ཀྱང་ང་ནི་ཆེ་མོན་པ་ཡིན་ཏེ། ཡང་དག་པར་བཤད་ན། ང་ནི་སུའུ་ཀྲོའུ་ཆེ་མོན་མཁར་སྒོ་ཕྱིའི་མི་ཡིན།

ང་ཆུང་དུས་ནས་སྲང་ལམ་དེའི་ཆེ་མོན་དཔྱང་ཟམ་གྱི་བྱང་ཕྱོགས་སུ་ནར་སོན་པ་ཡིན། དཔྱང་ཟམ་ལས་བབས་ཏེ་གུ་དོག་ཅིང་ཁང་པ་མང་བའི་སྲང་ལམ་དེད་ནས་བྱང་ཕྱོགས་སུ་སོང་ན། ངེད་ཚང་གི་སྒོ་ཁར་བརྒྱུད་ཐུབ་ཅིང་། དེ་ནས་མུ་མཐུད་དུ་ལེ་དབར་གཅིག་ཙམ་ལ་སོང་ན་གྲོང་ཁྱེར་སློ་བུར་དུ་མི་མཐོང་ཞིང་། མིག་ལམ་དུ་རྒྱུ་བ་ནི་གྲོང་མཐའི་སྐྱེ་བའི་ཡུལ་ལྗོངས་ཏེ། ཞིང་དང་གྲོ་ཞིང་། རྩྭ་ཐང་། རྫིང་བུ། རྫིང་བུའི་ནང་གི་ཞིང་པ་ཚོས་གསོས་པའི་བྱ་གག་བཅས་ཡིན། དེའི་ཕྱིར་ང་རང་ཆུང་དུས་སུ་ནར་སོན་པའི་ས་ཆ་ནི་དོན་དངོས་སུ་གྲོང་ཁྱེར་གྱི་མཐའ་ཁུལ་ཡིན།

གྲོང་མཐའ་ཡིན་རུང་ཆེ་མོན་ཕྱི་རོལ་གྱི་སྲང་ལམ་དེ་ལ་ལྷོ་ཕྱོགས་ཀྱི་ཁྱད་ཆོས་ཕུན་སུམ་ཚོགས་པ་ལྡན་ཞིང་། ལོ་དུ་མང་གི་རིང་ལ་ངས་སྲང་ལམ་དེ་ནས་ཉམས་ལེན་བྱས་པས་ལྷོ་ཕྱོགས་ལའང་ཉམས་ལེན་བྱས་པ་ཡིན་ལ། སྲང་ལམ་དེ་ཕྱིར་དྲན་བྱས་པ་ལས་ལྷོ་ཕྱོགས་ཕྱིར་དྲན་བྱས་པ་ཡིན།

ཆེ་མོན་གྱི་དཔྱང་ཟམ་ནི་སྔོན་ཆད་དངོས་གནས་དཔྱང་འདུག་པའི་

ཟམ་པ་ཞིག་ཡིན། དེ་ནི་སྔོན་ཆད་གནའ་མིས་ཆོས་དམག་འཁྲུག་གི་བཙན་འཛུལ་འགོག་བྱེད་ཀྱི་ལག་ཆ་ཞིག་ཏུ་བྱེད་པ་རེད། ཆ་འཛོག་ཐུས་དང་། གལ་ཏེ་སུའུ་ཀྲོའུ་གྲོང་ཁྱེར་གྱི་དཔྱང་ཟམ་ཡོད་ཚད་ཞག་མ་གཅིག་གི་ནང་དུ་མཉམ་དུ་བཏེགས་ན། མཁར་སྲུང་རྒྱ་བོས་གྲོང་ཁྱེར་འདི་དང་ཕྱི་རོལ་བར་གྱི་བར་མཚམས་དངོས་སུ་བཅད་པ་སྟེ། གྲོང་ཁྱེར་མཁར་སྒོའི་ཕྱི་ན་འཚོ་བ་རོལ་བའི་སུའུ་ཀྲོའུ་མི་དམངས་དང་ཡོངས་སུ་འབྲེལ་ཐག་བཅད་པ་རེད། སྐབས་ལེགས་པ་ཞིག་ནི་ང་རང་ལོ་རབས་དེར་སྐྱེས་མེད་ལ། དོན་དངོས་སུ་ང་རང་ཆུང་དུས་ནས་བཟུང་། ཆེ་མོན་དཔྱང་ཟམ་དེ་གཞི་ཁྲོན་འཁྲིང་ཙམ་གྱི་རྡོ་ཟམ་ཞིག་ཏུ་བཟོས་ཡོད།

ཡིན་ནའང་ཆེ་མོན་ཉེ་འདབས་ཀྱི་སྔོད་དམངས་ཆོས་ལོ་དུ་མང་གི་གོམས་གཤིས་ལྟར། མཁར་སྲུང་རྒྱ་བོའི་སྟེང་གི་རྡོ་ཟམ་དེ་ལ་སྔར་བཞིན་དཔྱང་ཟམ་དུ་འབོད། དཔྱང་ཟམ་ལས་བབས་ཏེ་རྡོ་རྡུག་བཏིང་འདུག་པའི་སྲང་ལམ་ཞིག་གི་བྱང་ཕྱོགས་སུ་སོང་ན། ཁྱོད་ཀྱིས་ད་དུང་ཟམ་པ་གཞན་གཉིས་མཐོང་སྟེ། ཐོག་མར་མཐོང་བ་ནི་ལྷོ་ཟམ་དང་། དེ་ནས་མུ་མཐུད་དུ་སོང་ན་བྱང་ཟམ་མཐོང་བ་ཡིན། ཟམ་པ་དེ་གཉིས་ཀྱི་མིང་གི་སྐོར་ལ་ངས་ཆེ་མོན་ཕྱིའི་མི་རྣམས་ཀྱི་སྤྱིར་བཏང་གི་འབོད་སྲོལ་ལྟར་བཀོལ་བ་ཡིན། དེ་ལས་ཀྱང་བབས་ཆགས་པ་དང་ཚད་ལྡན་ཡིན་པའི་མིང་ཞིག་ཡོད་མེད་ངས་མི་ཤེས་མོད། འོན་ཀྱང་ངས་སྔར་བཞིན་ཟམ་པ་འདི་གཉིས་སླེང་བསམ་པ་ཡིན།

ཟམ་པ་འདི་གཉིས་ཀ་ལྷོ་ཕྱོགས་ཀྱི་ཆེས་རྒྱུན་དུ་མཐོང་བའི་རྡོ་བཟོས་གཞུ་ཟམ་ཡིན་ཞིང་། ཆུ་བོ་གཅིག་གི་ཆུ་ལག་གི་ཐོག་ཏུ་བསྐྲུན་ནས། ལོ་དུ་

མང་གི་རིང་ལ་མིང་སྲིང་ལྟར་ཕན་ཚུན་ལ་བལྟས་ཡོད། དེ་གཉིས་དངོས་གནས་མིང་སྲིང་ཞིག་དང་མཚུངས་ཤིང་། ཚང་མར་ཟམ་ཁྱུང་གཅིག་ཡོད་དེ་གྲུ་གཟིངས་གཉིས་རེ་ཤོང་ཐུབ། ཟམ་སྣེའི་གཞོགས་གཉིས་སུ་ཆུ་ནང་དུ་བསྲིངས་པའི་རྡོ་སྐས་ཡོད། ཆུ་འགྲམ་གྱི་ཁྱིམ་ཚང་གིས་རྒྱུན་པར་རྡོ་སྐས་དེའི་ཐོག་ནས་ལྭ་བ་འཁྲུད་པ་དང་། ཟམ་སྣེ་འོག་གི་རྡོ་སྐས་ནི་སྲང་བར་ཁྱེར་བ་ཆོ་ཆུ་རྩེད་བྱེད་ས་ཞིག་ཀྱང་ཡིན། དེ་གར་ལངས་ནས་མགོ་བསྲིངས་ཏེ་ཟམ་ཁྱུང་གི་ནང་ལྟེབས་སུ་བལྟས་ན། རྡོ་རིང་ཞིག་གི་ངོས་སུ་ཟམ་པ་བསྐྲུན་པའི་དུས་ཚོད་བྲིས་ཡོད་པ་མཐོང་ཐུབ། ངས་ད་དུང་བྱང་གི་སྲང་ལམ་ཟམ་པའི་འོག་གི་རྡོ་རིང་གི་ངོས་སུ"ཆིང་རྒྱལ་རབས་ཀྱི་ཁའོ་ཀོང་ལོ་ཚུགས"ཞེས་བྲིས་ཡོད་པ་དྲན་ཐུབ། ལྷོའི་སྲང་ལམ་ཟམ་པའི་ལོ་རྒྱུས་ཀྱང་དེ་དང་འདྲ་སྲིད། མ་གཞི་ནས་དེ་གཉིས་ནི་རྣམ་པ་དང་བཟོ་ལྟ་མཚུངས་པའི་མིང་སྲིང་ཟམ་པ་ཞིག་ཡིན།

ལྷོའི་སྲང་ལམ་གྱི་སྟེང་དུ་ལངས་ནས་བྱང་གི་སྲང་ལམ་ཟམ་པར་བལྟས་ན། ཟམ་པ་གཉིས་ཀྱི་བར་དུ་འཕྲེད་ཉལ་བྱས་པའི་དངོས་པོ་ཆེན་པོ་ཞིག་གིས་མཐོང་ལམ་བཀག་འདུག་པས། ལྷོ་སྣེ་ནས་བྱང་སྣེའི་ཟམ་པ་མཐོང་དཀའ། དེ་ནི་ཟངས་མདོག་གི་དྲང་ཐིག་རྣམ་པའི་ལྕགས་ལམ་ཟམ་པ་ཡིན་པ་དང་། སྐད་གྲགས་ཆེ་བའི་ཅིང་ཧུའུ་ལྕགས་ལམ་དེ་སུའུ་ཀྲོའུ་གྲོང་ཁྱེར་བརྒྱུད་ནས་བྱང་སྣེ་རུ་སླེབ་ཡོད་ཅིང་། ཆེ་མོན་ཕྱིའི་སྲང་ལམ་འདི་དང་དེའི་འགྲམ་རྒྱུད་དུ་བཞུར་བའི་ཆུ་བོ་བརྒལ་བས། ལྕགས་ལམ་འདི་བྱུང་ཞིང་། ངས་ཞིབ་བརྗོད་བྱས་པའི་འཕྲེད་ཉལ་དངོས་པོ་ཆེན་པོ་དེ་བྱུང་ནས་ཟམ་པ་གཉིས་ཀྱི་མཐོང་ལམ་བཅད་པ་རེད། ངས་བསམས་ན་དེ་ནི་

ཕོ་རབས་དྲུག་ཅུ་པའི་ཡར་སྔོན་གྱི་དོན་ཞིག་ཡིན་ངེས་ལ། ལྷུགས་ལམ་བཟོ་སྐྲུན་བྱེད་མཁན་ནུབ་ཕྱོགས་ཀྱི་ཕྱི་གླིང་པ་ཡིན་སྲིད་ལ། དྲང་ཐིག་རྣམ་པའི་ལྷུགས་ཟམ་ཆེན་པོ་འདིས་མི་རྣམས་ལ་རྒྱུས་མེད་ཀྱི་ཚོར་བའམ་ཡང་ན་དད་མོས་ཀྱི་ཀུན་སློང་ཞིག་སྐེར་ཡང་སྲིད་དེ། གནའ་ནས་ད་ལྟའི་བར་དུ་ཞང་ཚོའི་སྲང་ལམ་འདིའི་རྒྱུད་ཀྱི་མི་རྣམས་ཀྱིས་སྔར་བཞིན་ལྷུགས་ཟམ་དེ་ལ་ཕྱི་ཟམ་དང་ཡང་ན། ལྷུགས་ལམ་ཕྱི་ཟམ་ཞེས་སུ་འབོད།

ལྷུགས་ལམ་ཕྱི་ཟམ་དེ་ཆི་མོན་ཕྱིའི་སྲང་ལམ་འདིའི་སྟེང་དུ་འཕྲེད་བརྒྱལ་བྱས་ནས། ཆི་མོན་ཕྱིའི་མི་རྣམས་ཕལ་ཆེར་ཉིན་རྒྱུན་དུ་ལྷུགས་ཟམ་འདིའི་འོག་ནས་ཕར་འགྲོ་ཚུར་འོང་བྱེད་པ་རེད། མི་འཁོར་རྒྱུན་དུ་ཁྱོད་ཀྱི་ཀླད་ཐོག་ནས་ཤར་བསྐྱོད་བྱས་ཏེ། ཆུ་ཀླངས་དང་སོལ་ཟེགས། ཅི་ཡིན་ཆ་མེད་ཀྱི་ཤུན་པ་འཐོར་ཡོང་།

བར་དུ་བཅད་པའི་རྗེ་ཟམ་གཉིས་ཀྱིས་སྔར་བཞིན་ཆུ་བོའི་སྟེང་ནས་ཕན་ཚུན་ལ་རྒྱང་བལྟ་བྱེད། ད་ལྟ་ངས་མུ་མཐུད་དུ་གནའ་བོའི་ཟམ་པ་འདི་གཉིས་ཞིབ་བརྗོད་བྱེད་པར་བྱ།

སྟོའི་སྲང་ལམ་ཟམ་པའི་ནུབ་རྒྱུད་ལ་ཞ་ཐང་ཟེར། ཞ་ཐང་གི་སྔོད་དམངས་ཁང་པའི་བར་དུ་ཤིན་ཏུ་གུ་དོག་པའི་སྲང་བར་ཆུང་བ་ཞིག་ཡོད། དེ་དང་སྟོའི་སྲང་ལམ་ཟམ་པ་ཡིས་སུམ་མདོ་ཞིག་གྲུབ། ཞ་ཐང་དུ་ཚོང་ཁང་མེད་པས། དེ་གའི་སྔོད་དམངས་ཚོས་ཉིན་རེར་སྟོའི་སྲང་ལམ་ཟམ་པ་བརྒྱུད་ནས་འདི་གཞོགས་ཀྱི་སྲང་ལམ་དུ་ཡོང་ནས་སྔོ་ཚལ་དང་ཚོང་ཟོང་ཉོས་ནས་འགྲོ་བ་རེད། ཞ་ཐང་གི་སྔོད་དམངས་ཚོས་རང་གི་སྒོ་ཁའི་སྲང་བར་དེ་སྲང་ལམ་ཞིག་ཏུ་མི་བརྩི་བར། འདི་གཞོགས་ཀྱི་སྲང་བར་ལ་སྲང་

ལམ་ཟེར། ཞ་ཐང་གི་སྐྱེས་མ་ཚོས་ལྷོའི་སྲང་ལམ་ཟམ་པའི་ཐོག་ཏུ་བསྡད་ནས་ཕན་ཚུན་ལ་ཁ་བརྡ་བྱེད་དེ། གཅིག་གིས“སྲང་ལམ་དུ་ཕག་ཤ་འཚོང་རྒྱུ་ཨེ་ཡོད་གི”ཞེས་དྲིས་པ་ན། ཅིག་ཤོས་ཀྱིས“སྲང་ལམ་དུ་ཅི་ཡང་མེད་གི”ཞེས་ལན་འདེབས་པ་རེད།

ལྷོའི་སྲང་ལམ་ཟམ་པའི་ཤར་རྒྱུད་ནི་ཆེ་མོན་ཕྱིའི་སྲང་ལམ་འདི་ཡིན། ཟམ་སྣེའི་མཐའ་བསྐོར་དུ་སིལ་ཧྲོག་དང་ཀ་རའི་ཚོང་ཁང་གཅིག་དང་རྡོ་སོལ་རིལ་བུའི་ཚོང་ཁང་གཅིག ཤ་འཚོང་སའི་ཚོང་ཁང་གཅིག དེ་མིན་ད་དུང་སྨན་རྫས་ཚོང་ཁང་གཅིག་བཅས་ཡོད། ཚོང་ཁྲོམ་ལྷ་བུའི་སྔོ་ཚོད་ཚོང་ར་ཞིག་ཉིན་རེའི་ཉོགས་པ་དང་ས་སྒྲོས་སུ་འདུས་ཤིང་། ཉེ་འདབས་ཀྱི་སྔོ་ཚལ་ཞིང་པས་ཚོད་མ་སོས་པ་ཁུར་ཡོང་ནས་གྲལ་ཤར་གཅིག་ཏུ་བསྒར་ཏེ་འཚོང་བ་དང་། སྐབས་འདིར་ཟམ་པའི་སྣེ་འདིར་འདུ་འཛོམ་ཤིན་ཏུ་ཆེ་སྟེ། རྒྱུན་དུ་སྲང་ལམ་འགག་ནས་ལམ་འགྲོ་ལ་བྲེལ་བའི་མི་རྣམས་ཀྱི་སེམས་ཁམས་འཚུབ་ཆ་བསླངས་ཏེ་འཁང་ར་བྱེད་པ་ཐོས་ཐུབ། གལ་ཏེ་ཁྱོད་ཀྱིས་སུཙུ་ཀྲོཙུ་མི་དམངས་ཚོས་ཇི་ལྟར་ཁ་འཛིང་བྱེད་པར་ཉན་འདོད་ཆེ་ཚེ། ཟམ་ཁའི་ཚོང་ཁྲོམ་ནི་གནས་ལེགས་པོ་ཞིག་ཡིན། དེར་མ་ཟད་ལྷོའི་སྲང་ལམ་ཟམ་པའི་ཉེ་འདབས་ཀྱི་སྐྱེས་མ་ཚོའི་གཟུགས་བྱད་ནི་བྱང་གི་སྲང་ལམ་ཟམ་པའི་སྐྱེས་མ་ཚོ་ལས་གཡོ་སྒྱུ་དང་བཙན་ཤུགས་ཤིན་ཏུ་ཆེ། སྣང་ཚུལ་འདི་ལ་འགྲེལ་བཤད་རྒྱག་དཀའ། ངའི་བག་ཆགས་སུ་ལྷོའི་སྲང་ལམ་ཟམ་པའི་རྒྱུད་དེ་ནི་ཁུར་ཟེར་ཆེ་ཞིང་དོན་རྐྱེན་མང་བའི་ས་ཆ་ཞིག་རེད།

ངེད་ཚང་བྱང་གི་སྲང་ལམ་ཟམ་པ་དང་ཐག་ཉེ་བའི་རྐྱེན་ཡིན་ཡང་སྲིད་དེ། ང་རང་བྱང་གི་སྲང་ལམ་ཟམ་པ་འདི་ལ་དགའ་ཞིང་། ངས་སློབ་

གཉེར་བྱས་སྦྱོང་བའི་སློབ་འབྲིང་དེ་ཡང་བྱང་གི་སྲང་ལམ་ཟམ་པའི་ཁ་གཏད་ཀྱི་ཐག་མི་རིང་སར་ཡོད་པ་དང་། ཉིན་རྒྱུན་དུ་ཟམ་པའི་འོག་ནས་འགྲོ་དགོས། སྐབས་འགར་ཨ་མའི་བཟོ་གྲྭ་རུ་གུང་ཛ་འཐུང་བའམ་ཡང་ན་ལུས་འཁྲུད་བྱེད་དུ་འགྲོ་དུས། དཔེ་ཁུག་ཁུར་ནས་ཟམ་པའི་ཐོག་ཏུ་འཛེག་སྐྱེ་རྗེ་སྐས་བརྩེགས་པ་ཡིན་ལ། བསྒོམས་པས་སྐས་རིམ་བཅུ་གཅིག་ཡོད། ཟམ་པ་ལས་བརྒལ་ན་གཙང་ཞིང་ཐུང་བའི་འཕྲེད་བརྒལ་སྲང་ལམ་དེ་ཡིན་ལ། འཕྲེད་བརྒལ་སྲང་ལམ་དང་བྱང་གི་སྲང་ལམ་ཟམ་པ་གཉིས་ཁ་གཏད་དུ་ཡོད། ཆེ་མོན་ཕྱིའི་སྲང་ལམ་དང་དྲང་འཕྱང་དུའམ་ཡང་ན་འཕྲེད་དུ་འབྲེལ་ཡོད་པས། དེ་ལ་འཕྲེད་བརྒལ་སྲང་ལམ་ཟེར། ང་ཆུང་དུས་ནས་འཕྲེད་བརྒལ་སྲང་ལམ་དེ་ལ་དགའ་དོན་ཅི་ཡིན་པ་མི་ཤེས་ཏེ། སྲང་བར་གཙང་ཞིང་ཁང་པ་གྲལ་དག་ཡིན་པའི་རྐྱེན་གྱིས་ཡིན་ཡང་སྲིད་ལ། ཡང་ན་ངའི་ཨ་མ་ཉིན་རེར་འདི་གར་བརྒྱུད་ནས་བཟོ་གྲྭའི་ལས་ཚོགས་སུ་འགྲོ་བའི་རྐྱེན་གྱིས་ཡིན་ཡང་སྲིད། ཡང་མིན་ན་འཕྲེད་བརྒལ་སྲང་ལམ་དང་ཆེ་མོན་ཕྱིའི་སྲང་ལམ་གཉིས་རྒྱབ་གཏད་དུ་ཡོད་པའི་རྐྱེན་གྱིས་ཡིན་ཡང་སྲིད། གང་ལྟར་དེ་ནི་འཕྲེད་བརྒལ་སྲང་ལམ་ཞིག་རེད།

བྱང་གི་སྲང་ལམ་ཟམ་པའི་སྣེ་མོ་ནི་ཛ་ཁང་ཞིག་ཡིན་ཞིང་། ཕྱོགས་གསུམ་གྱི་སྒེའུ་ཁུང་ལས་གཅིག་ཆུ་བོར་འཁོར་ཡོད་པ་དང་། གཅིག་ཟམ་པར་འཁོར་ཡོད་ལ། གཅིག་སྲང་ལམ་དུ་འཁོར་ཡོད། ངའི་དྲན་ཤེས་སུ་ཛ་ཁང་གི་ནང་དུ་རྟག་ཏུ་བཙན་གཤེར་ཆེ་ཞིང་དྲི་བསུང་འཐུལ་འདུག ཛ་འཐུང་མཁན་ལས་མང་ཤོས་ནི་སྲང་ལམ་དང་ཉེ་འདབས་ཀྱི་བགྲེས་པོ་དག་ཡིན། ཁོ་ཚོ་ཅོག་ཙེ་རྙིང་བ་རིང་མོ་ཞིག་གི་མཐའ་བསྐོར་ནས་བསྡད་དེ།

མི་ལྟ་བྲུག་ཅིག་གིས་ཇ་ཇ་དེམ་གང་འཐུང་ཚོར་དུ། གནམ་འོག་གི་དོན་དག་མི་གླིང་བ་ཞིག་མེད་ཅིང་། སྐབས་འགར་གླུ་བ་འགའ་ཞིག་གིས་གླུ་རེ་གཉིས་ཀྱང་ལེན་པ་རེད། ཇ་ཁང་གི་རྒྱ་ཁོལ་སྐོལ་སྤྱོད་ནི་སྟག་མོའི་ཐབ་ཀ་ཡིན་ཞིང་། ཐབ་ཀའི་སྟེང་དུ་ཇ་དེམ་མང་པོ་བསྟར་ཡོད། རྒྱ་ཁོལ་བསྐོལ་བའི་ཨ་ཡེ་བགྲེས་མོ་ནི་ངའི་ཨ་མའི་ངོ་ཤེས་ཤིག་ཡིན་ལ། ངའི་ཨ་མས་བཤད་ན་མོ་ནི་ཇ་ཁང་གི་སྔོན་ཆད་ཀྱི་སྤྱིན་བདག་རེད། ད་ལྟ་མོ་མིན། ཇ་ཁང་ད་ལྟ་གཞུང་བཞེས་བྱས་འདུག་ཟེར།

བྱང་གི་སྲང་ལམ་ཟམ་པའི་སྣེ་མོའི་ཇ་ཁང་ནི་མི་མང་ཤེས་ཤིག་གིས་ལྷ་སྒྲུགས་ཀྱི་དཔེ་མཚོན་ཡུལ་ལྗོངས་ཤིག་ཏུ་ངོས་འཛིན་བཞིན་ཡོད། སྔར་གློག་བརྙན་བཟོ་གྲྭ་དུ་མ་ཞིག་གིས་འདི་གར་ཡུལ་ལྗོངས་བརྙན་དུ་བླངས་སོང་། འོན་ཀྱང་བརྙན་ལེན་པས་ཟམ་སྣེའི་ཇ་ཁང་དེ་མེད་པ་མི་ཤེས་པ་འདྲ། གཞིས་ནིང་ལོའི་མེ་སྐྱོན་ཆེན་པོ་ཞིག་གི་ཁྲོད་དུ་ཇ་ཁང་འབར་ནས་ཤུལ་རོ་རུ་གྱུར་ཡོད། དེ་ནི་ཚ་གདུག་ཆེ་བའི་དབྱར་ཁའི་མཚན་མོ་ཞིག་ལ། ཆེ་མོན་ཕྱིའི་སྟོད་དམངས་ཚང་མས་རྒྱ་པོའི་འགྲམ་གཉིས་ནས་མེ་སྐྱོན་ཆེན་པོ་དངོས་སུ་མཐོང་། བཤད་རྒྱུན་ལྟར་ན་མེ་སྐྱོན་ནི་ཐབ་ཀའི་ཁོག་གི་མེ་རོ་མ་བསད་པས། ཐབ་ཀའི་ཕྱི་རོལ་དུ་འབར་ནས་མིག་གིས་བལྟས་བལྟས་རེག་རེག་ལ་ཟམ་སྣེའི་ཇ་ཁང་དེ་འབར་དུ་མི་འཇུག་ཐབས་མེད་བྱུང་། འོན་ཏེ་ཇ་ཁང་འགྲམ་གྱི་རྡོ་ཟམ་དེར་སྐྱོན་ཅི་ཡང་མ་བྱུང་།

ད་ལྟ་ཁྱོད་རང་བྱང་གི་སྲང་ལམ་ཟམ་པའི་ཐོག་ནས་མར་བབས་ཆོ། ཟམ་སྣེའི་གཡོན་གཡོགས་ཀྱི་ས་སྟོང་དེ་ནི་ཇ་ཁང་གི་ཤུལ་ཡིན་ཏེ། ད་ལྟ་དེ་གར་ཚོང་བ་ལ་ལས་ཉ་དང་སིལ་ཏོག་གི་རིགས་འཚོང་བཞིན་ཡོད།

སྲུའུ་ཀྲོའུ་གྲོང་ཁྱེར་གྱི་བྱང་ཕྱོགས་ནི་ཁུལ་ཆུང་ཆུང་ཞིག་ཡིན་ལ། མཁར་བྱང་གི་ཆེ་མོན་ཕྱིའི་ཁྲིམ་གཞུང་དེ་ལག་མཐིལ་ཙམ་ཞིག་ལས་མེད་མོད། འོན་ཀྱང་ངས་མི་རྣམས་ལ་བཤད་འདོད་པ་ནི་དེ་གར་ཟམ་པ་བཞི་ཡོད་ཅིང་། ཆེ་མོན་ཕྱིའི་མིས་བཤད་པ་ལྟར། སྔོ་ནས་བྱང་དུ་བརྩིས་ན་དེ་དག་ནི་རིམ་པ་བཞིན་དཔྱངས་ཟམ་དང་སྔོའི་སྲང་ལམ་ཟམ་པ། ལྷུགས་ལམ་ཕྱི་ཟམ། བྱང་གི་སྲང་ལམ་ཟམ་པ་བཅས་ཡིན། སེམས་སྐྱིད་ལ་བབས་ནས་བསམ་བློ་ཞིག་བཏང་ན་མིང་འདི་དག་དཀྲུས་མ་ཡིན་ལ་ཡ་མཚན་ཅན་ཡང་ཡིན། ངས་ལྷུགས་ལམ་ཕྱི་ཟམ་གྱི་ཞིབ་བརྗོད་བསྒྲུས་པ་ནི། ལོ་ཆུང་དུས་ཀྱི་དྲན་ཤེས་སུ་དེར་ཁྲག་དྲི་དང་འཆི་བ་ཡི་ངང་ཚུལ་ལྡན་པས་ཡིན། ངས་ལྷུགས་ལམ་ཕྱི་ཟམ་དུ་བེམ་པོ་བདུན་བརྒྱད་ཅིག་མཐོང་མྱོང་། དེ་དག་དཔྱངས་ཟམ་དང་སྔོའི་སྲང་ལམ་ཟམ་པ། བྱང་གི་སྲང་ལམ་ཟམ་པ་བཅས་ཀྱི་ཐོག་ཏུ་ཡོད་ལ། ངས་ཤི་པོ་ཞིག་གཏན་ནས་མཐོང་མ་མྱོང་།

དབྱར་ཁའི་སྲང་ལམ་གཅིག

སྲང་ལམ་གྱི་སིལ་ཏོག་ཚོང་ཁང་གི་ཚོང་སྒྲོམ་ནི་ཁྱད་པར་བ་ཞིག་ཡིན། དེ་དག་གསེག་ངོས་ཤིག་ཏུ་བཅོས་ནས། ཤིང་ལེབ་ཀྱིས་ཆེ་ཆུང་མེད་པའི་སྒྲོམ་གཞི་འགའ་ཞིག་ཏུ་བཅད་པ་དང་། ཁམ་བུ་རྙིད་པ་དང་ཀུ་ཤུ་སྐྱུར་མོ་ཁ་ཤས་དེ་ཏུ་བཤམས་ཡོད་དེ། སྐྱི་གཡའ་བའི་གསེག་ངོས་སུ་ཉལ་ཡོད་པ་དང་འདྲ། སིལ་ཏོག་ཚོང་ཁང་གི་ཚོང་བ་ནི་གཤིས་ཀ་འཇམ་པའི་བཞིན་མཛེས་གཞོན་ནུ་མ་ཞིག་རེད། ཕོ་མོས་ནམ་ཡིན་ཡང་ལས་གནས་རྒྱུན་འཁྱོངས་བྱེད་མོད། འོན་ཀྱང་སུ་ཞིག་གིས་ཕོ་མོའི་གཤིས་ཀ་འཇམ་པ་ལས་མོའི་སིལ་ཏོག་ཉོ་བ་ཡིན་ནམ། མི་རྣམས་ཀྱིས་དེར་བརྟེན་ནས་གོམས་གཤིས་ལྟར་དབྱར་ཁའི་དུས་ཀྱི་སིལ་ཏོག་གི་དོན་སྙིང་སྣང་མེད་དུ་བསྐྱུར་ཞིང་། ཕོ་ཚོས་ཁྲེ་སེམ་གྱི་སིལ་ཏོག་ཁང་དང་སུན་སྣང་གིས་ཁྱུར་བའི་ཚོང་བ་བསྐྱུར་ནས། ཟམ་སྟེའི་ཀ་ར་སིལ་ཏོག་ཁང་དུ་སོང་ནས་སིལ་ཏོག་ཉོ་བ་རེད། ཀ་ར་སིལ་ཏོག་ཚོང་ཁང་གི་སྐྱེས་མ་དར་མ་གསུམ་གྱིས་དབྱར་དགུན་སྟོན་དཔྱིད་མེད་པར་ཚོང་སྒྲོམ་གྱི་ལྟག་རྒྱབ་ནས་ཞུར་ཟེར་ཟེར་བྱེད་ཅིང་། མི་རྣམས་ལ་རྣམ་འགྱུར་ཡང་དེ་འདྲ་མི་བཟང་། སྐྱེས་མ་གཅིག་གི་སྨིན་མའི་གོང་དུ་རྐ་ཤུལ་ཞིག་ཡོད་པ་དང་། བྱིས་པ་ཚོ་ཚོང་ཁང་དུ་སོང་ཚེ་མོས་སྐད་འགག་ནས“ཅི་ཞིག་ཉོ་རྒྱུ”ཞེས་འདྲི་བ་དང་། རྐ་ཤུལ་དེས་ཀྱང་ཁ་གདང་ནས“ཅི་ཞིག་ཉོ་རྒྱུ”ཞེས་འདྲི་སྲིད། དེ་འདྲ་ཡིན་ཙང་ཀ་ར་སིལ་

ཏོག་ཚོང་ཁང་ནི་དབྱར་ཁར་བྱིས་པ་ཚོའི་འགྲོ་དགའ་བའི་གནས་ཤིག་ཡིན།

ཀ་ར་སིལ་ཏོག་ཚོང་ཁང་གི་སྐྱོམ་ཁུའི་འཁྱགས་སྣུམ་ནི་ལོ་མང་ཞིག་འགོར་ཡོད། དབྱར་ཁ་སླེབ་པ་ན་སྒྲ་ཤིན་ཏུ་ཆེ། སྒོ་སམ་ཆུང་ངུ་ཞིག་འཁྱགས་སྣུམ་གྱི་ཐོག་ཏུ་རྩེངས་ཡོད་པ་དང་། དེའི་ཐོག་ཏུ་སྐྱོམ་ཁུའི་རིགས་དང་རིན་གོང་བྲིས་ཡོད་དེ། སྲིན་དམར་འཁྱགས་རིལ་གཅིག་ལ་སྐར་མ་བཞི། འོ་སྤྲི་འཁྱགས་རིལ་གཅིག་ལ་སྐར་མ་ལྔ། འཁྱགས་ལེབ་གཅིག་ལ་སྒོར་ཟུར་གཅིག སྐྱོམ་ཁུ་དམ་བེ་གང་ལ་སྐར་མ་བརྒྱད། (ཤེལ་དེམ་ཤུད) ཚོང་པ་དེས་འཛིགས་ཧུར་ཧུར་གྱིས་དམ་བེ་རེ་རེའི་ཁ་སྤྲི་བ་དང་། སྤྲིང་བལ་གྱི་ཁེབས་གདན་བཀྲུས་པ་ན། བྱིས་པ་ཚོས་སྣེ་བསྒྲིང་ནས་ཁེབས་གདན་འོག་གི་བསྟར་དུ་སྒྲིག་པའི་འཁྱགས་སྐྱོམ་ལ་ལྟ་བ་རེད། སྲིན་དམར་གྱི་འཁྱགས་རིལ་མང་པོ་མེད་པ་དང་། འོ་སྤྲི་དང་འཁྱགས་ལེབ་མང་པོ་ཞིག་ལྷག་ཡོད་ཅིང་། དེ་དག་འཁྱགས་གྲང་གི་སྒྲུག་པའི་ནང་དུ་ཡོད་པར་ཡིད་སྨོན་འཚོར་སྲིད། བྱིས་པ་ཚོས་ཀྱང་སྣང་ཚུལ་འདི་ལ་གོ་བ་ལོན་ཐུབ་པ་མ་ཟད། འོ་སྤྲི་འཁྱགས་རིལ་དང་འཁྱགས་ལེབ་ལ་དགའ་བསུ་མི་ཐོབ་པ་ནི་དེ་དག་གི་རིན་གོང་ཅུང་མཐོ་བའི་རྐྱེན་གྱིས་ཡིན་པ་ཤེས་ཐུབ། བྱིས་པ་ཚོས་སེམས་ཆུང་གིས་འཁྱགས་རིལ་གྱི་ཟུར་གཅིག་གི་ཤུན་པ་བཤུས་ནས། འཁྱགས་རིལ་ཁོག་གི་སྲིན་དམར་གྱི་མང་ཉུང་ལ་བལྟས་པས། ཚོང་པ་ཡི་གཤེ་གཤེ་ཁེལ། མོས“ལྟ་རྒྱུ་ཅི་ཞིག་ཡོད། ཚང་མ་འཕྲུལ་ཆས་ཀྱིས་བཟོས་པ་རེད། སུ་ཞིག་གིས་བསམ་བཟས་ནས་ཁྱོད་ལ་བརྙས་བཙོས་བྱེད་པ་རེད། ཉིན་གང་པོར་ཟ་རྒྱུ་ལས་ཅི་ཡང་མི་ཤེས། འཁྱགས་རིལ་ཟོ། འཁྱགས་རིལ་ཟོ་ཡ། ཟས་ནས་གསུམ་པའང་འཁྱགས་རིལ་འདྲ་བ་ཞིག་ཡོད”ཅེས་ཟེར།

ཁྱིས་པའི་ཁའི་ནང་དུ་འཁྱགས་རིལ་གཅིག་འཛིབ་ཡོད་པ་དང་། ལག་ཏུ་ཟས་སྣོད་ཅིག་ཐོགས་ནས། ཚ་གདུག་ཆེ་བའི་སྲང་ལམ་དུ་རྔོལ་གྱིས་རྒྱུགས་པ་རེད། ཟས་སྣོད་ནང་གི་འཁྱགས་ལེབ་ཁྱོག་སྦྲ་དང་བཅས་ཏེ། ཚ་གདུག་གི་ཉི་ཟེར་གྱིས་གཉོམ་ཆུང་གི་ཚེ་སྲོག་ལ་འཛིགས་སྣང་སྐྱུལ་བས། ཁྱིས་པས་ཀྱང་རེམ་མར་ཡུལ་དུ་ལོག་དགོས་པ་ཤེས་ཤིང་། ཁྱིམ་མི་ཚོ་ལ་འཁྱགས་ལེབ་ཀྱི་སྒྲོ་བ་སྐྱོང་རོལ་བྱེད་དུ་འཇུག་དགོས་སྙམ།

ཆེས་ཚ་གདུག་ཆེ་བའི་ཉིན་མོར། སྲང་ལམ་རྫིལ་བོའི་རྗེ་རྟུག་ལམ་ངོས་སུ་ཚ་ལམ་ལམ་བྱེད། མི་སྲང་ལམ་དུ་སོང་ན། རྐང་མཐིལ་སྲེག་ལ་བྱེད་པའི་ཚོར་བ་ཡོད་པ་དང་། ལག་པས་ལམ་འགྲམ་གྱི་གྱང་ལྡེབས་སུ་རེག་ཚེ་ཀྱང་ཡང་ཚ་ལམ་ལམ་ཞིག་ཡིན། མི་སྲང་ལམ་དུ་སོང་ན། འཛིག་རྟེན་ཁམས་ཀྱི་མི་ཚང་མ་ཚ་གདུག་གིས་མགོ་ཡོམ་འཁོར་ནས། དབུགས་འཚང་བ་ལྟ་བུའི་འབྱིན་རྫུབ་ཅིག་བྱེད་པ་དང་། སྐབས་རེར་ཡོད་ལ་སྐབས་རེར་མེད་པ་འདྲ། ཁ་བདེ་ལྗེ་བདེ་དང་སྐད་གསེང་མཐོ་བ། གཟུགས་མེད་གྲིབ་བཟོ་ཅན་གྱི་སྣོད་དམངས་ཚོས་ཁ་ཟུམ་ནས། སྨྱུག་གདན་གྱི་སྟེང་དུ་ཉལ་ནས་ཚ་གདུག་དང་འགྲན་རེས་བྱས་ཏེ། ཚ་གདུག་གི་དབང་གིས་དཔལ་ཡོན་བརྗེད་ནས་བསིལ་རླུང་ཁོ་ན་སྙེག་པ་རེད། ཁོ་ཚོས་རྐང་ལག་བཞི་རྒྱང་གིས་སྲང་ལམ་དུ་འཁོར་བའི་སྐྲ་འགྲམ་དུ་ཉལ་འདུག་པ་དང་། ཁ་གདངས་ཤིང་སྤུར་བ་འཐེན་ཞོར་དུ་ལག་གི་བསིལ་གཡབ་ཐང་དུ་ལྷུང་བ་ཡང་མི་ཤེས་ཤིང་། རྐང་ཐུང་གི་རྐང་ཤག་ཁ་ཤིན་ཏུ་ཆེ་སྟེ་སྐྱེས་པའི་གསང་བ་ཐོར་བའང་མི་ཤེས། སྐྱུད་ཡོད་བརྙན་འཕྲིན་གྱི་ཁ་སྤྱེ་ནས་ལེ་ཚན་གཏོང་བཞིན་ཡོད། ཕྱུའུ་སུང་གིས་ཅང་མོན་ཧྲིན་ལ་གཅར་རྡུང་བྱེད་པའི་ལྟད་མོ་

པོ་ཆོས་ཐ་ན་ཆུ་ངོས་སུ་གཡེང་བའི་ཀུ་བའི་ཤུན་པ་ལའང་སེམས་ཆུང་བྱེད་དགོས་ཏེ། ཀུ་བའི་ཤུན་པ་ལ་ལ་ཞིག་ནི་ཆུའི་ནང་དུ་ཆུ་རྒྱལ་གཏག་བཞིན་པའི་བྱིས་པའི་ཞྭ་མོ་ཡིན་ཡང་སྲིད། བྱིས་པ་ཕྲ་ཚལ་དེ་དག་གིས་པོ་ཆོའི་མགོ་ལ་ཀུ་བ་ཕྱེད་ཀའི་ཤུན་པ་བཀབ་ནས། འགྲོ་འོང་བྱེད་པའི་གྲུ་གཟིངས་ཀྱི་གཏིང་ཕུར་ལྷུགས་ཐག་ཏུ་འཛུས་པ་རེད། པོ་ཆོས་ཆུ་རྒྱལ་བྱེད་ནའང་ཤེད་ཤུགས་གྲོན་ཆུང་བྱས་ནས། གྲུ་གཟིངས་ཀྱིས་པོ་ཆོ་ཁྱེར་ནས་ཆུ་སྟོད་དང་ཡང་ན་ཆུ་སྨད་དུ་འགྲོ་བར་རེ།

ཆེ་བའི་ཁག་དེར་སླེབ་ཐུབ། ད་དུང་སྤྱར་བ་འཐེན་ནས་ལེ་ཚན་དེ་དྲིན་ལན་དྲིན་མེད་དུ་སྒྱུར་བ་རེད།

ཕྱི་དྲོའི་ཆུ་ཚོད་གསུམ་པའི་སྟེང་། ཉི་འོད་ལ་སྤྲོ་སྐྱིད་ཀྱི་འགྱུར་ལྡོག་བྱུང་བ་དང་། ཕྱོགས་ཡོངས་སུ་འཕྲོ་བ་དེ་ག་མ་གོར་དུ་འཕྲོས་ནས། སྲང་བར་གྱི་ཁང་པས་སྐབས་སླུགས་དེ་དང་བསྟུན་ནས་རང་ཉིད་ཀྱི་མཐོ་ཚད་ཀྱིས“གསུམ་བརྒྱད་ཐིག”ཅིག་བསྒྲུན་པ་རེད། “གསུམ་བརྒྱད་ཐིག”དེ་རིམ་བཞིན་སྤྲོ་སྣང་བྱེད་པ་དང་། སྐྲུད་ཐིག་གི་གཞོགས་གཅིག་ནི་འོད་དང་དྲོད་ཡིན་ལ། གཞོགས་ཅིག་ཤོས་ནི་བསིལ་བ་དང་མུན་ནག་ཡིན། ལམ་འགྲོ་བ་རྣམས་ཀྱིས་རང་ཕན་ལ་དམིགས་ནས་མུན་ནག་གི་བསིལ་འོག་ནས་འགྲོ་བ་རེད། འདིས་མི་ལ་སློག་བརྙན་ཁང་དུ་སྟོན་བཞིན་པའི་ཁོ་རེ་ཡའི་སློག་བརྙན《གསེར་མོ་འཚོ་དང་དངུལ་མོ་འཚོའི་ལས་དབང》ཞེས་པ་དེ་མི་དྲན་རང་དྲན་བྱེད་དུ་འཇུག མི་དེ་དག་གིས་དངུལ་མོ་འཚོ་ཡི“གསུམ་བརྒྱད་ཐིག”གི་གཞོགས་དེའི་ཉམ་ཐག་པའི་ལས་དབང་གི་དོན་དུ་ངུས་ནས། ཁ་ཆུ་སྣ་ཆུ་ཐ་ར་ར་བྱེད་མོད། འོན་ཀྱང་དབྱར་ཁར་པོ་ཚོས་ཉི་འོད་མེད་པའི་ལམ་ཐིག་བདམས་ཏེ། དངུལ་མོ་འཚོའི་མུན་ནག་གི་ཁྲོད་དུ་སྐྱུང་འདོད་པ་རེད།

དབྱར་ཁར་ཉི་མ་ནུབ་འཕྱི་མོད། འོན་ཀྱང་མཇུག་མཐར་ནུབ་དགོས། དབྱར་གནང་བཏང་ཡོད་པའི་བྱིས་པ་ཚོས་ཉི་མའི་རྒྱུ་འགྲུལ་ལ་དོ་སྣང་བྱེད་པ་ནི། གོ་སྐབས་མི་འཚོར་བར་ཐ་མོ་ནས་མཁར་སྲུང་ཆུ་བོའི་ནང་དུ་འཛུལ་ཏེ། དབྱར་ཁ་ཡིས་གནང་བའི་སྤྲོ་སྐྱིད་ལ་སྤྱོད་རོལ་བྱེད་ཆེད་ཡིན། ས་སྲོས་ཀྱི་དུས་སུ་ཆུ་ངོས་སུ་སྐྱོད་པའི་གྲུ་གཟིངས་སྣ་ཚོགས་ཀྱིས་ལྷག་པར་

མཉམ་འཛོག་བྱེད་དགོས་ཏེ། དུས་སྐབས་འདིའི་ནང་དུ་གྲོང་ཁྱེར་གྱི་གྲུ་ཁ་དང་ཁང་ཀླད། སྒེའུ་ཁུང་། སྒོ་བཅས་ཚང་མ་ནས་བྱིས་པ་ཚོས་ཀི་རྒྱང་བྱེད་ཞོར་དུ་ཆུ་ནང་ལ་མཆོང་བའི་གནས་ཚུལ་འབྱུང་སྲིད། ཕ་ཚོས་ཐ་ན་ཆུ་ངོས་སུ་གཡེང་བའི་ཀུ་བའི་ཤུན་པ་ལའང་སེམས་ཆུང་བྱེད་དགོས་ཏེ། ཀུ་བའི་ཤུན་པ་ལ་ལ་ཞིག་ནི་ཆུའི་ནང་དུ་ཆུ་རྒྱལ་གཏག་བཞིན་པའི་བྱིས་པའི་ཞྭ་མོ་ཡིན་ཡང་སྲིད། བྱིས་པ་པྲ་ཆལ་དེ་དག་གིས་ཕ་ཚོའི་མགོ་ལ་ཀུ་བ་སྒྱེད་ཀའི་ཤུན་པ་བཀབ་ནས། འགྲོ་འོང་བྱེད་པའི་གྲུ་གཟིངས་ཀྱི་གཏིང་ཕུར་ལྷགས་ཐག་ཏུ་འཇུས་པ་རེད། ཕ་ཚོས་ཆུ་རྒྱལ་བྱེད་ནའང་ཤེད་ཤུགས་གྲོན་ཆུང་བྱས་ནས། གྲུ་གཟིངས་ཀྱིས་ཕ་ཚོ་ཁྱེར་ནས་ཆུ་སྟོད་དང་ཡང་ན་ཆུ་སྨད་དུ་འགྲོ་བར་རེ། དེར་བརྟེན་ཇོ་གཙལ་གྱི་མཐའ་ནས་ལྦ་བ་བཀྲུ་བའི་ཨ་མ་ཚོས་མཐོང་ཚེ་ཆེས་སེམས་ཁྲལ་བྱེད་དེ། ཕ་ཚོའི་བྱིས་པ་ཚོས་གཏིང་ཕུར་གྱི་ལྷགས་ཐག་ལ་འཇུས་ནས་ཆུ་ངོས་སུ་རླུང་བརྟེན་རླབས་གཤག་བྱས་ཏེ། མི་མཐོང་བར་འགྱུར་ཞིང་། ཀི་ཇི་ལྟར་བཏབ་ཀྱང་ཕན་པ་མེད་པར་འགྱུར།

མཚན་མོར་མི་རྣམས་ཀྱིས་སྲང་ལམ་དེ་ཐོག་མེད་ཟ་ཁང་དུ་བལྟས་ནས། ཁྱིམ་ཚང་མང་པོ་ཞིག་གིས་དགོང་ཟས་ཀྱི་ཟས་ཅོག་སྲང་ལམ་གྱི་འགྲམ་དུ་བཞག་ནས། ཉན་གཞོན་ཚང་མ་སྲང་ལམ་དུ་བསྡད་དེ་ཁའི་ནང་དུ་ཟ་མ་གང་བཙུག་སྟེ། ལྷགས་ཏར་ཞོན་ནས་ཡོང་འཕྱོ་བའི་མི་རྣམས་ལ་ལྟད་མོར་བལྟ་བ་རེད། སྲང་ལམ་དུ་ཟ་མ་ཟས་ན་སྐལ་མེད་སར་སྐྱེ་བསྲིང་བར་དགའ་བའི་བགྲེས་མོ་སྐོར་ཞིག་ལ་འཕྲོད་སོང་། བགྲེས་མོ་སྐོར་ཞིག་གཞན་ཚང་གི་གནས་ཚུལ་ཟེད་གཅོད་རྒྱུར་དགའ་བ་ཡིན། བགྲེས་མོ་དེ་

ཆོས་ལག་ཏུ་བསིལ་གཡབ་བཟུང་ནས་ཟས་ཅོག་གི་གསེང་ནས་ཕར་འགྲོ་ཚུར་འོང་བྱས་ཏེ། ཟས་ཅོག་རེ་རེ་ཆང་མར་སྐྱེ་སྤོབས་ཀྱི་དཔལ་འབར་བ་ཞིག་ཡིན་པར་འདོད། མོས"ཆི་གཟིག་ཟ་གིན་ཡོད།" ཅེས་དྲིས་ཚེ། ཁྱིམ་བདག་མས་ལན་དུ"ཞིམ་པོ་གཅིག་ཀྱང་མེད། ཚྭ་ཉ་དང་ལ་ཕུག་བཙོས་མ་ལས་མེད"ཅེས་ཟེར། བགྲེས་མོ་དེས"ད་དུང་ཞིམ་པོ་གཅིག་ཀྱང་མེད་ཟེར། ཚྭ་ཉ་ཞིམ་པོ་མིན་ནམ"ཟེར།

རིམ་བཞིན་ས་ཧུབ་པ་དང་། སྲང་བར་གྱི་སྟོད་དམངས་ཚོ་སྔར་བཞིན་སྲང་བར་དུ་བསྡད་ཡོད། ཁྱིམ་ཚང་ལ་ལས་ཀུ་བ་གཤར་ནས་ཟ་བ་དང་། ཁྱིམ་ཚང་ལ་ལའི་བྱིས་པ་ད་དུང་ཡོང་མེད་པས་ཟས་ཅོག་སྔར་བཞིན་བཞག་འདུག་སྟེ། ཕྱིས་སུ་བྱིས་པ་ཕྱིར་ཡོང་ཧུང་ལུས་པོ་རློན་པར་བརྡེས་ཡོད། ཁོང་ཁྲོ་གཏིང་ནས་ལངས་པའི་ཨ་ཕས"གང་དུ་ཕྱིན་པ་ཡིན"ཞེས་དྲིས་པར། བྱིས་པ་ཆོས་སྲུན་སྣང་གིས"ཆུར་རྐྱལ་དུ་སོང་བ་ཡིན། ཁྱེད་ཀྱིས་མི་ཤེས་སམ"ཞེས་ཟེར། ཨ་ཕས་བྱིས་པ་ཚོའི་འཚར་ལོངས་འབྱུང་བཞིན་པའི་ལུས་པོར་བལྟས་ནས། "གྲུའི་རྗེས་འབྲངས་ནས་གང་དུ་སླེབ་སོང"ཞེས་དྲིས་པར། བུས"མཚོ་ཁ་ཧུ་ཐོན་སོང"ཞེས་ལན་བཏབས་པ་རེད། ཨ་ཕ་ཤིན་ཏུ་ཁྲོས་ནས་མིག་འབྲས་ཀྱང་ཕྱུང་ལ་བྱས་ཏེ། "ཁྱོད་ལ་གྲུའི་རྗེས་མ་འདེད་ཅེས་བཤད་ཧུང་ཁ་ལ་མི་ཉན། ཁྱོད་ཤི་ན་འདོད་དམ"ཞེས་གཤེ་གཤེ་གཏོང་། དེ་ལྟར་ཨ་ཕས་སྲང་བར་ནས་བྱིས་པར་འགྲམ་ལྕག་ཚ་པོ་ཞིག་གཞུས་པས། གཡས་གཡོན་ཁྱིམ་མཚེས་ཚང་མ་ཧུབ་ནས་ཡོང་། སྐད་ཆ་ལ་ལ་ཞིག་ཁྲོ་བའི་གཏམ་ཡིན་ཞིང་། སྐད་ཆ་ལ་ལ་ཞིག་གང་ཡིན་འདི་ཡིན་མེད་ལ། སྐད་ཆ་ལ་ལ་ཞིག་སེམས་བཟང་ཚིག་ནན་

ཡིན། སྐད་ཆ་ལ་ལ་ཞིག་ལ་འཁང་རའི་ཁུན་སྒྲ་ཁྱབ་འདུག ཇི་འདྲའི་རྒྱང་ཐག་རིང་ཧུང་གསལ་པོར་ཐོས་ཐུབ། དེར་བརྟེན་མི་ལ་ལ་འདིར་སྤྱོགས་ནས་ཡོང་བ་དང་ལ་ལའི་ལག་ཏུ་ད་དུང་དཀར་ཡོལ་བཟུང་ཡོད། ཚ་གདུག་ཆེ་བའི་དབྱར་ཁས་མཚན་མོར་རང་གི་གསོན་ཤུགས་རྟེད་པ་རེད།

ཀྲོ་སྐྱ།

རྒྱན་ལུགས་ལྟར་ན་ཁོ་ནི་སྦྱོད་གྲགས་གཉིས་ལྡན་གྱི་ལོ་ཆོད་དུ་སླེབ་ཡོད། མགོའི་སྐྲ་ཡོངས་སུ་དཀར་པོར་གྱུར་ནས་རྒྱལ་ བླའི་ཁ་བ་དང་མཚུངས། ཡ་མཚར་བ་ནི་ཁོའི་ངོ་མདངས་བཟང་ཞིང་རྒས་རྟགས་ཅི་ཡང་མེད་དེ། ངོའི་དམར་མདངས་ལ་བལྟས་ན་བུས་པ་ཞིག་དང་གཉིས་སུ་མེད། ཁོའི་མིག་དབང་ལའང་རབ་རིབ་ཅི་ཡང་མེད་པར། རྒན་པ་ཚོའི་རྒྱུན་དུ་མཐོང་བའི་མིག་ནང་དུ་བསེར་བུ་བརྒྱབ་ན་ཆུ་བཞུར་བ་དང་རྫི་མ་ཐོར་བ། མིག་སྐྱག་མང་བ་སོགས་ཀྱི་གནད་དོན་ཡང་མེད། ཁོའི་མིག་གིས་ལོ་ཛ་བདུན་ཅུའི་རིང་ལ་ཁ་བ་བུ་གཡུག་མྱངས་རྗེས་སྣར་བཞིན་ཆུ་མིག་བཞིན་དུ་དྭངས་ཤིང་གསལ་ལ། གནས་ལུགས་ཀྱི་མཐིལ་མི་རྟོགས་པའི་གཞོན་ནུ་ཞིག་དང་འདྲ། དེ་ལྟར་ཡིན་པའི་རྒྱུ་མཚན་ཅི་ཡིན་པ་དང་། དེ་ལ་སྨན་མཆོག་ཅིག་ཡོད་དམ་ཞེ་ན། བགྲེས་པོ་དེས“ཡོད་ལགས། བཟའ་བ་ཡིན། བཟས་ནས་རྒྱུན་འགྲོམས་བྱས་པ་ཡིན”ཟེར། ཚང་མས་ཁོ་ལ་དེ་འདྲའི་བརྩི་མཐོང་མི་བྱེད་པ་དང་། སྔང་བར་གྱི་རྒན་གཞོན་ཚང་མས་ཁོ་ལ“ཞོ་སན་པོ”རུ་འབོད། སྔང་བར་གྱི་བྱིས་པ་ཚོས་རྒན་པ་ཞིག་ལ་ཞོ་སན་པོ་རུ་འབོད་པའི་དཔེ་ཞིག་མེད་པས། དེ་ནི་གཅེས་མིང་ཞིག་ཡིན་པ་མངོན་པར་གསལ། ཡིན་ནའང་ཚུལ་དང་མི་མཐུན་པའི་དོན་དག་འདི་ཞོ་སན་པོ་ཡི་སྙིང་དུ་བྱུང་བ་རེད། ཁོའི་ཚ་བོས་སྐབས་དེར་སྐད་ཆ་བཤད་ཤེས་མི་ཤེས

པའི་དུས་ཡིན་ཏེ། ཡ་ཡ་ཡེ་ཡེ་བྱས་ནས་ཨ་མྱེས་ལ“ཉོ _ སན _ པོ _ ང _ པང _ དང”ཞེསཟེར།

ཉོ་སན་པོ་ནི་བཟའ་རྒྱུར་དགའ་བ་ལས་ཚ་པོ་པང་རྒྱུར་མི་དགའ། ཁོ་རང་ཁྱིམ་གྱི་སྒོ་ཁ་ནས་ལངས་ཏེ་གཞན་དང་ཁ་བརྡ་བྱེད་དུས་སུའང་བཟའ་རྒྱུ་དང་འབྲེལ་བ་ཡོད་དེ། ཁོས་ཤ་ཚོང་མའི་ཕག་ཤ་འཁེང་ཧྲོ་དེའི་ཀོ་བ་མཐུག་པོ་མིན་ན་ཀོ་བ་མེད་པས། ཞིམ་པོ་ཞིག་མེད་པ་དང་། ཕག་ཤ་ཊེ་ལྟར་བརྗོས་ཙང་སླེ་མོ་མི་ཡོང་ཞིང་། དམར་སྲེག་བྱས་ནའང་ཞིམ་པོ་ཞིག་མི་ཡོང་ཞེས་སྐྱོན་བརྗོད་བྱེད། ཚོང་བས་བཤད་རྒྱུར“དེ་ལྟར་ཡིན་ཙང་ཐབས་ཤེས་ཅི་ཡོད། ཕག་ཤ་འདི་འདྲ་དགོན་པས། ཤ་འཁེང་ཧྲོ་ཞིག་ཟ་རྒྱུ་ཡོད་ན་དགའ་ཤོས་རེད”ཟེར། ཉོ་སན་པོ་དེ་གར་ལངས་ནས་མགོ་བོ་གཡུག་ཞོར་དུ་འཛུམ་དམུལ་དམུལ་གྱིས“ཕག་ཤ་གསར་པ་འཚོང་ས་ཡོད་པ་ཁྱོད་ཚོས་མི་ཤེས་སམ”ཞེས་བཤད་པ་ན། དེས་གང་དུ་ཡོད་པ་དྲིས་བྱུང་བར། ཉོ་སན་པོ་ཡིས་བཤད་མཚམས་དཀྱིགས་པ་རེད། ཁྱོད་ཀྱིས་ཤེས་འདོད་པ་དེ་ཁོས་མི་བཤད་པར་སྐད་ཆ་སྨུག་སོན་གྱི་ཐོག་ཏུ་དཀྱིགས་ཏེ། “གྲུ་ཁ་དེ་ཏུ་ཡུ་ཞིན་ནས་འོང་པའི་གྲུ་གཟིངས་ཡོད་པ་དང་། སྨུག་སོན་འཚོང་བཞིན་ཡོད་དེ། ཤིན་ཏུ་སོས་པ་རེད། དེ་དང་ཤ་གདུས་ནས་ཟས་ན་ཞིམ་པོ་ཡིན”ཞེས་བཤད།

ད་ལྟ་ཚང་མས་རྟོགས་སླ་སྟེ། སྲྗོད་གྲགས་གཉིས་ལྡན་གྱི་མི་ཞིག་ལ་ཉོ་སན་པོ་ཏུ་འབོད་པ་ལའང་དེའི་གནས་ལུགས་ཡོད་པ་རེད།

ཉོ་སན་པོ་ཡི་ཆུང་མ་ནི་བསྲི་ཚགས་ལ་གོམས་ཤིང་ཁྱིམ་སྐྱོང་ལ་མཁས་པའི་མཛངས་མ་ཞིག་ཡིན། ཟངས་ང་འགྲོགས་ན་དྲིག་མག་ཟེར་བའི་དཔེ་

ལྟར། མོ་ཡང་ཁྲིམ་མཆོས་སྐྱེས་མ་ཚོའི་སློ་གཟབ་ཀྱི་ནང་དུ་སློག་རྒྱུར་ཤིན་ཏུ་དགའ་ཞིང་། མི་གཞན་ལ་ཅི་ཞིག་བཟའ་འོས་པ་དང་གང་ཞིག་བཟའ་མི་འོས་པ་བཤད་རྒྱུར་གོམས་ཡོད་མོད། ཁ་སྟོའི་ཐད་དུ་ཕལ་ཆེར་འཚོ་བ་སྐྱེལ་ཐབས་ཙམ་ཡིན། མོ་ཐོག་མཐའ་བར་གསུམ་དུ་ཁྲོ་གའི་བཟའ་ཚུལ་ལ་མི་འཐད་དེ། ཟས་མཆོག་མི་འདོད་པ་མིན་པར་ཁ་སྟོའི་ཆེད་དུ་བསྲི་ཚགས་མི་བྱེད་པ་དེ་ཡིན། ཥོ་སན་པོ་ཡི་ཁྲིམ་ཚང་ཤིན་ཏུ་ཕྱུག་པོ་ཡིན་མོད། འོན་ཀྱང་ཕོ་ལ་བུ་ལྔ་ཡོད་པ་དང་། དེ་ལས་གསུམ་གྱིས་ད་དུང་གཉེན་སྒྲིག་མེད་པ་སུས་ཤེས། རྩིས་ཤིག་རྒྱབ་དང་། སྒོར་མོ་ག་ཚོད་གཏོང་དགོས་སམ།

"ཁ་སྟོ་མ་ཆེ་དང་། བུ་བཞི་པ་དང་བུ་ཆུང་བ་གཉིས་སང་ཕོར་གཉེན་སྒྲིག་བྱེད་དགོས། རྣད་པོ་ཞིག་ལ་ད་དུང་བསམ་མི་ཤེས་པ་ཅི་རེད"ཅེས་ཆུང་མས་བྱིས་པ་ཞིག་ལ་བཤད་པ་ནང་བཞིན་ཥོ་སན་པོ་ལ་བསླབ་གཙུན་བྱེད་པ་རེད། སྐབས་འདིར་ཥོ་སན་པོ་ཡི་རྫོ་གསལ་གྱི་མིག་མདངས་ལས་མགོ་འཁོར་པའི་ཉམས་ཤིག་ཤར་བ་དང་། འཕྲལ་དུ་རྟོགས་པ་སད་ནས"རང་སྟོབས་རང་སྐྱེལ་ནི་མའོ་ཀྲུའུ་ཞི་ཡི་གསུངས་རེད། ཕོ་ཚོར་རང་སྟོབས་རང་སྐྱེལ་བྱེད་དུ་འཇུག་དགོས"ཟེར།

ཥོ་སན་པོ་ནི་ཁ་སྟོའི་ཐད་དུ་མགོ་འཁོརས་འདུག་ཅིང་། ཞོགས་པར་གྲོང་ཁྱེར་གྱི་ལྟེ་བར་འགྲོ་དུས། ཆུང་མ་བགྲེས་མོ་ལ་སྤྱི་གླིང་དུ་ཐའི་ཅི་ཆོན་སྦྱོང་དུ་འགྲོ་རྒྱུ་ཟེར་མོད། དོན་དམ་པར་ཐའི་ཅི་ཆོན་ནི་ཁ་གཡོར་ས་ཞིག་ཡིན། ཥོ་སན་པོ་ཉིན་རྒྱུན་དུ་ལའོ་ཅི་ཧྲ་ཡི་ཏིན་ཐེན་ཡོན་ཟ་ཁང་དུ་སོང་ནས་ཞོགས་ཟས་ཟ་བ་རེད། ཐེངས་ཤིག་ལ་ཁྲིམ་མཆོས་ཀྱིས་ཥོ་སན་པོ་ཡིས་དེ་གར་ཟ་མ་ཟ་བཞིན་པ་མཐོང་བ་དང་། ཟས་ཅིག་ཐོག་ཏུ་བྲ་ཤའི་ཁུ་ཐང་

པེ་ཤི་དཀར་ཡོལ་གང་དང་ཤ་སྒོག་གཅིག ཀ་ར་དཀར་པོའི་རྒྱ་སེའི་ཟན་ཐུལ་གཅིག་བཅས་བཞག་ཡོད་པ་མཐོང་། ནོ་སན་པོ་འཚུབ་ཆ་ལངས་ནས་ལག་པ་གཅིག་གིས་ཁ་ཕྱིས་ནོར་དུ། ཁྲིམ་མཆོས་ལ“ཕྱིར་སོང་ནས་ངའི་ཆུང་མ་ལ་གཏན་ནས་བཤད་མི་ཉན”ཞེས་བཤད།

ཁྲིམ་མཆོས་ཀྱིས་དངོས་གནས་གསང་བ་སྲུང་བ་ཡིན་སོད། འོན་ཀྱང་མཇུག་མཐར་དཔལ་འཁོར་གྱི་རྩིས་ཐོ་དེ་བསགས་དངུལ་ཁ་གྲངས་དང་འཐེན་སྣམ་ནང་གི་སྒོར་མོ་ལས་ལྷག་ལ་བུད། ལོ་དེའི་རྒྱལ་ཁབ་དབུ་བརྙེས་པའི་དུས་ཆེན་གྱི་སྔ་ཉིན། ནོ་སན་པོ་ཡི་བུ་བཞི་པ་དང་བུ་ཆུང་བ་གཉིས་ལས་གཅིག་གིས་ནོ་སན་པོ་ལ་འགྲམ་ལྕག་ཅིག་གཞུས། ཚང་མས་ཀྱང་རྒྱུ་མཚན་ཅི་ཡིན་པ་ཤེས་ཐུབ། ནོ་སན་པོ་ཡིས་ངོ་བཀབ་ནས་ཁྲིམ་མཆོས་ཚང་ལ་རྒྱུགས་སོང་བ་དང་། ཁྲིམ་མཆོས་ཀྱིས་ཀྱང་ཁོ་ཚང་ནས་དམག་འཁྲུག་ཅི་ཞིག་བྱུང་བ་ཐོས་པས། ནོ་སན་པོ་ལ་སེམས་གསོ་ཇི་ལྟར་བྱེད་རྒྱུ་མི་ཤེས་པར་གྱུར། ཕྱིས་སུ་ནོ་སན་པོ་ཡིས་རང་ཉིད་ལ་སེམས་གསོ་བྱེད་པ་སྟེ། “ལོ་འདིའི་རིང་ལ། གལ་ཏེ་ཞིམ་པོ་ཞིག་བཟའ་འདོད་ཙང་ཟ་མི་ཐུབ་ན། གསོན་ནས་དོན་སྙིང་མེད”ཅེས་ཟེར།

ཤ་ཚོང་ཁང་།

ཡི་ག་ཤིན་ཏུ་ཆེ་ཞིང་རྣམ་ཞག་མེད་པའི་བྲིས་པ་ཆོ་ལ་མཚོན་ན། ཤ་ཚོང་ཁང་ནི་སྐབས་དེར་མིག་གིས་མཐོང་ཡུལ་དུ་གྱུར་པའི་བདེ་སྐྱིད་ཀྱི་ཟམ་པ་ཞིག་ཡིན། གལ་ཏེ་ཁོ་ཚོའི་ཨ་མས་ཞོགས་པར་གཟེབ་དྲ་ཐོགས་ནས་ཤ་ཚོང་ཁང་དུ་སོང་ཆེ། ཁོ་ཚོའི་གུང་ཟས་དང་ཡང་ན་དགོང་ཇ་ནི་བདེ་སྐྱིད་མངོན་གསལ་ཞིག་ཡིན་ཞིང་། བདེ་སྐྱིད་དེ་གཟེབ་དྲའི་ནང་དུ་བཅུག་ཡོད་པ་དང་མ་བཟས་ཡུན་རིང་འགོར་བའི་ཕག་ཤ་དམར་བཙོས་ཀྱི་དྲི་མ་ཡིན་ནོ།། སྲང་བར་གྱི་ཤང་ལྷུའུ་ལིག་གི་བུ་ཡིས་བདེ་སྐྱིད་ལ་འདི་ལྟར་ཚིག་གྲུབ་བསྒྲིགས་པ་ཡིན་ཏེ། བདེ་སྐྱིད་ནི་དམར་བཙོས་ཕག་ཤ་ཡིན། མཇུག་འབྲས་སུ་སྐད་ཡིག་དགེ་རྒན་གྱིས་བྲིས་པ་དེའི་རྣ་ཅོག་ནས་བཙིར་ཏེ་སློབ་གྲྭའི་སྒོ་ཕྱི་རུ་ཕུད་ནས། "རང་ཁྱིམ་དུ་དམར་བཙོས་ཕག་ཤ་ཟ་རུ་སོང་"ཞེས་ཟེར། ཤང་ལྷུའུ་ལིག་གི་བུ་ནི་ཤང་ལྷུའུ་ལིག་དང་འདྲ་བར་བླུན་པོ་ཞིག་ཡིན་ལ། ཤ་ཁོ་ནའི་ཐོག་ཏུ་བློ་འཁོར་ཞིང་། དཔེ་ཁྲུག་གིས་ཀྱང་ངོས་སུ་རྒྱུག་ཤོར་དུ། དགེ་རྒན་གྱི་རྒྱབ་གཟུགས་ལ་བལྟས་ནས"ངེས་ཚང་ལ་ཕག་ཤ་དམར་བཙོས་གཏན་ནས་མེད། ལོ་སར་གྱི་སྐབས་སུ་ཐེངས་གཅིག་ཟས་པ་ལས། དེའི་རྗེས་སུ་ཟས་མ་མྱོང་"ཞེས་བཤད།

དོན་དངོས་སུ་ཕག་ཤ་ཉོ་ཐུབ་སྟེ། གཟའ་མིག་དམར་དང་གཟའ་ཕུར་བུ། གཟའ་སྤེན་པ་བཅས་ཀྱི་ཞོགས་པའི་སྐྱ་རེངས་མ་ཤར་གོང་སོང་ནས

གྲལ་བསྒྲིག་ཐུབ་པ་དང་། ཤ་ཚོང་ཁང་གི་ཚོང་པ་ཁ་ཤས་དང་འབྲེལ་བ་བཟང་ན། ཁྱོད་ཀྱིས་རྒྱ་ཚལ་ཚུན་གྱི་ཕག་ཤའི་རྩིབ་མ་གསར་བ་དང་ཡང་ན་མཚང་ར། བྲང་སྐྱི། ཕག་མཆིན་གསར་བ། ཕག་གི་གློ་བ། ཕག་རྒྱུ་བཅས་ཉོ་ཐུབ། རྒྱ་ཚལ་གྱི་ཚུན་དུ་འབྲེལ་བར་རག་ལས་ཡོད།

ཡིན་ནའང་སྲང་བར་གྱི་མི་ལ་ལ་ཞིག་ཆུ་ཚོད་བདུན་གྱི་སྔོང་ཉེ་རྩེ་བརྒྱབ་རྗེས་ད་གཟོད་ཤ་ཚོང་ཁང་དུ་སོང་ནས། ཕག་ཤ་གསར་བ་ཉོ་ཐུབ་པའི་རྒྱུ་མཚན་ཅི་ཡིན་པ་དང་། ལོ་སར་དང་དུས་ཆེན་མིན་རུང་། མི་ལ་ལས་རང་འདོད་ལྟར་ཕག་མགོ་ཞིག་ཤོག་བུའི་ནང་དུ་བཏུམས་ནས་ཡུལ་དུ་ཁྱེར་ཡོང་ནས། བསྐོལ་ནས་ཟ་བ་དང་དམར་བཙོས་བྱས་ནས་བཟའ་ཐུབ་པའི་རྒྱུ་མཚན་ཅི་ཡིན་ནམ། ཕག་གི་ན་ཚོག་ཆེ་ཞིང་ཚོ་བ་དེ་གཙབ་ན་སྙེར་མ་གང་ཡོད་པ་དང་། སྒོར་མོ་ཉུང་ངུ་བཀོལ་ནས་མི་གཞན་གྱིས་ལོ་གཅིག་གི་ནང་དུ་ད་དུང་གསོག་ཐུབ་པའི་སྨུམ་ཞག་ཟ་ཐེངས་གཅིག་གིས་བཟའ་ཐུབ་པའི་རྒྱུ་མཚན་ཅི་ཡིན་ནམ།

འདི་ནི་ཤ་ཚོང་ཁང་གི་ངོ་གོར་མ་དེར་འབྲེལ་བ་ཡོད། ཞི་མོ་དེ་ཉིན་རྒྱུན་དུ་ཕག་ཤ་དང་སྤ་རེ་ལ་འབྲེལ་བ་ཡོད་རུང་། དབང་ཆ་དང་བློ་རིག་གཉིས་འཛོམས་ཅན་ཞིག་ཡིན། དེང་སྐབས་རྒྱུག་ཆེ་བའི་སྐད་ཆས་བཤད་ན། ཚད་ལྡན་གྱི་ཞི་མོ་གྲགས་ཅན་ཞིག་རེད། སྲང་བར་དུ་མོའི་རྗེས་སྙེག་མཁན་དང་མོར་བརྩེ་མཐོང་བྱེད་པའི་ཚད་ནི་པེ་ཅིང་གི་པུའུ་ཀྲང་སྐྱེས་མ་ཚོའི་ཀྱང་ཕྲག་དོག་སློང་ཐུབ་པ་ཞིག་ཡིན། མོས་བྱ་བ་སྒྲུབ་སྐབས་ངོ་ཤེས་དང་ཁ་བརྡ་གཏན་ནས་མི་བྱེད་མོད། འོན་ཀྱང་མོའི་མིག་གིས་ཁ་བརྡ་བྱེད་བཞིན་ཡོད་དེ། སྐབས་འདིར་ང་དང་འབྲེལ་བ་མ་བྱེད། གང་ལྟར་ངས་

ཡི་ག་ཤིན་ཏུ་ཆེ་ཞིང་སྒྲུམ་ཞག་མེད་པའི་ཁྲིས་པ་ཚོ་ལ་མཚོན་ན། ཤ་ཚོང་ཁང་ནི་སྐབས་དེར་མིག་གིས་མཐོང་ཡུལ་དུ་གྱུར་པའི་བདེ་སྐྱིད་ཀྱི་ཟམ་པ་ཞིག་ཡིན།

ཁྱོད་ལ་བཟང་ཆ་ཞིག་སྟེར་ཟེར། མོའི་སྐྲ་རེ་ལའང་མིག་ཡོད་པ་དང་འདྲ་སྟེ། ཉེ་རྒྱང་མེད་པར་ཁྱོད་ལ་བརྟས་བརྩེས་མི་བྱེད་མོད། རྫུད་ཚོ་གཉིས་ཀ་ཚོང་ཁང་གི་སྒྲིག་ལམ་ལྟར་སྡེབ་ཀ་བྱེད་པ་རེད། སྤྱང་གསུམ་ཡིན་ཟེར་ན་ལྐུག་མ་ཞོ་གང་ཡོད་མི་སྲིད། དེ་ལས་ལྡོག་སྟེ་ལོ་དུ་མང་གི་རིང་ལ་མོར་དང་འབྲེལ་བ་བཟང་བ་དང་ཕན་ཚུན་ལ་ཁེ་ཕན་གྱི་འབྲེལ་བ་ཡོད་པའི་མི་ཡིན་ན། མི་དེ་དག་གིས་རྟག་ཏུ་སྙིང་རླུང་སྟོད་ལ་འཚང་དུ་འཛུག་པའི་གསང་བ་ཐོགས་ནས་ཤ་ཚོང་ཁང་དུ་སོང་སྟེ། ངོ་གོར་མའི་མདུན་ནས་ཁེ་ཕན་ག་ཚོད་ཅིག་བཟས་ཡོད་པ་སུས་ཤེས། མི་དེ་དག་གི་ངོ་མདོག་གཞན་ལས་དམར་ཤ་རྒྱས་ཡོད་པ་དང་། ལུས་པོའང་གཞན་ལས་ཚུང་ཚོ། ཁོ་ཚོས་རང་ཉིད་ཀྱིས་གསོས་པ་བཟང་བར་སྙམ་ནས། དུས་རྒྱུན་གྱི་འཚོ་བཅུད་དང་འབྲལ་དུ་མེད་པ་ག་ལ་འདོད། འཚོ་བཅུད་ནི་གང་ནས་འོང་བ་ཡིན་ཞེ་ན། ངོ་གོར་མའི་གམ་ནས་འོང་བ་རེད།

ངོ་གོར་མ་དེར་ཕྱིས་སུ་མཆིན་ཚད་ནད་ཐོག་པ་རེད། མཆིན་པའི་གཉན་ཚད་ནི་འགོས་ནད་ཅིག་ཡིན་པས། བཟའ་བཏུང་ཞབས་ཕྱི་ཀུང་སིའི་གསར་བརྗེ་ཨུ་ཡོན་ལྷན་ཁང་གིས་ཞིབ་འཇུག་བྱས་ནས། ཁོ་མོ་ཤ་ཚོང་ཁང་ལས་འབུད་དུ་བཅུག ཤ་ཚོང་ཁང་ལས་བུད་ཚེ་གང་དུ་འགྲོ་དགོས་ཞེ་ན། མཆིན་ཚད་སྲིན་འབུ་ལྡན་པའི་མིས་བཟའ་བཏུང་ཞབས་ཕྱི་ལས་རིགས་ཀྱི་བྱ་བ་བསྒྲུབ་མི་རུང་བས། ཁོ་མོ་སོལ་རིལ་ལས་སྣོན་ཁང་དུ་སོང་བ་རེད། ཚང་མས་ཤེས་གསལ་ལྟར་སྐབས་དེའི་སོལ་རིལ་ལའང་པ་སེ་དགོས། སོལ་རིལ་ཁང་གི་ཚོང་བས་སོལ་དབང་བཟུང་ཡོད་པ་དང་། ངོ་གོར་མ་ལ་བློ་ཕམ་བྱུང་རུང་རྩ་འཛུགས་ཀྱི་བཀོད་སྒྲིག་ལྟར་ལས་གནས་

གསར་བ་ཏུ་ཞུགས། གང་ལྟར་བཤད་ཏུང་ཁོ་མོ་སོལ་རིལ་ཁང་གི་ཝེ་པིན་གྱི་ཨ་མ་དང་ལས་གྲོགས་སུ་གྱུར།

མི་སེམས་གནའ་ལུགས་དང་མི་མཐུན་པར། ཝེ་པིན་གྱི་ཨ་མས་སྤྱར་སོལ་རིལ་གྱིས་ངོ་གོར་ཞི་མོ་དང་ཕན་ཚུན་མཁོ་སྒོ་བརྗེ་སྤྲོད་བྱས་པ་དང་། ད་ལྟ་ཁོ་མོ་གཉིས་ཀྱིས་རང་རང་ས་ནས་རྒྱ་མ་རེ་བཟུང་ཡོད་ལ། སུས་ཀྱང་སུ་ལ་སྐྱིད་རེ་མི་དགོས་པས། མཛའ་བརྩེ་ཡང་དོན་དག་ཙག་ཙིག་ཅིག་ལས་གཏན་ཆད་དུ་སོང་། སྐྱེས་མ་ཚོའི་བར་དུ་འགལ་བ་བྱུང་ན་མཚང་འབྲུ་རྒྱུར་དགའ་ཞིང་། ཁ་འཛིང་ཚིག་འགའ་མ་བྱས་པར་སྟོན་ཆད་ཀྱི་གསང་བ་སློག་པ་རེད། ངོ་གོར་མས་བཤད་རྒྱུར། "ཁྱོད་ད་ལྟ་མིག་དཔེ་ཞིག་ལྟར་བྱེད། སྔོན་ཆད་ང་ཡོང་ནས་སོལ་རིལ་ཉོ་དུས། ཁྱོད་ཀྱིས་ངའི་སོལ་རིལ་པ་སེ་རྒྱ་མ་ལྔ་བཅུ་བླངས་ནས། ང་ལ་སོལ་རིལ་རྒྱ་མ་ག་ཚོད་ཅིག་ཚད་པ་ཡིན། རྒྱ་མ་བརྒྱད་ཅུ་རེད"ཅེས་བཤད། ཝེ་པིན་གྱི་ཨ་མས་ཀྱང་གཉོམ་མི་ཁུར་བར་དེ་བས་ཏ་ལས་དགོས་པའི་གསང་བ་ཞིག་བཤད་པ་སྟེ། "ཁྱོད་ཀྱིས་མིག་དཔེ་ཞིག་ལྟར་བྱེད། ངས་ཁྱོད་ལ་སྒོར་གཅིག་བྱིན་ནས་ཤ་སྲང་གསུམ་གཏུབ་ཏུ་བཙུག་ན། ཁྱོད་ཀྱིས་ང་ལ་ཤ་རྒྱ་མ་ཚལ་བ་བྱིན་པ་མ་ཟད། ད་དུང་སྒོར་མོ་གཉིས་སློག་པ་རེད"ཅེས་བཤད།

ཇ་གསོལ་ཁང་།

ཇ་གསོལ་ཁང་ནི་ཇ་ཁང་ཡིན་ཏེ། ང་ཚོ་ས་ཆའི་མི་རྣམས་ཀྱིས་ཐུན་མོང་གི་ཚོགས་ར་སྐྱབས་བདེ་ཞིག་ལ་རྟོག་འཛིང་ཅན་དུ་འབོད་དོན་ཅི་ཡིན་པ་མི་ཤེས། གལ་ཏེ་ཚོག་སྐྱོར་ལ་ཞིབ་བརྟག་ཡང་ཡང་བྱས་ན། གཞན་གྱིས"ཇ་གསོལ་ཁང་ནི་དོན་དམ་པར་ཅི་ཞིག་ཡིན་ནམ། ཇ་ཁང་ཡིན་ནམ་ཚོང་ཁང་ཡིན"ཞེས་འདྲི་སྲིད། ཡང་ན་ནན་ཏན་ཡིན་པའི་མིས"ཇ་ཁང་དང་ཚོང་ཁང་གཉིས་ཀྱི་བར་དུ་ཁྱད་པར་ཅི་ཞིག་ཡོད"ཅེས་འདྲི་བ་དང་། ཡང་ལ་ལས"ཇ་ཁང་དང་ཚོང་ཁང་ཉིས་རློས་བྱས་ཡོད་པས། དེས་ཇ་འཐུང་བ་ལས་གཞན་ད་དུང་ཇ་ལོ་འཚོང་ས་ཡིན་པ་མཚོན་ནམ"ཞེས་ཀྱང་འདྲི་བ་རེད། སྐབས་འདིར་ཁྱོད་ལ་ཡུལ་སྐད་ལ་དེའི་རྟོག་ཁྲེས་ཡོད་པ་དང་དོན་མེད་རྩོད་སློང་གི་ཞན་ཆ་ཡོད་པའི་ཚོར་བ་བྱུང་ནས། ཁྲལ་མངོན་སླ་བཅོས་ཀྱིས"དོན་དངོས་སུ་ཇ་ཁང་ཡིན"ཞེས་ཟེར་བ་རེད།

ང་ཚོའི་སྲང་བར་གྱི་ཇ་གསོལ་ཁང་ཟམ་པའི་འཁྲིས་སུ་ཡོད་ཅིང་། ཤིང་ཆས་བསྐྲུན་པའི་ཉིས་ཐོག་ཅིག་ཡིན། རྒྱང་ནས་བལྟས་ན་དེ་ནི་སྟོད་དམངས་དགྲུས་མ་ཞིག་ཡིན་པར་འདོད་པ་དང་། སྲིབ་ལྡེབས་ཀྱི་ལྷུགས་རྩི་དམར་སྨུག་ཐོར་ནས་ལོ་མང་ཞིག་འགོར་ནས་གསར་བ་བྱུགས་མེད། ཐོག་ཁང་གི་དྲ་མ་ཕྱི་ཐུབ་པ་རྣམས་ཕྱི་འདུག སྒོར་ཞིག་ལ་བཙའ་ཆགས་ནས་ཕྱི་མི་ཐུབ། མི་ཟམ་པའི་ཐོག་ནས་སོང་ན་མཐོང་ལམ་ཐོག་ཁང་གི་དྲ་མའི་

ནང་གི་མིའི་མགོ་དང་མཉམ་འདུག་སྟེ། མང་ཆེ་ཤོས་ཤིག་ནི་མགོ་དཀར་རྒས་པོག་ཡིན། ལ་ལས་ཁྲོད་ལ་རྒྱབ་གཏད་ཡོད་པ་དང་ལ་ལའི་ངོ་ཡས་མ་གཏོགས་མི་མཐོང་སྟེ། སྤྱིད་ལུག་གིས་འགྲུལ་ཙམ་ཡང་མི་བྱེད་པ་འདྲ། ཁྲོད་ཀྱིས་ཟམ་པའི་ལན་ཀན་ཁ་ནས་མར་བལྟས་ན། ཐབ་ཀའི་ཐོག་གི་རླངས་པ་དང་ཙ་ལག་མཐོང་ཐུབ་ཅིང་། ཧི་མེང་གི་རྒྱ་མོས་ངོ་ལ་སྨུག་ཤར་ནས་ཐབ་ཀའི་འཁྲིས་སུ་ལངས་འདུག་པ་དང་། སྨད་གཡོག་འཔག་བཙོག་ཅིག་གཡོགས་ནས། ཟངས་དེམ་རེ་རེ་བྱས་ཏེ་ཇ་དེམ་ནང་དུ་ཆུ་ཁོལ་ལྡུག་བཞིན་ཡོད་པ་མཐོང་ཐུབ། གལ་ཏེ་དབྱར་ཁ་ཞིག་ཡིན་རྒྱུ་ན། ཧི་མེང་གི་རྒྱ་མོས་སློ་བུར་དུ"ཚ་བས་འབར་ཐ"ཞེས་སྐད་རྒྱག་སྲིད།

འདུ་འཛི་དང་འཛེར་སྒྲ་ཡིས་ཁེངས་ཡོད་ས་ནི་ཇ་ཁང་ཡིན་རེད། བློ་ཕངས་པ་ཞིག་ལ་ཇ་ཁང་ནང་གི་སྐད་མགོ་མཐོ་དམའ་ཚང་མ་སྐྱེས་པ་ཏན་པ་ལས་བྱུང་ཞིང་། སྐབས་འགར་སྐྱེས་མའི་འཁང་ར་བྱེད་པའི་སྐད་ཐོས་མོད། འོན་ཀྱང་དེ་ཡང་བགྲེས་མོ་ཞིག་རེད། ཧི་མེང་གི་རྒྱ་མོས་ཇ་མགྲོན་ཚོས་རང་དགར་དུ་ཇ་ལོའི་སྟོད་ཀྱི་ཁ་བྱེ་སྟེ། སྒོར་ཟུར་གཅིག་མ་གཏོགས་མི་སྟེར་བར་ཇ་ལོ་གསར་པ་ཁ་སྟོན་བྱས་སོང་བར་གཤེ་གཤེ་གཏོང་བ་རེད།

བྱིས་པ་ཚོ་ཇ་གསོལ་ཁང་དུ་ཡོང་བ་ཡིན་ན། དེ་ནི་ཁྱིམ་མི་ཚོས་ཆུ་ཁོལ་ཉོ་རུ་མངགས་པ་ཡིན་ངེས། བྱིས་པ་དེའི་རིགས་ཀྱིས་ལག་ཏུ་ཇ་དེམ་གཉིས་རེ་བཟུང་ནས་ཇ་གསོལ་ཁང་དུ་ཡོང་སྟེ། སྐར་མ་དོ་ཚ་ཐབ་ཐོག་གི་དཀར་ཡོལ་ནང་དུ་འཕངས་པ་ན། ཧི་མེང་གི་རྒྱ་མོ་ཚུར་ཡོང་སྲིད། ཧི་མེང་གི་རྒྱ་མོ་བྱིས་པ་ཚོར་ཆུ་ཁོལ་ལྡུག་རྒྱུར་དགའ་བ་དང་། ཁ་ནང་ནས་སྨྲོན་བརྗོད་བྱེད་པའི་གོ་སྐབས་ཤོར་དུ་མི་འཇུག་སྟེ། "ཁྱེད་ཚང་ལ་སོལ་ཐབ་མེད་དམ།

ཆུ་ཁོལ་ཡང་བསྐོལ་ན་མི་འདོད་པ་ཨེ་རེད”ཅེས་ཟེར། ཧི་མེང་གི་རྩ་མོས་ཁ་མེར་ནས་ཁེར་ཐོག་གི་ཅོག་ཙེ་འགའ་ལ“བྱིས་པ་འདི་ཚོགས་ཡང་ཞིག་རེད། ཁོ་ཚང་གི་མི་དར་མ་ཆོ་དཀའ་ལས་མི་འདོད”ཅེས་བཤད།

སྔར་བར་གྱི་ཇ་གསོལ་ཁང་ལ་དགའ་མཁན་བྱིས་པ་མེད་ཅིང་ང་རང་ཡང་མི་དགའ་མོད། འོན་ཀྱང་ངས་སྔོན་ཆད་ཀྱི་དགུན་ཁ་ཞིག་དྲན་བྱུང་སྟེ། ངས་གཉའ་འཁྱུམ་ནས་སློབ་གྲྭ་རུ་འགྲོ་བའི་ལམ་བར་དུ། བྱང་རླུང་ནི་སྨན་པ་སྨྱོན་པ་ཞིག་ལྟར་ངའི་ངོ་ཡི་ག་ས་གང་དུ་གཅིག་ཁབ་གཙགས་པ་རེད། ང་རང་ཇ་གསོལ་ཁང་ཞིག་གི་སྒོ་ཁ་རུ་བརྒྱུད་དུས་རས་ཡོལ་མཐུག་པོ་ཞིག་གི་ཕག་ནས་དྲོད་ལམ་ལམ་ཞིག་མཆེད་ཡོང་། ངས་མ་བཟོད་པར་སྒོ་ཁ་ནས་རེ་ཞིག་ལ་ལངས་ནས་བསྡད། རེ་ཞིག་ལ་ལངས་བསྡད་པ་དེས་བསམ་བློ་ལ་འགྱུར་ལྡོག་བསླངས། ངས་ཇ་གསོལ་ཁང་ནས་མཆེད་ཡོང་བའི་རྟུང་དཀྲོལ་མཁན་འགའ་ཞིག་གིས་རྟུང་ལེན་ལེན་བཞིན་པ་ཐོས་པས། ཤེལ་སྒོ་བརྒྱུད་ནས་བལྟས་པ་ན། ངས་མཐོང་བ་ནི་དྲོད་ལམ་ལམ་གྱི་མཁའ་དབུགས་ཡིན་ཞིང་། དྲོད་དབུགས་ཀྱི་ཁོངས་སུ་རྒད་པོ་ཚོའི་མགོ་བོ་མཐོང་ལ་མི་མཐོང་བ་ཞིག་འདུག ངས་བློ་བུར་དུ་རྒད་པོ་ཞིག་ཡིན་ནའང་སྐྱིད་དེ། སློབ་གྲྭར་འགྲོ་མི་དགོས་ཤིང་ཅག་ལའང་སྐྲག་མི་དགོས་པར། དྲོད་ལམ་ལམ་གྱི་ཇ་གསོལ་ཁང་དུ་བསྡད་ནས། ཇ་འཐུང་ཞོར་དུ་ཁ་བརྡ་བྱེད་པ་དང་རྟུང་ལེན་ལ་ཉན་ཆོག་འདོད། ངས་འདི་ལྟར་དགུན་ཁ་སླེབས་ན་སྐྱིད་པོ་ཡིན་པ་དང་། འདི་ལྟར་མི་ཚེའི་ཁྲོད་ཀྱི་དགུན་ཁ་ཡོད་ཚད་སླེབས་ན་དེ་བས་སྐྱིད་པོ་ཞིག་ཡིན་སྙམ།

ཏ་ལམ་ལོ་ངོ་ཉི་ཤུའི་ཡར་སྔོན་གྱི་དོན་དག་ཅིག་ཡིན་ཏེ། ཚ་གདུགས་ཆེ་བའི་དབྱར་གཞུང་གི་མཚན་མོ་ཞིག་ལ། ཞི་ལུ་ཞིག་བཟོ་གྲྭའི་སྒོ་ཆེན་སྔུན་གྱི་ལམ་སློན་གྱི་འོག་ཏུ་བསྡད་ནས། མདུན་ཤོག་མེད་ཅིང་ཤོག་བུ་སེར་སྐྱ་རུ་གྱུར་འདུག་པའི་སྒྲུང་གཏམ་ཞིག་ལ་བལྟ་བཞིན་ཡོད། རེ་ཞིག་ལ་བལྟས་རྗེས། ཁོའི་ངོ་མདོག་འཚུབ་པོར་གྱུར་ཞིང་མིག་དབང་དཔེ་ཆའི་ངོས་དང་ཁ་བྲལ་ནས་ཡར་ལྟ་མར་ལྟ་བྱེད། དེའི་འཁྲོར་ཁོས་རང་གི་རྐུབ་བཀྱག་འཁྱིག་འདེབས་བཞིན་པའི་མི་ཚོགས་ཀྱི་གམ་དུ་བསྐྱར་ཏེ། སྟུ་མཐུད་དུ་སྒྲུང་གཏམ་ལ་བལྟ་བ་རེད། ཡིན་ནའང་འཁྱིག་འདེབས་མཁན་ཚོ་ཁུར་ཟིང་ཆེ་བས། ཞི་ལུ་དེ་ཁྲོ་ལངས་ནས“ཁྱོད་ཚོས་ཅི་ལ་ཁུར་རྒྱག་གི་ཡོད། ཁྱོད་ཚོས་འདི་ལྟར་ཁུར་བརྒྱབ་ན་ངས་དཔེ་ཆར་ཇི་ལྟར་བལྟ་དགོས”ཞེས་གཉེ་གཉེ་བཏང་།

ཞི་ལུ་དེ་ང་ཡིན་ལ། མཚན་མོ་དེ་བརྗེད་མེད་པ་ནི་ཉིན་དེར་ངས་མིང་མི་ཤེས་པའི་སྦྲུལ་ཞབ་སྒྲུང་གཏམ་ཞིག་ཀློག་བཞིན་ཡོད་དེ། སྔར་བྱུང་མ་མྱོང་བའི་སྐྲག་སྣང་དང་ཟྲུག་རེག་ཐེབས་པའི་རྐྱེན་གྱིས་ཡིན། ཉིན་དེའི་མཚན་མོའི་མཁའ་དབུགས་ཀྱི་ཁྲོད་དུ་བྱུས་ཉེས་དང་ཡང་ན་ཁྲག་དྲིའི་ཚོར་མྱོང་གིས་ཁྱབ་ནས། རྒྱང་རིང་གི་སློག་སྟོང་རྩར་གྱི་གྲིབ་མ་དེ་ནི་ལག་ཤུབས་གོན་ཞིང་ངོ་ལ་གདུག་རྩུབ་ཀྱིས་ཁེངས་པའི་ལག་དམར་ཞིག་ཡིན་

ཞི་ལུ་ཞིག་བཟོ་གྲྭའི་སྒོ་ཆེན་སྟེན་གྱི་ལམ་སྲོན་གྱི་འོག་ཏུ་བསྡད་ནས། མདུན་ཤོག་མེད་ཅིང་ཤོག་བུ་སེར་སྐྱ་རུ་གྱུར་འདུག་པའི་སྒྲུང་གཏམ་ཞིག་ལ་བལྟ་བཞིན་ཡོད། རེ་ཞིག་ལ་བལྟས་རྗེས། ཁོའི་ངོ་མདོག་འཚུབ་པོར་གྱུར་ཞིང་མིག་དབང་དཔེ་ཆའི་ངོས་དང་ཁ་བྲལ་ནས་ཡར་ལྟ་མར་ལྟ་བྱེད།

པའི་ཐེ་ཚོམ་སྐྱེས། དཔེ་ཆ་ཞིག་གིས་ང་ལ་མི་དྲན་དགུ་དྲན་བྱེད་དུ་བཅུག་ནས་ཕྱིར་ཡུལ་ལ་སོག་མི་ཐོད་པར་བཟོས། རྒྱུ་མཚན་ནི་ཁྱིམ་དུ་མི་མེད་པ་དང་། ཉིན་དེའི་མཚན་མོར་ང་ཡི་ཞི་བདེ་ཁྲུལ་གྱི་ཡུལ་དེའང་གློ་བུར་དུ་གདོན་འདྲེའི་གྲིབ་གཟུགས་ཡོམ་ཡོམ་ཅན་དུ་གྱུར་བས་སོ།། ངས་དཔེ་ཆ་དེ་ལག་ཏུ་ཐོགས་ནས་བཟོ་གྲྭའི་སྒོ་ཁའི་གློག་སྒྲོན་གྱི་འོག་ནས་འཁྱམ་འཁྱམ་བྱས་ཏེ། ཕ་མ་ཁྱིམ་དུ་སོག་རྗེས་ད་གཟོད་མུན་ནག་གི་ཁྱིམ་དུ་འཛུལ་ཐོད་པ་ཡིན། ཡུན་རིང་ཞིག་འགོར་རྗེས། ངས་ད་གཟོད་དཔེ་ཆ་དེའི་མིང་ལ《ཧྥ་སིང་མྱུལ་སྐྱོད》ཟེར་བ་དང་། རྩོམ་པ་པོ་ནི་ཁྲིན་ཞོ་ཆེན་ཡིན་པ་ཤེས།

ད་ལྟར་བལྟས་ན་ཁྲིན་ཞོ་ཆེན་གྱི་སྒྲུང་གཏམ་གྱིས་སྐྲག་སྣང་བསྐྱལ་བའི་མི་ནི་ཆེས་སྙིང་ཆུང་སྣར་མ་ཞིག་རེད། གསལ་བཤད་བྱེད་དགོས་པ་ཞིག་ལ་དེ་ནི་ངས་ཐེངས་དང་པོར་གོ་བདེ་བའི་སྒྲུང་གཏམ་ལ་བལྟས་པ་ཡིན་ཏེ། མི་ཚེའི་ཐེངས་དང་པོ་མང་པོ་ཇི་བཞིན། དེས་ངའི་དེང་ཕྱིན་གྱི་ཀློག་འདོན་ལ་བློ་ཡུལ་ལས་འདས་པའི་ཤུགས་རྐྱེན་བཟོས། སྒྲུང་གཏམ་ཞིག་གིས་གལ་ཏེ་ང་ལ་དོན་མེད་དུ་འཇིགས་སྣང་སྐྱུལ་ཐུབ་ན། ངས་དེ་ནི་ཡིད་ཆོམ་པ་ཞིག་རེད་འདོད་པ་དང་། སེམས་ཁོང་གི་སྒྲུང་གཏམ་ཡག་ཤོས་ལ་རྟག་ཏུ་ཚད་གཞི་མཚར་ཅན་ཞིག་ཡོད་དེ། ང་ལ་འཇིགས་སྣང་སྐྱུལ་ཐུབ་མིན་དེ་ཡིན།

ངས་ཕལ་ཆེར་དུང་བརྗོད་སྒྲུང་གཏམ་ལ་མི་བལྟ་ཞིང་དྲག་རྩལ་སྒྲུང་གཏམ་ལའང་མི་བལྟ་སྟེ། ཀུན་གྱིས་བསྔགས་བརྗོད་བྱེད་པའི་ཅིན་ཡུང་ཀུའུ་ལུང་གི་སྒྲུང་གཏམ་ཡིན་རུང་དེ་ལ་མི་བལྟ་མོད། འོན་ཀྱང་འཇིགས་སྣང་ཆེ་བའི་གཏམ་རྒྱུད་དེ་དག་ལ་དགའ་བ་གཅིག་ཏུ་ཕྱོགས་ཡོད། ཡིན་

ཡང་། རྩོམ་ཡིག་འབྲི་བའི་ལས་ལ་ཞུགས་པའི་རྐྱེན་གྱིས་དང་། ཡང་ན་ལོ་ཚོད་དང་ཤེས་བྱའི་འབྲེལ་བའི་རྐྱེན་གྱིས་འཇིགས་སྣང་སྒྲུང་གཏམ་ཡང་ང་ལ་མཚོན་ན་འགུག་ཤུགས་མེད་པ་ཞིག་ཡིན། མི་ལ་ལས་སི་ཏི་ཧྥིན•ཅིན་རའོ་ཧྲེ་ཡི་སྒྲུང་གཏམ་འཇིགས་སྣང་ཆེ་ཟེར། ངས་བཀླགས་ཚོ་ཀློག་རིན་མེད་པ་ཞིག་རེད། ཁོར་གནད་དོན་བྱུང་བ་ཡིན་ནམ་ང་ལ་གནད་དོན་བྱུང་ཡིན་པ་མི་ཤེས་ཏེ། གང་ལྟར་འཇིགས་སྣང་ཅན་ཞིག་མིན། སྐབས་འགར་ཆུང་དུས་སུ་རྒན་པ་ཚོས《མི་ཧྭ་ཏང》དང《ཐུང་ཁྲི་གྲོད་གཞི》དང《ལྗང་མདོག་གི་བམ་པོ》བཅས་བཤད་སྐབས་ཀྱི་རོ་བཙུད་ཕྱིར་དྲན་ན། དེ་ལྟ་བུའི་འཇིགས་སྣང་ཤིག་གང་ནས་བྱུང་བ་འཚོལ་སྙེག་བྱེད་དཀའ། ཡོད་ཚད་ལོ་ཚོད་དང་ཉམས་མྱོང་ལ་འབྲེལ་བ་ཡོད་པ་འདྲ། རྒན་པ་ཚོས་འཇིགས་སྣང་གི་རོ་བཙུད་བརྗོད་སྲིད་པའི་རྒྱུ་མཚན་ཅི་ཡིན་ནམ། འདི་ནི་དངོས་གནས་སྤྲོ་བ་དགྲོག་པ་ཞིག་རེད།

གྲོགས་པོ་མང་པོ་ཞིག་ང་དང་འདྲ་བར་ཡི་གེ་ལས་འཇིགས་སྣང་སྐྱེས་པའི་རྩོལ་ནུས་ཉམས་ཡོད་པ་དང་། སྐབས་འགར་ཚང་མ་ལྷན་དུ་འཛོམས་ནས་ཐབས་ངན་ཡོད་རྒྱུ་ཡིས་སྤྲོ་སྐྱིད་བཙལ་ནའང་། མཇུག་མཐར་འཇིགས་སྣང་ལས་ཅི་ཡང་མེད་ཅིང་། མི་རེ་རེས་རང་གིས་ཤེས་པའི་ཆེས་འཇིགས་སྣང་ཆེ་བའི་དོན་དག་བཤད་པ་རེད། གནས་བབ་དེ་འདྲའི་འོག་ཏུ་ངས་དོན་ངོ་མར་མི་ལ་འཇིགས་སྣང་སློང་ཐུབ་པའི་གཏམ་རྒྱུད་དུ་མར་ཉན་ཐུབ་སོང་། དེ་ལས་གཏམ་རྒྱུད་ཅིག་གིས་བརྗོད་དོན་ནི"རིག་གནས་གསར་བརྗེ་ཆེན་པོ"ཡི་ལོ་རབས་ཀྱི་དོན་དག་ཡིན་ལ། དང་ཐོག་ཉན་མ་ཐག་དོན་ངོ་མ་ཞིག་རེད་སྙམ་སྟེ། སྐྱེས་པ་ཞིག་གི་ལ་འོག་གི་ལམ་ཕྲན་ཞིག་

ཏུ་སྐྱེས་པ་གཞན་ཞིག་བཀག་ནས། ཡིན་གཅིག་མིན་གཉིས་ཕ་རོལ་བས་ཁོ་ལ་དངོས་པོ་ཞིག་སྟེར་དགོས་ཟེར། སྐྱེས་པ་ཅིག་ཤོས་དེ་ཐབས་ཟད་ནས་རང་གི་ལག་ཕྱིས་གྲུ་བཞི་མ་དེ་བྱིན། དེ་ལྟར་ཁོ་གཉིས་གྲོགས་པོར་གྱུར། གཏམ་རྒྱུད་མུ་མཐུད་དུ་བཤད་རྗེས་དོན་དག་ཅིག་བྱུང་བ་སྟེ། ལག་ཕྱིས་སྟེར་མཁན་དེས་ཉིན་ཞིག་ལ་ལག་ཕྱིས་ལེན་མཁན་གྱི་གནས་ས་དེ་རུ་སྨན་ཁང་ཞིག་ཡོད་པ་དང་། གནས་ས་དེ་ནི་ཕུར་འཛོག་ཁང་ཡིན་ལ། ཁོའི་གྲོགས་པོ་ཕུར་ཁྲིའི་ཐོག་ཏུ་ཉལ་ཡོད་ཅིང་ལག་ཏུ་ལག་ཕྱིས་དེ་བཟུང་ཡོད་པ་མཐོང་།

ཐེངས་འདིར་ངོ་མ་འཇིགས་སྐྲག་སྐྱེ་སོང་། ངས་ནམ་ཡིན་ཡང་མི་ལ་འཇིགས་སྣང་སྐྲུལ་བའི་གཏམ་རྒྱུད་ཅིག་འབྲི་བསམ་པ་ཡིན། ཕྱིས་སུ་གཏམ་རྒྱུད་དེ་ལ་བཟོ་བཅོས་བརྒྱབ་ནས་སྙུང་ཐུང་ཞིག་ཏུ་བྲིས་ཏེ། མིང་ལ《ཁམ་བུ》ཞེས་སུ་བཏགས། གྲོགས་པོ་མང་པོ་ཞིག་ལ་བལྟ་རུ་བཅུག་མོད། འོན་ཀྱང་མཇུག་འབྲས་སུ་ང་ལ་བློ་ཕམ་ཡིད་ཆད་འབྱུང་དུ་བཅུག་པ་སྟེ། སུ་ཡང་འཇིགས་སྣང་མ་སྐྱེས། གྲོགས་པོ་ཞིག་གིས་དྲང་གཏམ་གྱིས"གཏམ་རྒྱུད་ཡིན་ན་བཤད་དགོས། ཡི་གེར་བྲིས་ན་སྤྲོ་བ་མེད"ཅེས་བཤད།

ངས་གྲོགས་པོ་དེའི་ལྟ་ཚུལ་ཁས་མི་ལེན་ཐབས་མེད་བྱུང་ལ། ཡི་གེའམ་གཏམ་རྒྱུད་ཀྱིས་བབ་བརླིང་དང་སྤྱི་ཚོགས་ཀྱི་སྒྲོང་ཆ་ཡོད་པའི་མི་དར་མ་ཚོ་ལ་འཇིགས་སྣང་སྐྲུལ་དཀའ་ཞིང་། ཁོ་ཚོས་དངོས་ཡོད་ཀྱི་འཇིག་རྟེན་ཁྲོད་ནས་བརྩེ་དུང་རིགས་དེ་སྒྲོང་རོལ་བྱེད་པ་ལས། མི་ལ་འཇིགས་སྣང་སྐྲུལ་བའི་མཚན་མོ་དེ་དག་གང་དུ་ཕྱིན་པ་ཁོ་ཚོས་ཀྱང་མི་ཤེས།

我们小时候

自行车之歌

苏童 著

青海人民出版社

目　　录

CONTENTS

初入学堂

我第一次去学校不是去上学，是去玩或者只是因为家中无人照看，我已经记不清了。那一年我大约五岁，我跟着大姐到她的学校去。我依稀记得坐落在僻静小街上的一排泥砖校舍，一个老校工站在操场上摇动手里的铁铃铛，大姐拉着我的手走进教室。请设想一个学龄前的小孩坐在一群五年级女生中间，怯生生地注视着黑板和黑板前的教师。那个女教师的发式和服饰与我母亲并无二致，但清脆响亮的普通话发音使她的形象变得庄严而神圣起来，那个瞬间我崇敬她胜过我的母亲。

一个阳光明媚的早晨，我滥竽充数地坐在大姐的教室里，并没有人留意我的存在。我的手里或许握着一支用标语纸折成的箭，1967 年的阳光透过玻璃窗洒在我的身上，我记得琅琅的读书声在四周响起来，一遍又一遍地响起来，无论怎样，那是我第一次感受了教育优美的秩序和韵律。

童稚之忆是否总有一圈虚假的美好的光环？扳指一算，当时正值“文革”时期，大姐的学校或许并非那么温暖美好。

我七岁入学，入学前父母带着我去照相馆拍了张全身像，照片上的我身穿黄布仿制的军装，手执一本红宝书放在胸前，咧着嘴快乐地笑着，这张照片后来成为我人生最初阶段的留念。

我自己的小学从前是座耶稣堂，校门朝向大街，从不高的围墙上方望进去，可以看见礼拜堂的青砖建筑，礼拜堂早就被改成学校的小会堂了。一棵本地罕见的老棕榈树长在校门里侧。从 1969 年秋季开始，棕榈树下的这所小学就成了我的第一所学校。

我记得初入学堂在空地上排队的情景，一年级的教室在从前传教士居住的小楼里，楼前一排漆成蓝色的木栅栏，木栅栏前竖着一块红色的铁质标语牌，上面写着“好好学习，天天向上”，标语的内容耳熟能详。学校里总是有什么东西给你带来惊喜，比如楼前的紫荆正开满了星状花朵，它的圆叶摊在手心能击打出异常清脆的响声；比如围墙下的滑梯和木马，虽然木质已近乎腐朽，但它们仍然是孩子们难得享用的大玩具，天真好动的孩子都拥上去，剩下一些循规蹈矩的乖孩子站着观望。

我七岁入学，入学前父母带着我去照相馆拍了张全身像，照片上的我身穿黄布仿制的军装，手执一本红宝书放在胸前，咧着嘴快乐地笑着，这张照片后来成为我人生最初阶段的留念。

入学第一天是慌张而亢奋的一天，但我也有了我的不快，因为排座位的时候，老师把我和一个姓王的女孩排在一张课桌上，而且是第一排。我讨厌坐在第一排，第一排给人以某种弱小可怜的感觉；我更讨厌与那个女孩同桌，因为她邋遢而呆板，别的女孩都穿着花裙子，打扮得漂漂亮亮，唯独她穿着打了补丁的蓝裤子，而且她的脸上布满鼻涕的痕迹。我的同桌始终用一种受惊的目光朝我窥望，我看见她把毛主席的红宝书放在一只铝碗里，铝碗有柄，她就一直把铝碗端来端去的，显得有点可笑，但这样携带红宝书肯定是她家长的吩咐。

所以，入学第一天我侧着脸和身子坐在课堂里，心中一直为我不如意的座位愤愤不平。

启蒙老师姓陈，当时大约五十岁的样子，关于她的历史现在已无从查访，只记得她是湖南人，丈夫死了，多年来她与女儿相依为命住在学校唯一的一间宿舍里，其实也就是一年级教室的楼上。现在我仍然清晰地记得陈老师的齐耳短发已经斑白，颧骨略高，眼睛细长但明亮如灯。记得她常年穿着灰色的上衣和黑布鞋子，气质洁净而娴雅，当她站在初入学堂的孩子们面前时，他们或许会以她作参照，形成此后一生的某个标准：一个女教师就应该有这种明亮的眼神和善良的微笑，应该有这种动听而不失力度的女中音，她的教鞭应该笔直地放在课本上，而不是常常提起来敲击孩子们的头顶。

一加一等于二。

b、 p、 m、 f。

a、 o、 e、 i。

这才是我一生中最美好的天籁，我记得是陈老师教会了我加减法运算和汉语拼音。一年级的时候我学会了多少汉字？二百个？三百个？记不清了，但我记得我就是用那些字给陈老师写了一张小字报。那是荒唐年代里席卷学校的潮流，广播里每天都在号召人们向 ×× 路线开火，于是我和另外一个同学就向陈老师开火了，我们歪歪斜斜地写字指出陈老师上课敲过桌子，我们认为那就是广播里天天批判的“师道尊严”。

我想陈老师肯定看见了贴在一年级墙上的小字报，她会作何反应？我记得她在课堂上一如既往地微笑着，下课时她走过我身边，只是伸出手在我脑袋上轻轻抚摸了一下。那轻轻的一次抚摸，是 1969 年一篇凄凉的教育诗。我以这种荒唐的方式投桃报李，虽然是幼稚和时尚之错，但事隔二十多年想起这件事仍然有一种心痛的感觉。

我上二年级的时候，陈老师和女儿离开了学校。走的时候

我讨厌坐在第一排，第一排给人以某种弱小可怜的感觉；我更讨厌与那个女孩同桌，因为她邋遢而呆板，别的女孩都穿着花裙子，打扮得漂漂亮亮，唯独她穿着打了补丁的蓝裤子，而且她的脸上布满鼻涕的痕迹。

她患了青光眼，几乎失去了视力，都说那是因为长期在灯下熬夜的结果。记得一个秋天的黄昏，我在街上走，看见一辆三轮车慢慢地驶过来，车上坐着陈老师母女，母女俩其实是挤在两只旧皮箱和书堆中间的。看来她们真的要回湖南老家了，我下意识地大叫了一声“陈老师”，然后就躲在别人家的门洞里了。我记得陈老师喊着我的名字朝我挥手，我听见她对我喊：“天快黑了，快回家去吧。”我突然想起她患了眼疾看不清是我，怎么知道是我在街上叫喊？我继而想到，陈老师是根据声音分辨她的四十多个学生的，不管在哪里，不管什么时候，老师们往往能准确无误地喊出每一个学生的名字。

我以后再也没有见过陈老师，假如她还健在，现在已是古稀之年了。或许每个人都难以忘记他的启蒙老师，而在我看来，陈老师已经成为混乱年代里一盏美好的路灯，她在一个孩子混沌的心灵里投下了多少美好的光辉，陪他走上漫长多变的人生旅途。时光之箭射落岁月的枯枝败叶，有些事物却一年年呈现新绿的色泽，正如我对启蒙教师陈老师的回忆。我女儿眼看也要背起书包去上学了，每次带着她走过那所耶稣堂改建的学校时，我就告诉女儿，那是爸爸小时候上学的地方，而我的耳边依稀响起二十多年前陈老师的声音：“天快黑了，快回家去吧。”

天快黑了，快回家去吧。

九岁的病榻

我最初的生病经验产生于一张年久失修的藤条躺椅，那是一个九岁男孩的病榻。

那年我九岁，我不知道为什么会得那种动不动就要小便的怪病，不知道小腿上为什么会长出无数红色疹块，也不知道白血球和血小板减少的后果到底有多严重。那天父亲推着自行车，我坐在自行车后座上，母亲在后面默默扶着我，一家三口离开医院时天色已近黄昏，我觉得父母的心情也像天色一样晦暗。我知道我生病了，我似乎有理由向父母要点什么，于是在一家行将打烊的糖果铺里，父亲为我买了一块做成蜜橘形状的软糖，橘子做得很逼真，更逼真的是嵌在上方的两片绿叶。我记得那是我生病后得到的第一件礼物。

生病是好玩的，生了病可以吃到以前吃不到的食物，可以受到家人更多的注意和呵护，可以自豪地向邻居小伙伴宣布："我生病了，明天我不上学！"但这只是最初的感觉，很快生病造成的痛苦因素挤走了所有稚气的幸福感觉。

生病后端到床前的并非美食。医生对我说："你这病忌盐，不能吃盐，千万别偷吃，有人偷吃盐结果就死了，你偷不偷吃？"我说我不会偷吃，不吃盐有什么了不起的？起初，我确实漠视了我对盐的需要。母亲从药店买回一种似盐非盐的东西放在我的菜里，有点咸味，但咸得古怪；还有一种酱油，也是红的，但红也红得古怪。我开始与这些特殊的食物打交道，没几天就对它们产生了恐惧之心，我想我假如不是生了不能吃盐的病该有多好，世界上怎么会有不能沾盐的怪病？有几次我拿了根筷子在盐罐周围徘徊犹豫，最终仍然未敢越轨，因为我记得医生的警告，我只能安慰自己，不想死就别偷吃盐。

生了病并非就是睡觉和自由。休学半年的建议是医生提出来的，我记得当时心花怒放的心情，唯恐父母对此提出异议。我父母都是信赖中医的人，他们同意让我休学，只是希望医生用中药来治愈我的病。他们当时认为西医是压病，中医才是治病。于是，后来我便有了我的那段大啖草药汁、煎破三只药锅的惨痛记忆，对于一个孩子的味蕾和胃口，那些草药无疑就像毒药。我捏着鼻子喝了几天，痛苦之中想出一个好办法：以上学为由逃避喝药。有一次，我在母亲倒药之前匆匆提着书包窜到门外，我想，与其要喝药不如去上学，但我跑了没几步就被母亲喊住了。母亲端着药碗站在门边，她只是用一种严厉的目光望着我，我从中读到的是令人警醒的内容：“你想死？你不想死就回来给我喝药。”

于是我又回去了。一个九岁的孩子同样地恐惧死亡，现在想来，让我在九岁时就开始怕死，命运之神似乎有点太残酷了，这是对我的调侃还是救赎，我至今没有悟透。

九岁的病榻前时光变得异常滞重冗长，南方的梅雨滴滴答答下个不停，我的小便也像梅雨一样解个不停。我恨室外的雨，更恨自己出了毛病的肾脏，我恨煤炉上那只飘着苦腥味的药锅，也恨身子底下“咯吱咯吱”乱响的藤条躺椅，生病的感觉就这样一天坏于一天。

有一天，班上的几个同学相约一起来我家探病，我看见他们活蹦乱跳的模样，心里竟然有一种近似嫉妒的酸楚，我把他们晾在一边，跑进内室把门插上。我不是想哭，而是想把自己从自卑自怜的处境中解救出来。面对他们，我突然尝受到了无以言传的痛苦，也就是在门后偷听外面同学说话的时候，我才真正意识到我是多么想念我的学校，我真正明白了生病是件很不好玩的事情。

我在病榻上辗转数月，后来我独自在家熬药喝药，凡事严守医嘱。邻居和亲戚们都说：“这孩子乖。”我父母便接着

面对他们，我突然尝受到了无以言传的痛苦，也就是在门后偷听外面同学说话的时候，我才真正意识到我是多么想念我的学校，我真正明白了生病是件很不好玩的事情。

我记得那是一个秋高气爽的日子，我在操场上跳绳，不知疲倦地跳，变换着各种花样地跳，直到周围站了许多同学，我才收起了绳子。我的目的已经达到，我只是想告诉大家，我的病已经好了，现在我又跟你们一模一样了。

说：“他已经半年没沾一粒盐了。”我想他们都不明白我的想法，我的想法其实归纳起来只有两条：一是怕死，二是想返回学校和不生病的同学在一起，这是我全部的精神支柱。

半年以后我病愈回到学校，我记得那是一个秋高气爽的日子，我在操场上跳绳，不知疲倦地跳，变换着各种花样地跳，直到周围站了许多同学，我才收起了绳子。我的目的已经达到，我只是想告诉大家，我的病已经好了，现在我又跟你们一模一样了。

我离开了九岁的病榻，从此自以为比别人更懂得健康的意义。

自行车之歌

一条宽阔的缺乏风景的街道，除了偶尔经过的公共汽车、东风牌或解放牌卡车，小汽车非常罕见，繁忙的交通主要体现在自行车的两个轮子上。许多自行车轮子上的镀光已经剥落，露出锈迹，许多穿着灰色、蓝色和军绿色服装的人骑着自行车在街道两侧川流不息，这是一部西方电影对 70 年代北京的描述——多么笨拙却又准确的描述。所有人都知道，看到自行车的海洋就看到了中国。

电影镜头遗漏的细节描写现在由我来补充。那些自行车大多是黑色的，车型为二十六寸或者二十四寸，后者通常被称为女车，但女车其实也很男性化，造型与男车同样地显得憨厚而坚固。偶尔会出现几辆红色和蓝色的跑车，它们的刹车线不是裸露垂直的钢丝，而是一种被化纤材料修饰过的交叉线，在自行车龙头前形成时髦的标志——就像电视台的台标。彩色自行车的主人往往是一些不同寻常的年轻人，家中或有钱，或有权。这样的自行车经过某些年轻人的面前时，有时会遇到刻意的阻拦。拦车人用意不一，有的只是出于嫉妒，故意给你制造一点麻烦；有的年轻人则很离谱，他们胁迫主人下车，然后争先恐后地跨上去，借别人的车在街道上风光一回。

我们现在要说的是普通的黑色的随处可见的自行车，它们主要由三个品牌组成：永久、凤凰和飞鸽。飞鸽是天津自行车厂的产品，在南方一带比较少见。我们那里的普通家庭所梦想的是一辆上海产的永久牌或者凤凰牌自行车，已经有一辆永久的人家毫不掩饰地告诉别人，他还想搞一辆凤凰；已经有一辆男车的人家很贪心地找到在商场工作的亲戚，问能不能再弄到一辆二十四寸的女车。然而在一个物资匮乏的时代，这样的要求就像你现在去向人家借钱炒股票，只能引起对方的反感。

有些刚刚得到自行车的愣头青在街上“飙”车，为的是炫耀他的车和车技。看到这些家伙风驰电掣般掠过狭窄的街道，泼辣的妇女们会在后面骂：“去充军啊！”骑车的听不见，他们就像如今的赛车手在环形赛道上那样享受着高速的快乐。也有骑车骑得太慢的人，同样惹人侧目。我一直忘不了一个穿旧军装的中年男人，也许是因为过于爱惜他的新车，也许是车技不好，他骑车的姿势看上去很怪，歪着身子，头部几乎要趴在自行车龙头上，他大概想不到有好多人在看他骑车。不巧的是，这个人总是在黄昏经过我们的街道，孩子们都在街上无事生非。不知为什么，那个人骑车的姿势引起了孩子们一致的反感，孩子们认为他骑车的姿势像一只乌龟。有一天，我们突然冲着他大叫起来："乌龟！乌龟！"我记得他回过头看了我们一眼，没有理睬我们。但是这样的态度并不能改变我们对这个骑车人莫名的厌恶。第二天，我们等在街头，当他准时从我们的地盘经过时，昨天的声音更响亮更整齐地追逐着他："乌龟！乌龟！"那个无辜的人终于愤怒了，我记得他跳下了车，双目怒睁向我们跑来，大家纷纷向自己家逃散。我当然也是逃，但我跑进自家大门时向他望了一眼，正好看见他突然站住，回头张望。很明显，他对倚在墙边的自行车放心不下。我忘不了他站在街中央时的犹豫，最后他转过身跑向他的自行车。这个可怜的男人，为了保卫自行车，承受了一群孩子无端的侮辱。

我父亲的那辆自行车是 60 年代出产的永久牌。从我记事到 80 年代离家求学，我父亲一直骑着它早出晚归。星期天的早晨，我总是能看见父亲在院子里用纱线擦拭他的自行车。现在，我以感恩的心情想起了那辆自行车，因为它曾经维系着我的生命。童年多病，许多早晨和黄昏，我坐在父亲的自行车上来往于医院和家。曾经有一次，我父亲用自行车带着我骑了二十里路，去乡村寻找一个握有家传秘方的赤脚医生。我难以忘记那二十里路，大约有十里路是苏州城内的那种石子路、青石板路（那时候的水泥沥青路段只是在交通要道装扮市容），另外十里路就是乡村地带海浪般起伏的泥路了。我像一只小舢板一样在父亲身后颠簸，而我父亲就像一个熟悉水情的水手，他尽量让自行车的航行保持通畅。就像对自己的车技非常自信一样，他对我坐车的能力也表示了充分的信任，他说："没事，没事，你坐稳些，我们马上就到啦！"

多少中国人对父亲的自行车怀有异样的亲情。多少孩子在星期天骑上父亲的自行车偷偷地出了门，去干什么？不干什么，就是去骑车！我记得我第一次骑车在苏州城漫游的经历。我去了市中心的小广场，小广场有三家电影院、一家商场。我在三家电影院的橱窗前看海报，同一部样板戏，画的都是女英雄柯湘，但有的柯湘是圆脸，有的柯湘却被画成了个马脸，这让我很快对电影海报的制作水平作出了判断。然后我进商场去转了一圈，空荡荡的货架没有引起我的任何兴趣。等我从商场出来，突然感到十分恐慌，巨大的恐慌感恰好就是自行车给我带来的：我发现广场空地上早已成为一片自行车的海洋，起码有几千辆自行车摆放在一起，黑压压的一片，每辆自行车看上去都像我们家的那一辆。我记住了它摆放的位置，但车辆管理员总是擅自搬动车子，我拿着钥匙在自行车堆里走过来走过去，头脑中一片晕眩，我在惊慌中感受了当时中国自行车业的切肤之痛：设计雷同，不仅车的色泽和款式相同，甚至连车锁都是一模一样的！我找不到我的自行车了，我的钥匙能够捅进好多自行车的车锁眼里，但最后不能把锁打开。车辆管理员一边制止我盲目的行为，一边向我嚷嚷："是哪一辆，你看好了再开！"可我恰恰失去了分辨能力，这不怪我，令人不可思议的事情总是发生在自行车身上。我觉得许多半新不旧的永久牌自行车的坐垫和书包架上，都散发出我父亲和我自己身上的气息，这怎能不让我感到迷惑？

自行车的故事总与找不到自行车有关，不怪车辆管理员们，只怪自行车太多了。相信许多与我遭遇相仿的孩子都在问他们的父母："自行车那么难买，为什么外面还有那么多的自行车？"这个问题大概是容易解答的，只是答案与自行车无关。答案是：中国，人太多了。

到了 70 年代末期，一种常州产的金狮牌自行车涌入了市场。人们评价说金狮自行车质量不如上海的永久和凤凰，但不管怎么说，新的自行车终于出现了。购买金狮需要购车券，打上"金狮一辆"记号的购车券同样也很难觅。我有

我在惊慌中感受了当时中国自行车业的切肤之痛：设计雷同，不仅车的色泽和款式相同，甚至连车锁都是一模一样的！我找不到我的自行车了，我的钥匙能够捅进好多自行车的车锁眼里，但最后不能把锁打开。

个邻居，女儿的对象是自行车商场的，那份职业使所有的街坊邻居感兴趣，他们普遍羡慕那个姑娘的婚姻前景，并试探着打听未来女婿给未来岳父母带了什么礼物。那个将做岳父的也很坦率，当场从口袋里掏出一张盖着蓝印的纸券，说："没带什么，就是金狮一辆！"

自行车高贵的岁月仍在延续，不过应了一句革命格言：排除万难，去争取胜利。我们街上的许多人家后来品尝了自行车的胜利，至少拥有了一辆金狮，而我父亲在多年的公务员生涯中利用了一切能利用的关系，给我们家的院子推进了第三辆自行车——他不要金狮，主要是因为对新产品天生的怀疑，他迷信永久和凤凰，情愿为此付出多倍的努力。

第三辆车是我父亲替我买的，那是 1980 年我中学毕业的前夕，他们说假如我考不上大学，这车就给我上班用。但我考上了。我父母又说，车放在家里，等我大学毕业了，回家工作后再用。后来我大学毕业了，却没有回家乡工作。于是我父母脸上流露出一种失望的表情，说，那就只好把车托运到南京去了，反正还是给我用。

一个闷热的初秋下午，我从南京西站的货仓里找到了从苏州托运来的那辆自行车。车子的三角杠都用布条细致地包缠着，是为了避免装卸工的野蛮装卸弄坏了车子。我摸了一下轮胎，轮胎鼓鼓的，托运之前一定刚刚打了气，这么周到而细致的事情一定是我父母合作的结晶。我骑上我的第一辆自行车离开了车站的货仓，初秋的阳光洒在南京的马路上，仍然热辣辣的，我的心也是热的，因为我知道从这一天起，生活将有所改变，我有了自行车，就像听到了奔向新生活的发令枪，我必须出发了。

那辆自行车我用了五年，是一辆黑色的二十六寸的凤凰牌自行车，与我父亲的那辆永久何其相似。自行车国度的父母，总是为他们的孩子挑选一辆结实耐用的自行车，他们以为它会陪伴孩子们的大半个人生。但现实既令人感伤又使人欣喜，五年以后我的自行车被一个偷车人骑走了。我几乎是怀着一种卸去负担的轻松心情，跑到自行车商店里，挑选了一辆当时流行的十速跑车的，是蓝色的，是我孩提时代无法想象的一辆漂亮的威风凛凛的自行车。

这世界变化快——包括我们的自行车，我们的人生。许多年以后我仍然喜欢骑着自行车出门，我仍然喜欢打量年轻人的如同时装般新颖美丽的自行车，有时我能从车流中发现一辆老永久或者老凤凰，它们就像老人写满沧桑的脸，让我想起一些行将失传的自行车的故事。我曾经跟在这么一辆老凤凰后面骑了很长时间，车的主人是一个五十来岁的男人，他的身边是一个同样骑车的背书包的女孩，女孩骑的是一辆目前非常流行的捷安特，是橘红色的山地车，很明显那是父女俩。我也赶路，没有留心那父女俩一路上说了些什么，但我要告诉大家的是，两辆自行车在并驾齐驱的时候一定也在交谈，两辆自行车会说些什么呢？其实大家都能猜到，是一种非常简单的交流——

黑色的老凤凰说：“你走慢一点儿，想想过去！”

橘红色的捷安特却说：“你走快一点儿，想想未来！”

童年的一些事

我们家以前住在一座化工厂的对面，化工厂的大门与我家的门几乎可以说是面面相觑的。我很小的时候因为没事可做，也不知道可以做什么，常常就站在家门口，看化工厂的工人上班，还看他们下班。

化工厂工人的工作服很奇怪，是用黑色的绸质布料做的，袖口和裤脚都被收了起来，裤子有点像习武人喜欢穿的灯笼裤，衣服也有点像灯笼服。化工厂的男男女女一进厂门就都换上那种衣服，有风的时候，看他们在厂区内走动，衣服裤子全都鼓了起来，确实有点像灯笼。我至今也不知道为化工厂设计工作服的人是怎么想的，这样的工作服与当时流行的蓝色工装格格不入，也使穿这种工作服的人看上去与别的工人阶级格格不入。许多年以后，当我看见一些时髦的女性穿着宽松的黑色绸质衣裤，总觉得她们这么穿并不时髦，

我很小的时候因为没事可做，也不知道可以做什么，常常就站在家门口，看化工厂的工人上班，还看他们下班。

像化工厂的工人。

有一个女人，是化工厂托儿所的阿姨，我还记得她的脸。那个女人每天推着一辆童车来上班，童车里坐着她自己的孩子，是个女孩，起码有七八岁了，女孩总是坐在车内朝各个方向咧着嘴笑，我很奇怪她那么大了为什么还坐在童车里。有一次，那母亲把童车放在传达室外面，与传达室的老头聊天，我冲过去看那个小女孩，发现女孩原来是站不起来的，她的脖子也不能随意地昂起来，我模模糊糊地知道女孩的骨头有问题，大概是软骨病什么的。我还记得她的嘴边有一摊口水，是不知不觉中流出来的。

有一个男的，是化工厂的一个单身汉，我之所以肯定他是单身汉，是因为我早晨经常看见他嘴里嚼着大饼油条，手里还拿着一只青团子之类的东西，很悠闲地从大街上拐进工厂的大门。那个男人二十七八岁的样子，脸色很红润，我总认为那种红润与他每天的早点有直接的关系，而我每天照例吃的都是一碗泡饭，加上几块萝卜干，所以我一直羡慕那个家伙。早饭，能那么吃，吃那么多，那么好！这个吃青团子的男人一直受到我的注意，我只是关心他今天吃了什么。有一次，我在上学的路上看见他坐在点心店里，当然又是在吃。我实在想知道他在吃什么，忍不住走进去，朝他的碗里瞄了一眼，我看见了浮在碗里的两只汤圆，还有清汤里的一星油花。我可以肯定他是在吃肉汤圆，而且买了四只——我知道四只汤圆一毛四分钱，一般来说，买汤圆不是买两只就是四只、六只，买单数会多花一分钱，那是不合算的。我还记得我走出点心店以后的想法，我想，这家伙每天还吃四只汤圆，他怎么这样舍得吃？他的工资到底有多少？我想这种幸福只有一个解释，那就是他是单身汉，单身汉的钱全部可以用来买各种早点吃，想吃什么就吃什么！

我还依稀记得化工厂制造的产品是苯干，苯干好像又是用来做樟脑丸的，这一点不用介绍也能猜出来，因为我小时候每天都闻着一种类似樟脑丸的气味。在我的印象中它是从化工厂的大烟囱里喷出来的，这种气味不仅钻进鼻孔，还附着于我家或邻居晾晒在外面的衣服上。有时候我们觉得街道上的空气没有什么异样，但来自别的街区的人走过我们那条街道时会捂着鼻子说：“哎呀，什么味儿？难闻死了！”这种人往往使我很反感。

我喜欢闻空气中那种樟脑丸的气味，我才不管什么污染和污染对人体的危害呢——当然这话是现在说着玩的，当时我根本不懂得什么叫空气污染，不仅是我，大人们也不懂；即使懂也不会改变什么，你不可能为了一点气味动工厂一根汗毛。大人们有时候骂化工厂讨厌，我猜那只是因为他们有人不喜欢闻樟脑味罢了。

我家隔壁的房子是化工厂的宿舍，住着两户人家。其实他们两家的门才是正对着化工厂大门的。其中一家有两个儿子、一个女儿，两个儿子被他们严厉的父亲管教着，从来不出来玩，他们不出来玩我就到他们家去玩。一个儿子其实已是小伙子，很胖，像他母亲；另一个在我哥哥的班级里，很瘦，两个人都是很文静的样子。我不请自到地跑到他们家，他们也不撵我，但也不理我。我看见那个胖的大一点的在写什么，我问他在写什么，他告诉我，他在写西班牙语。这是真的，大概是 1973 年或者 1974 年，我有个邻居在学习西班牙语！我至今不知道那个小青工学习西班牙语是想干什么。

隔壁的房子从一开始就像是那两家人临时的住所，到我上中学的时候，那两家人都搬走了。临河的房子腾出来做了化工厂的输油站，一根大油管从化工厂里一直架到我家的隔壁，化工厂的人准备把油船里的油直接接驳到工厂里。

来了一群民工，他们是来修筑那个小型输油码头的。民工们来自宜兴，其中有一个民工很喜欢跟我家人聊天，还从隔壁的石阶上跳到我家来喝水。有一天他又来了，结果不小心把杯子掉在地上摔碎了，那个民工很窘，他说的一句话让我始终觉得很有意思，他说：“这玻璃杯就是不结实。”

输油码头修好以后，我们家后门的河面上就经常停泊着一些油船，负责输油的两个工人我以前都是见过的，当然都穿着那种奇怪的黑色工作服，静静地坐在一张长椅子上看着压力表什么的。那个男的是个秃顶，面目和善，女的我就更熟悉了，因为她是我一个小学同学的母亲。我经常看见他们两个人坐在那里看油泵，两个人看上去关系很和睦，与两个不得不同坐的小学男生女生的关系是完全不同的。我不大关心他们，天黑以后我照例跑到后门对着河道撒尿，我不看他们，我相信他们也不看我。

那年夏天，那个看油泵的女工，也就是我同学的母亲服了好多安眠药自杀了，听到这个消息我非常震惊。因为她一直是坐在我家隔壁看油泵的。我对那个女工的自杀有许多猜测，许多稀奇古怪的猜测，但因为是猜测，就不在这里絮叨了。

回忆应该是真实而准确的，其他的都应该出现在小说里。

三棵树

很多年以前我喜欢在京沪铁路的路基下游荡，一列列火车准时在我的视线里出现，然后绝情地抛下我，向北方疾驰而去。午后一点钟左右，从上海开往三棵树的列车来了，我看着车窗下方那块白色的旅程标志牌：上海——三棵树，我看着车窗里那些陌生的处于高速运行中的乘客，心中充满嫉妒和忧伤。然后去三棵树的火车消失在铁道的尽头，我开始想象三棵树的景色：那是北方的一个小火车站，火车站前面有许多南方罕见的牲口——黑驴、白马、枣红色的大骡子。有一些围着白羊肚毛巾、脸色黝黑的北方农民蹲在地上，或坐在马车上。还有就是树了，三棵树，是挺立在原野上的三棵树。

三棵树很高很挺拔，我想象过树的绿色冠盖和褐色树干，却没有确定树的名字，所以我不知道三棵树是什么树。

树令我怅惘。我一生都在重复这种令人怅惘的生活方式：与树擦肩而过。我没有树。西双版纳的孩子有热带雨林，大兴安岭伐木者的后代有红松和白桦，乡村里的少年有乌桕和紫槐，我没有树。我从小到大在一条狭窄局促的街道上走来走去，从来没有爬树掏鸟蛋的经历。我没有树，这怪不了城市，城市是有树的，梧桐或者杨柳一排排整齐地站在人行道两侧，可我偏偏是在一条没有人行道的小街上长大——也怪不了这条没有行道树的小街，小街上许多人家有树，一棵黄桷、两棵桑树静静地长在他们的窗前院内，可我家偏偏没有院子，只有一个巴掌大的天井，巴掌大的天井仅供观天，不容一树，所以我没有树。

我种过树。我曾经移栽了一棵苦楝的树苗，是从附近的工厂里挖来的，我把它种在一只花盆里——不是我的错误，我知道树与花草不同，花入土，树入地，可我无法把树苗栽到地上——是我家地面的错误，天井、居室、后门石埠，不是水泥就是石板，它们欢迎我的鞋子、我的箱子、我的椅子，却拒绝接受一棵如此幼小的苦楝树苗。我只能把小树种在花盆里。那时我是一个小学生，我把一棵树带回了家。它在花盆里，从此成为我的牵挂，我把它安置在临河的石埠上。一棵五寸之树在我的身边成长，从春天到夏天，它没有长高，却长出了一片片新的叶子，我知道它有多少叶子，没有一片叶子的成长能逃过我的眼睛。后来冬天来了，我感觉到树苗的不安一天天在加深，河边风大，它在风中颤索，就像一个哭泣的孩子。我以为它在向我请求着阳光和温暖，我把花盆移到了窗台上，那是我家冬天唯一阳光灿烂的地方。就像一次误杀亲子的戏剧性安排，紧接着，我和我的树苗遭遇了一夜狂风。狂风大作的时候，我在温暖的室内，在温暖的梦境中，可是我的树苗在窗台上，在凛冽的大风中。人们了解风对树的欺凌，却不会想到风是如何侮辱我和我的树苗的——它把我的树从窗台上抱起来，砸在河边石埠上，然后又把树苗从花盆里拖出来，推向河水里，将一只破碎的花盆和一抔泥土留在岸上，留给我。

这是我对树的记忆之一。一个冬天的早晨，我站在河边向河水深处张望，依稀看见我的树在水中挣扎，挣扎了一会儿，我的树开始下沉，我依稀看见它在河底寻找泥土，摇曳着，颤索着，最后它安静了。我悲伤地意识到我的树到家了，我的树没有了。我的树一直找不到土地，风就冷酷地把它带到了水中，或许是我的树与众不同，它只能在河水中生长。

我没有树。没有树是我的隐痛和缺憾。像许多人一样，成年以后我有过游历名山大川的经历。我见到过西双版纳绿得发黑的原始森林，我看见过兴安岭上被白雪覆盖的红松和榉树，我在湘西的国家森林公园里见到了无数以往只闻其名未见其形的珍奇树木，但那些树生长在每个人的旅途中，那不是我的树。

我的树在哪里？树不肯告诉我，我只能等待岁月来告诉我。

1988年对于我是一个值得纪念的年份，那年秋天，我拥有了自己的居所，是一栋年久失修的楼房的阁楼部分，我拿着钥匙去看房子的时候一眼就看见了楼前的两棵树，你猜是什么树？两棵果树，一棵是石榴，一棵是枇杷！秋天午后的阳光照耀着两棵树，照耀着我一生得到的最重要的礼物。伴随我多年的不安和惆怅烟消云散，这个秋天的午后，一切都有了答案，我也有了树，我一下子有了两棵树，奇妙的是，那是两棵果树！

果树对人怀着悲悯之心。石榴的表达很热烈，它繁茂的枝叶和灿烂的花朵，以及它重重叠叠的果实都在证明这份情怀；枇杷含蓄而深沉，它决不在意我的客人把它错当成一棵玉兰树，但它在初夏季节告诉你，它不开玉兰花，只奉献枇杷的果实。我接受了树的恩惠。现在我的窗前有了两棵树，一棵是石榴，一棵是枇杷。我感激那个种树的素未谋面的前房东。有人告诉我两棵树的年龄，说是十五岁。我想起十五年前我那棵种在花盆里的苦楝树苗的遭遇，我相信一切并非巧合，这是命运补偿给我的两棵树，两棵更大更美好的树。我是个郁郁寡欢的人，我对世界的关注总是忧虑多于热情，怀疑多于信任。我的父母曾经告诉过我，我有多么幸运，我不相信；朋友也对我说过，我有多么幸运，我不相信；现在两棵树告诉我，我最终是个幸运的人，我相信了。

我是个幸运的人。两棵树弥合了我与整个世界的裂痕。尤其是那棵石榴，春夏之季的早晨，我打开窗子，石榴的树叶和火红的花朵扑面而来，柔韧修长的树枝毫不掩饰它登堂入室的欲望。如果我一直向它打开窗子，不消三天，我相信那棵石榴会在我的床边、我的书桌上驻扎下来，与我彻夜长谈。热情似火的石榴呀，它会对我说："我是你的树，是你的树！"

树把鸟也带来了，鸟在我的窗台上留下了灰白色的粪便。树上的果子把过路的孩子引来了，孩子们爬到树上摘果子，树叶便"沙沙"地响起来，我及时地出现在窗边，喝令孩子们离开我的树，孩子们吵吵嚷嚷地离开了，地上留下了幼小的没有成熟的石榴。我看见石榴树整理着它的枝条和叶子，若无其事，树的表情提醒我那不是一次伤害，而是一次意外，树的表情提醒我树的奉献是无边无际的，它不仅是我的树，也是过路的孩子的树！

整整七年，我在一座旧楼的阁楼上与树同眠，我与两棵树的相互注视渐渐变成单方面的凝视，是两棵树对我的凝视。我有了树，便悄悄地忽略了树。树的胸怀永远宽广和悲悯，树不做任何背叛的决定，在长达七年的凝视下，两棵树摸清了我的所有底细，包括我的隐私，但树不说，别人便不知道。树只是凝视着我，七年的时光做一次补偿是足够的了。窗外的两棵树后来有点疲惫了，我没有看出来，一场春雨轻易地把满树石榴花打落在地，我出门回家踩在石榴的花瓣上，对石榴的离情别意毫无察觉。我不知道，我的两棵树将结束它们的这次使命，七年过后，两棵树仍将离我而去。

城市建设的蓝图埋葬了许多人过去的居所，也埋葬了许多人的树。1995 年的夏天，推土机将一个名叫上乘庵的地方夷为平地，我的阁楼、我的石榴树和我的枇杷树消失在残垣瓦砾之中。拆房的工人本来可以保留我的两棵树，至少保留一些日子，但我不能如此要求他们，我知道最终两棵树必将消失。七年一梦，那棵石榴、那棵枇杷，它们原来并不是我的树。

现在，我的窗前没有树。我仍然没有树。树让我迷惑，我的树到底在哪里？我有过一棵石榴、一棵枇杷，我一直觉得我应该有三棵树，就像多年以前我心目中最遥远的火车站的名字，是三棵树，那还有一棵在哪里呢？我问我自己，然后我听见了回应，回应来自童年旧居旁的河水，我听见多年以前被狂风带走的苦楝树苗向我挥手示意："我在这里，我在水里！"

现在，我的窗前没有树。我仍然没有树。树让我迷惑，我的树到底在哪里？我有过一棵石榴、一棵枇杷，我一直觉得我应该有三棵树，就像多年以前我心目中最遥远的火车站的名字，是三棵树，那还有一棵在哪里呢？

金鱼热

一个东南亚的国王到我们那个城市游览了三天，走的时候带走了一缸金鱼中的极品，这是70年代的事。我在街头听人议论这个国王，还有那些金鱼。我没有记住那些金鱼的名称，但是我记得很清楚的是，赠送金鱼给国王的是一个普通的市民，有人认识他，说他人很笨，就是养鱼养出了名堂。大家议论的不仅是国王和金鱼，还有那个市民的光荣。

金鱼热随后悄悄地在我们城市兴起。

我突然发现城市里有那么多人养金鱼，我却一条也没有，这使我闷闷不乐。那是一个容易失去却难以拥有的年代，没有地方出售金鱼，就像没有地方出售鲜花一样。我总是在一个邻居家的鱼池边用攫取的目光亲近那些美丽的鱼类，无法拥有渴望的东西是孩子们最大的心事，连我的家人也渐渐知道了我的心事。我姐姐一定不只一次地告诉别人，她弟弟一直想要几条金鱼！我母亲则告诉她在工厂的同事，她儿子想要金鱼想疯了！

我头一次得到金鱼的狂喜只持续了短短的五天。是我姐姐带回了那四条品相优美的“五彩珍珠”。我记得那四条金鱼红色脊背上洒满银色的斑点，有邻居孩子告诉我，“五彩珍珠”是很好的品种。我记得那四条红色的脊背上洒满银色斑点的金鱼，记得这些金鱼带给我的五天的喜悦。那五天里，我出没在养鱼人出没的水塘和护城河边，我拼命打捞鱼虫，为金鱼囤积食粮，我不知道我的金鱼因饱食过度濒临死亡的边缘。

我一直记得我拥有“五彩珍珠”的准确时间，是短短的五天。第五天下午我放学回家，看见的是四条翻了肚子的金鱼。我至今羞于提及我当时的表现，在一场惊天动地的痛哭声中，我忘了追寻金鱼的死因。我从未见过死去的金鱼，死去的金鱼是如此丑陋，从美丽到丑陋，仿佛一个狡诈的骗局。我觉得自己受到了嘲弄，不仅失去，同时也受到了伤害。我的痛苦一定使我父母感到震惊了，我记得我母亲一反平时不许诺的习惯，告诉我一定帮我找到新的金鱼。

后来我母亲就把那条歪尾巴的小金鱼带回了家，它当时混在几条稍大的被人们称为“丹玉”的金鱼中，显得那么卑琐而低贱。所有的金鱼都还没有变色，而“歪尾巴”只有

我突然发现城市里有那么多人养金鱼，我却一条也没有，这使我闷闷不乐。那是一个容易失去却难以拥有的年代，没有地方出售金鱼，就像没有地方出售鲜花一样。

半指大小，黑乎乎的，甚至看不出它是什么品种。它太特殊了，尤其是那条歪尾巴，它与金鱼之美背道而驰，我以一种嫌厌的心情给它取了这个名字：歪尾巴。

我的养鱼生涯到了后来是三心二意的，不是因为金鱼不再可爱，而是因为随着青春期的到来，我有了其他更大的心事。金鱼热在城市里渐渐退潮，我的那批“丹玉”在几个月中纷纷离我而去。可是我注意到“歪尾巴”的生命力，它在我的鱼缸里越来越显示出一种主人翁的姿态，在孤独和饥饿中成长着，身子悄然泛出了红色，而它额头上方越长越大的眼睛正用矜持的态度告诉我：我不是歪尾巴，我是一条“朝天龙”！

我要说的就是这条歪尾巴的“朝天龙”。在所有美丽的金鱼逃离我的鱼缸后，在我对金鱼渐渐地失去兴趣之后，它一直伴随了我四年时光。四年之后我已经远离家乡，在北京的学府里寒窗苦读，那些日子里我从来没有想起过我的歪尾巴金鱼。有一天，我收到我姐姐的来信，信中提到了我的最后一条金鱼，她说歪尾巴死了。她总结的歪尾巴的死因是一把梳子，她梳头时不小心将梳子掉进了鱼缸，梳子与金鱼一起待了一会儿，梳子没事，金鱼却死了。

我承认是歪尾巴金鱼的死让我重新回顾了我短暂的养鱼生涯。我最终对这些小生命充满了歉意，一切都是命定的，就像我对金鱼的饲养注定不能修得正果，我不能将极品金鱼奉献给任何国王，甚至不能将我的歪尾巴金鱼奉献给我自己。这是一条世界上最倔强的金鱼，它最终背叛了应该背叛的人，将自己奉献给了一把梳子。

船

到常熟去的客船每天早晨经过我家窗外的河道，是轮船公司的船，所以船只用蓝色和白色的油漆分成两个部分，客舱的白色和船体的蓝色泾渭分明，使那条船显得气宇轩昂。每天从河道里经过无数的船，我最喜欢的就是去常熟的客船。我曾经在美术本上画过那艘轮船，美术老师看见那份美术作业，很吃惊，说：“没想到你画船能画得这么好。”

孩提时代的一切都是易于解释的，孩子们的涂鸦往往在无意中表露了他的挚爱，而我对船舶的喜爱甚至一直延续到了今天。

我记忆中的苏州内河水道是洁净而明亮的，六七十年代经济迟滞不动，我家乡的河水却每天都在流动，流动的河水中经过了无数驶向常熟太仓或昆山的船。最常见的是运货的驳船队，七八条驳船拴接在一起，被一条火轮牵引着，“突突”地向前行驶。我能清晰地看见火轮上正在下棋的两个工人，看见后面驳船上一对对夫妇和他们的孩子。让我特别关注的就是驳船上的那一个个家，一个个年龄与我相仿的孩子，这种处于漂浮和行进中的生活在我眼里是一种神秘的诱惑。

我热衷于对船的观察或许隐藏了一个难以表露的动机，这与母亲的一句随意的玩笑有关。我不记得那时候我有多大，也不知道母亲是在何种情况下说了这句话，她说：“你不是我生的，你是从船上抱来的。”这是母亲们与子女间常开的漫无目的的玩笑，当你长大成人后你知道那是玩笑，母亲只是想在玩笑之后看看你惊恐的表情，但我当时还小，我还不能分辨这种复杂的玩笑。我因此记住了我的另一种来历，尽管那只是一种可能。我也许是船上人家的孩子，我真正的家也许在船上！

我不能告诉别人我对船的兴趣有自我探险的成分，有时候我伏在临河的窗前，目送一条条船从我眼前经过，我很注意看船户们的脸，心里想，会不会是这家呢？会不会是那家呢？怀着隐秘打量世界总是很痛苦的。在河道相对清净的时候，我常常看见一条在河里捞砖头的小船，船上是母女俩，那个母亲出奇地瘦小，一条腿是残疾的，她的女儿虽然健壮高挑，但脸上布满了雀斑，模样很难看。这种时候我几乎感到一种恐怖，心想，我万一是这家人的孩子怎么办？也是在这种时候我才安慰自己：这是不可能的事，这是胡思乱想，有关我与船的事情都是骗人的谎话。

我上小学时，一个真正的船户的孩子来到了隔壁我舅舅家。我舅舅家只有女孩没有男孩，那男孩的父母就通过几道人情关系把儿子送到了我舅舅家。那是一个老实而显得木讷的男孩，脖子上戴着船户子弟常戴的银项圈。我对那男孩的船户背景有一种狂热的兴趣，我一边嘲笑他脖子上的项圈，一边还向他提出各种问题，问他为什么不待在船上，跟他父母在一起，我问他："难道在船上不如在我舅舅家好玩吗？"那个男孩只是回答我，他要在街上上学。他不愿意跟我谈话，似乎也不愿意跟我做朋友，这使我觉得有点颓丧。有一天，我听见窗外的河道响起一片嘈杂声，跑出去一看，一条大木船向我舅舅家的石埠前慢慢靠拢，船上的那对夫妇忙着要靠岸，而一个小男孩站在船头拼命地向岸上挥手，嘴里大叫着："哥哥，哥哥，哥哥！"我随后就看见我舅妈拉着那男孩站在石埠上，我知道这就是那男孩家的船，船上的男女是他的父母，那个大叫大嚷的小男孩是他的弟弟。我几乎是怀着一种嫉妒的心情看着眼前这一幕的，但我发现那男孩一点也不高兴，他仍然哭丧着个脸，面对着满脸喜色的家人。我觉得他不知好歹，他母亲眉眼周正，他父亲英俊魁梧，他的家在一条船上，可他还哭丧着个脸！

那船户的儿子在我舅舅家住了一个学期后就被他祖父接走了。奇怪的是，他一走我对自己身世的想象也停止了。或许是我长大了，或者是一个真实的船户的儿子清洗了我内心对船的幻想。至此，船在河道上行驶时，我成了一个旁观者。我仍然对船展开着与年龄有关的想象，但那几乎是一种对航行和漂泊的想象了。在寂静的深夜或者清晨，我有时候被窗外的橹声惊醒，有的船户是喜欢大声说话的，一个大声地问："船到哪里去？"另一个会大声地答："到常熟去。"我就在被窝里想，常熟太近了，你们的船要是能进入长江，一直驶到南京、武汉，一直驶到山城重庆就好了。

我初中毕业报考过南京的海员学校，没考上，这就注定了我与船舶和航行无缘的命运。我现在彻底相信我与船并没有什么特殊的关系，在我唯一的一次海上旅途中，我像那些恐惧航行的人一样大吐不止，但我仍然坚信船舶是世界上最抒情最美好的交通工具。假如我仍然住在临河的房屋里，假如我有个儿子，我会像我母亲一样向他重复同样的谎言："你是从船上抱来的，你的家在一条船上。"

关于船的谎言也是美好的。

雨和瓦

二十年前的雨听起来与现在有所不同。雨点落在更早以前出产的青瓦上，室内的人便听见一种清脆的铃铛般的敲击声。毫不矫饰地说，青瓦上的雨声确实像音乐，只是隐身的乐手天生性情乖张、喜怒无常，突然地，它失去了耐心，雨声像鞭炮一样当空炸响。你怀疑如此狂暴的雨是否怀着满腔恶意，然后忽然地它又倦怠了，撒手不干了，于是我们只能听见郁积在屋檐上的雨水听凭惯性滴落在窗前门外，小心翼翼地，怀着一种负疚的感觉。这时候沉寂的街道开始苏醒，穿雨衣或打伞的人踩着雨的尾巴，走在回家的路上，有个什么声音在那里欢呼起来："雨停啦！回家啦！"

智利诗人聂鲁达是个爱雨的人，他说："雨是一种敏感、恐怖的力量。"他对雨的观察和总结让我感到惘然。是什么东西使雨敏感？又是什么东西使雨变得恐怖？我对这个无意义的问题充满了兴趣。请想象一场大雨将所有行人赶到了屋檐下，请想象人们来到室内，再大的雨点也不能淋湿你的衣服和文件。那么，是什么替代我们去体会雨的敏感和恐怖呢？

二十年前，我住在一座简陋的南方民居中。我不满意于房屋格局与材料的乏味，我对我家的房屋充满了一种不屑。但是有一年夏天，我爬上河对面水泥厂的仓库屋顶准备练习跳水的时候，头一次注意到了我家屋顶上那一片蓝黑色的小瓦，它们像鱼鳞那样整齐地排列着，显出一种出人意料的壮美。对我来说，那是一次奇特的记忆，奇特的还有那天的天气，一场暴雨突然来临，几个练习跳水的男孩干脆冒雨留在高高的仓库顶上，看着雨点急促地从天空中泻落，冲刷着对岸热腾腾的街道和房屋，冲刷着我们自己的身体。

那是我唯一一次在雨中看见我家的屋顶，暴雨落在青瓦上，溅出的不是水花，是一种灰白色的雾气。然后雨势变得小一些了，雾气就散了，那些瓦片露出了它简洁而流畅的线条。我注意到雨水与瓦的较量在一种高亢的节奏中进行，无法分辨谁是受伤害的一方。肉眼看见的现实是雨洗涤了瓦上的灰土，因为那些陈年的旧瓦突然焕发出崭新的神采，在接受了这场突如其来的雨水冲洗后，它们开始闪闪发亮，而屋檐上的瓦楞草也重新恢复了植物应有的绿色。我第一次仔细

那是一次奇特的记忆，奇特的还有那天的天气，一场暴雨突然来临，几个练习跳水的男孩干脆冒雨留在高高的仓库顶上，看着雨点急促地从天空中泻落，冲刷着对岸热腾腾的街道和房屋，冲刷着我们自己的身体。

观察了雨水在屋顶上制作音乐的过程，并且有了一个新的发现：不是雨制造了音乐，是那些瓦因雨水的反弹创造了音乐。

说起来是那么奇怪，我从此认为雨的声音就是瓦的声音，无疑这是一种非常唯心的认识，这种认识与自然知识已经失去了关联，只是与某个记忆有关。记忆赋予人的只是记忆。我记得我二十年前的家，除了上面说到的雨中的屋顶，还有我们家洞开的窗户，远远地，隔着茫茫的雨帘，我从窗内看见了母亲，她在家里，正伏在缝纫机上赶制我和我哥哥的衬衣。

现在我不记得那件衬衣的去向了，我母亲也早已去世多年。但是二十年前的一场暴雨使我对雨水情有独钟。假如有铺满青瓦的屋顶，我不认为雨是恐怖的事物；假如你母亲曾经在雨声中为你缝制新衬衣，我不认为你会有一颗孤独的心。

这就是我对雨的认识。

这也是我对瓦的认识。

城北的桥

苏州城自古有六城门之说，城市北端的齐门据说不在此范围之中，但我是齐门人氏，准确地说，我应该是苏州齐门外人氏。

我从小生长的那条街道在齐门吊桥以北，从吊桥上下来，沿着一条狭窄的房屋密集的街道朝北走，会走过我家门口；再走下去一里地，城市突然消失，你会看见郊区的乡野景色，菜地、稻田、草垛、池塘和池塘里农民放养的鸭群，所以我从小生长的地方其实是城市的边缘。

即使是城市的边缘，齐门外的这条街道依然是十足的南方风味，多年来，我体验这条街道也就体验了南方，我回忆这条街道也就回忆了南方。

齐门的吊桥从前真的是一座可以悬吊的木桥，它曾经是古人用于战争防御的武器。请设想一下，假如围绕苏州城的所有吊桥在深夜一起悬吊起来，护城河就真正地把这个城市与外界隔绝开来，也就把所有生活在城门以外的苏州人隔绝开来了，所幸我没有生活在那个年代，事实上，在我很小的时候，齐门吊桥已经改建成一座中等规模的水泥大桥了。

但是齐门附近的居民多年来仍然习惯把护城河上的水泥桥叫作吊桥。从吊桥上下来，沿着一条碎石铺成的街道朝北走，你还会看见另外两座桥，首先看见的当然是南马路桥，再走下去就可以看见北马路桥了。关于两座桥的名称我沿用了齐门外人们的普通说法，我不知道它们是否有更文雅更正规的名称，但我只想一如既往地谈论这两座桥。

两座桥都是南方常见的石拱桥，横卧于同一条河汊上，多年来它们像一对姐妹遥遥相望。它们确实像一对姐妹，都是单孔桥，桥孔下可容两船共渡，桥堍两侧都有伸向河水的石阶，河边人家常常在那些石阶上洗衣浣纱，桥堍下的石阶也是街上男孩们戏水玩耍的去处。站在那儿将头伸向桥孔内壁观望，可以发现一块石碑上刻着建桥的时间，我记得北马路桥下的石碑刻的是“清代道光年间”，南马路桥的历史也许与其相仿吧。它们本来就是一对形神相随的姐妹桥。

人站在南马路上遥望北马路桥却是困难的，因为你的视线恰恰被横卧两桥之间的另一座庞然大物所阻隔。那是一座钢灰色的直线型铁路桥，著名的京沪铁路穿越苏州城北端，穿越齐门外的这条街道和傍街而流的河汊，于是出现了这座铁路桥，于是我所描述的两座桥就被割开了。我想那应该是六十年以前的事了，也许修建铁路桥的是西方的洋人，也许那座直线型的钢铁大桥使人们感到陌生或崇拜，直到现在，我们那条街上的人们仍然把那座铁路桥称作洋桥，或者就称铁路洋桥。

铁路洋桥横亘在齐门外的这条街道上，齐门外的人们几乎每天都从铁路洋桥下面来来往往，火车经常从你的头顶轰鸣而过，溅下水汽、煤屑和莫名其妙的瓜皮果壳。

被阻隔的两座石拱桥依然在河上遥遥相望，现在让我来继续描述这两座古老的桥吧。

南马路桥的西侧被称为下塘，下塘的居民房屋夹着条更狭窄的小街，它与南马路桥形成丁字走向，下塘没有店铺，所以下塘的居民每天都要走过南马路桥，到桥这侧的街上买菜办货。下塘的居民习惯把桥这侧的街道称为街，似乎他家门口的街就不是街了，下塘的妇女在南马路桥相互打招呼时，一个会说：街上有新鲜猪肉吗？另一个则会说：街上什么也没有了。

南马路桥的东侧也就是齐门外的这条街了，桥堍周围有一家糖果店、一家煤球店、一家肉店，还有一家老字号的药铺，有一个类似集市的蔬菜市场出现在每天早晨和黄昏，近郊的菜农挑来新摘的蔬菜沿街一字摆开，这种时候桥边很热闹，也往往造成道路堵塞，使一些急于行路的骑车人心情烦躁而怨言相加。假如你有心想听听苏州人怎么斗嘴吵架，桥边的集市是一个很好的地点。而且南马路桥附近的妇女相比北马路桥的妇女似乎刁蛮泼辣许多，这个现象无从解释。在我的印象中，南马路桥那里是一个嘈杂的惹是生非的地方。

也许我家离北马路桥更近一些，我也就更喜欢这座北马路桥。我所就读的中学就在北马路桥斜对面不远的地方。每天都要从桥下走过，有时候去母亲的工厂吃午饭或者洗澡，就要背着书包爬过桥，数一数台阶，一共十一级，当然总是十一级。爬过桥就是那条洁净而短促的横街了，横街与北马路桥相向而行，与齐门外的大街却是垂着的或者说是横着的，所以它就叫横街。我不知道为什么从小就喜欢这条横街，或许是因为它街面洁净房屋整齐，或许是因为我母亲每天都从这里走过去工厂上班，或许只是因为横街与齐门外的这条大街相反而成，它真的是一条横着的街。

北马路桥边是一家茶馆，两层的木楼，三面长窗中一面对着河水，一面对着桥，一面对着大街。记忆中茶馆里总是一片湿润的水汽和甘甜的芳香，茶客多为街上和附近郊区的老人，围坐在一张张破旧的长桌前，五六个人共喝一壶绿茶，谈天说地或者无言而坐，偶尔有人在里面唱一些弹词开篇，大概是几个唱评弹的票友。茶馆烧水用的是老虎灶，灶前堆满了砻糠。烧水的老女人是我母亲的熟人，我母亲告诉我她就是茶馆从前的老板娘，现在不是了，现在茶馆是公家的了。

北马路桥边的茶馆被许多人认为是南方典型的风景，曾经有几家电影厂在这里摄下这种风景，但是摄影师也许不知道桥边茶馆已经不复存在了，前年的一场大火把茶馆烧成了一片废墟。那是炎夏七月之夜，齐门外的许多居民都在河的两岸目睹了这场大火，据说火因是老虎灶里的砻糠灰没有熄灭，而且渗到了灶外，人们赶来只能眼睁睁地看着大火烧掉桥边茶馆，当然，茶馆边的石桥却完好无损。

现在你从北马路桥上走下来，桥堍左侧的空地就是茶馆遗址，那里变成了一些商贩卖鱼卖水果的地方。

苏州城北是一个很小的地域，城北齐门外的大街则是一个弹丸之地，但是我想告诉人们那里竟然有四座桥，按照齐门外人民的说法，从南至北数去，它们依次为吊桥、南马路桥、铁路洋桥、北马路桥，冷静地想这些名字既普通又有点奇怪，是吗？我之所以简略了对铁路洋桥的描述，是因为它在我童年的记忆中充满了血腥和死亡的气息，我在铁路洋桥看见过七八名死者的尸体，而在吊桥上、在南马路桥和北马路桥上，我从来没看见过死者。

夏天的一条街道

街上水果店的柜台是比较特别的，它们做成一个斜面，用木条隔成几个大小相同的框子，一些瘦小的桃子、一些青绿色的酸苹果躺在里面，就像躺在荒凉的山坡上。水果店的女店员是一个和善的长相清秀的年轻姑娘，她总是安静地守着她的岗位，但是谁会因为她人好就跑到水果店去买那些难以入口的水果呢？人们因此习惯性地忽略了水果在夏季里的意义，他们经过寂寞的水果店和寂寞的女店员，去的是桥边的糖果店。糖果店的三个中年妇女一年四季在柜台后面吵吵嚷嚷的，对人的态度也很蛮横，其中一个妇女的眉角上有一个难看的刀疤，孩子走进去时她用沙哑的声音问："买什么？"那个刀疤就也张大了嘴问："买什么？"但即使这样，糖果店在夏天仍然是孩子们热爱的地方。

糖果店的冷饮柜已经使用多年，每到夏季，它就发出

“隆隆”的欢叫声。一块黑板放在冷饮柜上，上面写着冷饮品种和价格：赤豆棒冰四分，奶油棒冰五分，冰砖一角，汽水（不带瓶）八分。女店员在夏季一次次怒气冲冲地打开冷饮机的盖子，掀掉一块棉垫子，孩子就伸出脑袋去看棉垫子下面排放得整整齐齐的冷饮。他会看见赤豆棒冰已经寥寥无几，奶油棒冰和冰砖却剩下很多，它们令人艳羡地躲避着炎热，待在冰冷的雾气里。孩子也能理解这种现象，并不是奶油棒冰和冰砖不受欢迎，主要是它们的价格贵了几分钱。孩子小心地揭开棒冰纸的一角，看棒冰的赤豆是否很多，挨了女店员一通训斥，她说：“看什么看？都是机器做出来的，谁还存心欺负你？一天到晚就知道吃棒冰，吃棒冰，吃得肚子都结冰！”

孩子嘴里吮着一根棒冰，手里拿着一个饭盒，在炎热的午后的街道上拼命奔跑。饭盒里的棒冰“哐哐”地撞击着，毒辣的阳光威胁着棒冰脆弱的生命，所以孩子知道要尽快地跑回家，好让家里人享受到一种完整的冰冷的快乐。

最炎热的日子里，整个街道的麻石路面蒸腾着热气。人在街上走，感觉到塑料凉鞋下面的路快要燃烧了，手碰到路边的房屋墙壁，墙也是热的。人在街上走，怀疑世上的人们都被热晕了，灼热的空气中有一种类似喘息的声音，似有若无的，飘荡在耳边。饶舌的、嗓音洪亮的、无事生非的居民们都闭上了嘴巴，他们躺在竹躺椅上与炎热斗争，因为炎热而忘了文明礼貌，一味地追求通风。他们四仰八叉地躺在面向大街的门边，张着大嘴巴打着时断时续的呼噜，手里的扇子掉在地上也不知道，田径裤的裤腿那么肥大，暴露了男人的机密也不知道。有线广播一如既往地开着，说评弹的艺人字正腔圆，又说到了武松醉打蒋门神的精彩部分，可他们仍然呼呼地睡，把人家的好心当了驴肝肺。

下午三点钟，阳光发生了可喜的变化，阳光从全线出击变为区域防守，街上的房屋乘机利用自己的高度制造了一条“三八线”。“三八线”渐渐地游移，线的一侧是热和光明，另一侧是凉快和幽暗，行人都非常势利地走在幽暗的阴凉处。这使人想起正在电影院里上映的朝鲜电影《金姬和银姬的命运》，那些人为银姬在“三八线”那侧的悲惨命运哭得涕泗横流，可在夏天他们却选择没有阳光的路线，情愿躲在银姬的黑暗中。

太阳落山在夏季是那么艰难，但它毕竟是要落山的。放暑假的孩子关注太阳的动静，只是为了不失时机地早早跳到护城河里，享受夏季赐予的最大快乐。黄昏时分驶过河面的各类船只小心谨慎，因为在这种时候，整个城市的码头、房顶、窗户和门洞里，都有可能有个男孩大叫一声，纵身跳进河水中。他们甚至要小心河面上漂浮的那些西瓜皮，因为有的西瓜皮是在河中游泳的孩子的泳帽，那些讨厌的孩子，他们头顶着半个西瓜皮，去抓来往船只的锚链。他们玩水还很爱惜力气，他们要求船家把他们带到河的上游或者下游去。于是站在石埠上洗涮的母亲看到了他们最担心的情景：他们的孩子手抓船锚，跟着驳船在河面上乘风破浪，一会儿就看不见了，母亲们喊破了嗓子，又有什么用？

夜晚来临，人们把街道当成了露天的食堂，许多人家把晚餐的桌子搬到了街边，大人孩子坐在街上，嘴里塞满了食物，看着晚归的人们骑着自行车从自己身边经过。你当街吃饭，必然便宜了一些好管闲事的老妇人，有一些老妇人最喜欢观察别人家今天吃了什么。老妇人手摇一把葵扇，在街上的饭桌间走走停停，她觉得每一张饭桌都生意盎然。“吃点什么啊？”她问。主妇就说：“没有什么好吃的，咸鱼，炒萝卜干。”老妇人就说：“还没什么好吃的呢，咸鱼不好吃？”

天色渐渐地黑了，街上的居民们几乎都在街上。有的人家切开了西瓜，一家人的脑袋围拢在一只破脸盆上方，大家有秩序地向脸盆里吐出瓜籽。有的人家的饭桌迟迟不撤，因为孩子还没回来；后来孩子就回来了，身上湿漉漉的。恼怒的父亲问儿子：“去哪儿了？”孩子不耐烦地说：“游泳啊，你不是知道的吗？”父亲就瞪着儿子处在发育中的身

他们甚至要小心河面上漂浮的那些西瓜皮，因为有的西瓜皮是在河中游泳的孩子的泳帽，那些讨厌的孩子，他们头顶着半个西瓜皮，去抓来往船只的锚链。他们玩水还很爱惜力气，他们要求船家把他们带到河的上游或者下游去。

体，说：“吊船吊到哪儿去了？”儿子说：“里口。”父亲的眼珠子愤怒得快暴出来了：“让你不要吊船你又吊船，你找死啊？”就这样，当父亲的在街上赏了儿子一记响亮的耳光，左右邻居自然地围过来了。一些声音很愤怒，一些声音不知所云，一些声音语重心长，一些声音带着哀怨的哭腔，它们不可避免地交织起来，喧嚣起来，即使很远的地方也能听见这样丰富浑厚的声音。于是有人向这边匆匆跑来，有人手里还端着饭碗，他们这样跑着，炎热的夏季便在夜晚找到了它的生机。

吃 客

此人照理说到了德高望重的年纪了，头发已经白得像腊月里的雪，一根黑的也看不见，奇怪的是他的气色很好，他的皮肤不老，其红润与细腻堪比初生的婴儿。他的眼神也不见一丝浑浊，老年人中常见的迎风泪、眼睑毛脱落、眼屎过多的毛病他都没有，他的眼睛在饱览了七十年风霜之后竟然清澈如水，像一个不谙世事的少年，何以如此？有什么灵丹妙药吗？老人说："有，吃，吃呀，吃出来的。"大家并不怎么尊敬他，街上老老少少的人都叫他"小三宝"，很明显这是一个乳名，哪里听说一个老人被满街的小孩唤作小三宝的？可这样离谱的事情就发生在小三宝身上，他的孙子那会儿刚刚学会说话，也咿咿呀呀地对他祖父说："小——三——宝——抱——抱。"

小三宝对抱孙子之类的事情不感兴趣，他对吃感兴趣。

他站在家门口与人聊天的内容大多与吃有关，他批评肉铺里卖的冰冻猪肉要不就是皮太厚，要不就是没有皮，总是不好吃，炒肉丝怎么炒都嫌老，烧红烧肉吧，怎么烧吃起来都不香。人家说："那也没办法呀，猪肉这么紧张，有冷冻肉吃就算不错了。"小三宝站在那里神秘地摇头，微笑着说："有地方买新鲜的农家猪的，你们不知道罢了。"人家自然就追问哪个地方，这时候小三宝便打岔了，你想打听的他不透露，他把话岔到竹笋上去了，他说："码头那里有宜兴过来的船，卖竹笋，那笋很嫩，炖腌笃鲜不错的。"

大家现在应该看出来了，一个本该德高望重的人被人唤成小三宝，总是有它的道理的。

小三宝的妻子是个节俭的善于持家的老妇人，虽说是近墨者黑，她也特别喜欢翻看女邻居的菜篮子，告诉别人该吃什么不该吃什么。但她对吃的兴趣基本上是过日子人的态度，她一直不赞成丈夫这个吃法，不是反对美食，是反对他为了吃花了好多本该储蓄的钱，谁都知道，小三宝虽然家底殷实，但他有五个儿子，其中三个儿子都没成家，算算看，要花多少钱？

"你嘴上省一点是一点，小四小五明年都要结婚了呀！这一大把年纪的人，怎么就不懂事呢？"老妇人经常像教训孩子一样教训小三宝，这时候，小三宝清澈的眼睛里掠过一丝迷惘，很快他就想明白了，说："毛主席说的，自力更生，让他们自力更生嘛。"

小三宝在吃的问题上执迷不悟，早晨他往市中心去，对老妇人说他去大公园打太极拳，其实太极拳是个幌子，小三宝天天去老字号的黄天源吃早点，有一次让一个邻居撞见了，他看见小三宝面前放着一碗鸡丝馄饨、一只炒肉团子，还有一块白糖玫瑰方糕，小三宝当时不免有点慌张，一手擦着嘴角上的油，对邻居说："回去千万别告诉我们家老太婆。"

邻居确实是替他保密的，不幸的是经济账最终是由储蓄金额和抽屉里的现金反映的。这年国庆前夕小三宝的四儿子五儿子一人打了小三宝一个耳光，大家一定猜到为什么了。小三宝捂着脸跑到邻居家，泪流满面，邻居也听见了这个家里的战争之声，不知道怎么安慰小三宝好，后来就听见小三宝自己在安慰自己，他说："这个年头，如果吃点好的都吃不成，活着还有什么意思呢？"

肉　铺

肉铺当时是一座看得见的幸福桥，至少对那些胃口很大却又没有油水的孩子来说，如果他们的母亲早上挎着篮子去了肉店，那他们的午餐或者晚餐将是一种明明白白的幸福，这幸福盛放在盘子里，散发出久违的红烧肉的香味。街上王五六的儿子对幸福的造句竟然就是这样写的：幸福就是红烧肉。结果那小男孩让语文老师揪着耳朵推出了校门，老师说："你回家吃红烧肉去！"王五六的孩子像王五六一样没头脑，还是一个劲儿地纠缠于肉的问题，他将书包在墙上砸过来砸过去，冲着老师愤怒的背影嚷："我们家从来没有红烧肉，我春节过年吃过一次，后来再也没吃过！"

其实猪肉还是能买到的，只要逢周二、周四、周六，只要你肯在凌晨时分去肉店排队，只要你与肉铺里的几个店员保持良好的关系，你就可以买到半斤以内的新鲜"肋条"或者“坐臀”，或者五花肉，或者猪肝、猪肺、猪大肠，半斤以内，丰俭由人。

可是为什么街上有的人到了七点钟太阳升得很高了才去肉铺，却照样拎回来热腾腾的新鲜猪肉呢？为什么不是逢年过节，有的人能够随意地把一只猪头用报纸包着带回家，卤了吃，腌了吃？猪耳朵那么大那么肥，一切一大盆，有的人花很少的钱，就把别人一年才能积存的油水全部吃到肚子里去了。

这就要说起肉铺里的一个国字脸女人了。这女人尽管天天与猪肉和刀斧打交道，却是一个权力与智谋兼备的人，用现在流行的话来说，是一个标准的女大腕。她在街上的地位与受人追捧的程度可以让北京的女部长嫉妒，她在工作中从不与熟人说话，但她的眼睛在说话：现在别来跟我拉近乎，反正我让你占点便宜就是喽。她的斧头也是长眼睛的，远的疏的不欺负你，但瘦的肥的按店规搭配好了，说是三两肉绝不多给一钱，相反的是那些多年与她保持着睦邻友好关系和互惠互利关系的人们，这些人经常怀着一个令人心跳的秘密奔向肉铺，不知从国字脸女人那里捞了多少油水，这些人的脸色看上去就比别人红润一些，体形也要胖一些，他们以为自己保养得好，殊不知这与平时的营养也是分不开的，营养从哪儿来？当然从国字脸女人那里来。

肉铺当时是一座看得见的幸福桥，至少对那些胃口很大却又没有油水的孩子来说。

国字脸女人后来不知怎么得了肝炎。肝炎要传染，饮服公司革委会研究决定让她离开了肉铺，离开肉铺到哪儿去呢？肝炎带了菌的人不能在饮食服务业工作了，她就去了煤球店。大家知道那时候煤球也是要凭票的，煤球店的店员执掌煤权，国字脸女人虽然有点失落，但还是服从组织安排去了新的岗位，这么着她就和煤球店里的小兵他妈成为同事了。

也是人心不古，小兵他妈原来是用煤球和国字脸女人互通有无的，现在两个女人各自守着一架磅秤，谁也用不着谁，友谊很快就为了一些琐事彻底破裂了。女人一翻脸喜欢揭人之短，吵了没几句就把从前的秘密吵出来了。国字脸女人说："你现在像个标兵样子，我过去来买煤球，你收我五十斤的煤球票，称给我多少斤煤球？八十斤啊！"小兵他妈妈不甘下风，结果就抖搂出一个更加惊人的秘密，她说："你倒是标兵了？我给你一块钱割三两肉，你给了我半斤肉不算，还倒找我两块钱！"

茶馆店

茶馆店就是茶馆，不知道我们那里的人为什么多此一举，把一个简单的公共场所叫复杂了，如果推敲起来，别人会问：“这茶馆店到底是什么意思，是馆还是店？”或者有顶真的人问你：“馆和店有什么区别？”又或者问你：“馆和店这么叠在一起，说明它除了喝茶还兼做茶叶铺子吗？”这时，你就会感受到吴方言有其累赘和无事生非的缺陷了，只好敷衍了事，说：“其实就是茶馆！”

我们街上那家茶馆店坐落在桥边，一座木结构的二层楼，远看会以为那是一幢普通的民居，楼栅上棕红色的油漆剥落多年，没上新漆，楼上的窗户是排窗，能开的都开着，不能开的都是窗棂锈死了的。人从桥上过，视线与楼上窗子里的人头接触，看见那些脑袋多是花白的、苍老的，有的背向你，有的是个侧影，一动不动，似乎懒得转动一下。你伏在桥栏上向下看，一眼能够看见老虎灶的水汽、灶火和堆得很高的砻糠，看见德明的奶奶苦着脸站在灶前，围着一个肮脏的围裙，将一壶一壶的开水透过一个铝水斗灌进一个热水瓶中，如果是夏天，德明的奶奶会突然叫一声："热煞哉！"

这么人声鼎沸的地方，只能是一家茶馆，令人遗憾的是茶馆里面所有的高音低音都来自老年男性，偶尔有个女性怨恨的声音响起来，也是一个老年的女性，是德明的奶奶在抗议茶客们私自把茶叶盒打开，花了一毛钱，却又给自己新沏了一杯茶。

孩子们如果去茶馆店，一定是家里人打发去买开水的，这样的孩子手里提着两个热水瓶走进茶馆店，把两分钱往灶台上一只瓷碗里一扔，德明的奶奶就过来了。德明的奶奶乐于为孩子灌开水，嘴里是不肯放过批评机会的："你们家没有煤炉吗？连开水都不肯烧！"德明的奶奶撇着嘴，转向一楼几张桌子说："这小孩倒是很勤快的，他们家大人，哼，懒得出蛆！"

没有孩子喜欢街上的茶馆店，我也不喜欢。但是我想起从前的某个冬天，我缩着脖子走在上学的路上，北风像一个疯狂的医生盯着我的脸，这儿给我一针那儿给我一针，可走过茶馆店时，棉帘子里扑出来一股热气，让我忍不住要在门口站一站，站一站就站出了思想的转变。我听着茶馆店里传出几个评弹票友拿腔捏调地唱着什么弹词开篇，有人还在拨弄一把月琴，月琴也在业余地歌唱。隔着窗玻璃，我看见的是一片温暖的热气，热气里老人们的脑袋若隐若现。我突然发现做一个老头也是不错的，不用上学，再冷的天也不用怕，往热乎乎的茶馆店里一坐，喝茶，聊天，唱评弹，我认为这么着过冬是很快活的，这么着过了一生中所有的冬天就更快活了。

恐怖的夜晚到哪里去了

大约是二十年前的事了，是一个夏天的炎热夜晚，一个男孩坐在工厂大门口的路灯下，读一本掉了封面的纸张已经发黄发脆的小说。读了一会儿，他的脸色突然紧张起来，他的目光开始从书页中挣扎出来，左顾右盼着，然后他把自己的凳子移到了一堆下棋的人旁边去，坐在那里继续看那本书。可是下棋的人们并不安静，男孩就愤怒地嚷嚷起来："你们吵什么？你们这么吵让我怎么看书？"

那个男孩就是我，我之所以记得那个夜晚，是因为那天我读着一本不知名的侦探小说，感到一种前所未有的恐惧和刺激。那天夜里，我突然觉得空气中充满了犯罪或者血腥的气味，我怀疑远处的电线杆下的黑影是一个戴着手套的面目狰狞的凶手。一本书使我无边无际地胡思乱想，我不敢回家，因为家里没人，因为那天夜里我那和平安详的家也突然变得鬼影幢幢。我捧着那本书滞留在工厂门口的路灯下，直到父母回来才敢走进黑暗的家门。很久以后，我才知道那本书的名字是《霍桑探案》，作者是程小青。

如今看来，被程小青的文字吓着的人大概是最胆小的人了。需要说明的是，那是我第一次阅读所谓的通俗小说，就像人生中的许多第一次一样，它对我后来的阅读也产生了意想不到的影响。一本小说假如能使我无端地感到恐惧，我便觉得过瘾，我心目中好看的小说往往就有一个奇怪的标准：能不能让我恐惧。

我几乎不看言情小说，也不看武侠小说，即使是众口交赞的金庸古龙我也极少碰手，但对那些恐怖的故事却一直情有独钟。不过，因为从事写作的原因，或者是因为年龄、知识的关系，恐怖小说对我也变得刀枪不入了。有人说斯蒂芬·金如何恐怖，我拿来读竟然读不下去，哪儿也没吓着，不知道是他有问题还是我自己有问题。有时候回忆小时候听大人讲《梅花党》《铜尺案》《绿色的尸体》时的滋味，竟然难以追寻那样的恐惧从何而来。一切似乎只关乎年龄和经验，大人们为什么就会忘记恐惧的滋味呢？这真是令人扫兴。

许多朋友与我一样失去了被文字吓着的功能，有时候大家聚在一起，挖空心思找乐子，最后就找到了恐惧，每个人

一个男孩坐在工厂大门口的路灯下，读一本掉了封面的纸张已经发黄发脆的小说。读了一会儿，他的脸色突然紧张起来，他的目光开始从书页中挣扎出来，左顾右盼着。

把知道的最恐怖的事情说出来。在这样的场合里，我倒是听到了几个真正让人恐惧的故事。其中有个故事起初听上去是真的，说一个男人在一条僻静的小路上拦住另一个男人，一定要对方送他一件东西，另一个男人只好把身上的一块蓝格子手帕送给他，两个人就这样成了朋友。故事再说下去就出事了，说送手帕的男人有一天按照接受手帕的男人的地址找到一家医院，发现那地址是太平间，他的朋友躺在尸床上，手里握着那块蓝格子手帕。

这次真把我吓了一跳。我一直尝试要写一个令人恐惧的故事，后来就把它改改补补地写出来了，写成一个短篇，名叫《樱桃》，让好多朋友看，结果却让我沮丧，谁也没被吓着。有个朋友直率地说："这故事必须讲，一写就走味了。"

我只能接受那个朋友的看法，文字或故事已经难以让冷静世故的成人感到恐惧，他们只在现实中体验这种情感，连他们自己也不知道，那些令人恐惧的夜晚到哪里去了。

图书在版编目（CIP）数据

自行车之歌：藏汉对照 / 苏童著；李文才译 . --
西宁：青海人民出版社，2019.11
（我们小时候）
ISBN 978-7-225-05916-7

Ⅰ . ①自… Ⅱ . ①苏… ②李… Ⅲ . ①散文集—中国—当代—藏、汉 Ⅳ . ① I267

中国版本图书馆 CIP 数据核字（2019）第 248996 号

我们小时候

自行车之歌（藏汉对照）

苏　童　著

李文才　译

出 版 人　樊原成
出版发行　青海人民出版社有限责任公司
西宁市五四西路 71 号　邮政编码：810023　电话：（0971）6143426（总编室）
发行热线　（0971）6143516 / 6137730
网　　址　http://www.qhrmcbs.com
印　　刷　陕西龙山海天艺术印务有限公司
经　　销　新华书店
开　　本　850mm × 1168 mm　1/32
印　　张　6.375
字　　数　100 千
版　　次　2020 年 3 月第 1 版　2020 年 3 月第 1 次印刷
书　　号　ISBN 978-7-225-05916-7
定　　价　35.00 元

第四章 耀眼中国红

第三章 中华大地上

目录